KB231527

영국식 살인

이 경 아

한국외국어대학교 러시아어과와 같은 대학 통역번역대학원 한노과를 졸업했다. 현재 한국외국어대학교 통역번역대학원에서 강의하면서 전문 번역가로 활동중이다. 옮긴 책으로 '탐정 글래디 골드' 시리즈, 『제인 오스틴의 비망록』, 『클린트 이스트우드』, 『일하는 뇌』, 『직관』, 『붉은 머리 가문의 비극』 외 다수가 있다.

AN ENGLISH MURDER
by Cyril Hare

이 도서의 국립중앙도서관 출판시도서목록(CIP)은 e-CIP 홈페이지(http://www.nl.go.kr/ecip)와 국가자료공동목록시스템(http://www.nl.go.kr/kolisnet)에서 이용하실 수 있습니다. CIP제어번호 : CIP2013001931

영국식 살인

시릴 헤어

이경아 옮김

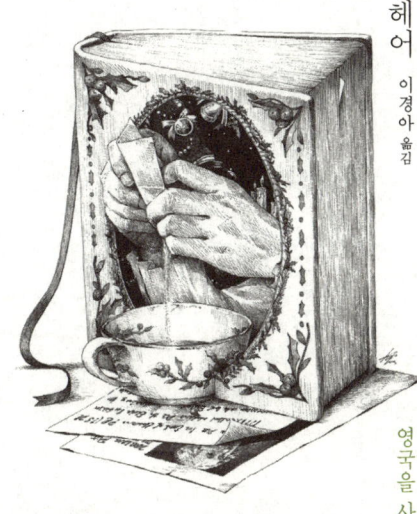

영국을 사랑하는 사람을 위한 미스터리

엘릭시르

/

An
English
Murder

An   English   Murder   Cyril   Hare

집사와 박사

워벅 홀은 마크셔에서 사람이 거주하는 저택 가운데 가장 오래된 것으로 명성이 자자하다. 이 저택에서도 북동쪽에 위치한 문서고가 가장 오래되었을 것이다. 게다가 가장 추운 곳이기도 하다. 하이델베르크 대학에서 철학 박사 학위를 받았고 옥스퍼드 대학 명예 문학 박사이며 프라하 대학에서는 현대사를 강의하기도 했고 레이든부터 시카고에 이르는 지역에서 활동중인 여섯 개의 학회 회원들과 교류하고 있는 웬체슬라우스 보트윙크 박사는 고개를 묻고 탑처럼 쌓인 빛바랜 고문서를 읽으며 각이 진 이국적인 필체로 읽던 부분을 필사하고 있자니 한기가 뼛속까지 스며드는 것 같은 느낌을 받았다. 그는 추위에 익숙했다. 학창 시절을 보낸 하이델베르크의 셋집들은 몹시 추웠다. 1917년 프라하의 겨울은 그보다 더 추웠다. 하지만 뭐니 뭐니 해도 나치 치하 독일의 강제 수용소가 가장 추웠다. 그도 춥다고는 생각했지만 손가락이 굳어 펜을 못 쥘 정도가 되지 않는 한 추위로 집중력을 흩뜨리고 싶지 않았다. 작업하는 데 있어서 추위는 성가신 환경에 지나지 않았다. 이 순간 그를 애태우는 진짜 장애물은 조지 3세가 즉위한 후 삼 년 동안 뷰트 경이 3대 워벡 자작에게 보낸 기밀문서에 자작이 직접 달아 놓은 악필 주석이었다. 여백에 휘갈겨진 것이며 끝이 잘린 지렁이 같은 필체로 행간을 채우고 있는 이것들은 다 뭐란 말인가! 보트윙크 박사는 18세기에 살았던 이 귀족에게 악감정이 생길 것만 같았다. 중요한 정보와 헤아릴 수 없는 가치를 지닌 국가의 기밀을 대를 이어 전해 주어야 할 수호자가 후대에서도 기밀 정보를 안전하게 보존하겠다는 의무감으로 충만한 나머지 귀중한 기밀을 기록할 때는 누구도 알아보지 못하게 흘려서 쓰기로 마음을 먹지 않고서야 어떻게 이럴 수가 있을까. 정말 참을 수가 없다! 워벡 가문의 고문서를 조사하는 데 예상했던 시간보다 두 배 이상 걸린다면 그것은 전부 3대 워벡 자작의 탓이다. 건강이 예전만 같지 않은 연로한 학자에게 시간은 소중했다. 만약 1750년에서 1784년 사이의 영국 헌법의 발달사를 적나라하게 보여 줄 연구가 그가 사망할 때도 미완성이라면 그 또한 자작의 탓일 것이다. 보트윙크 박사는 앞에 놓인 상형 문자를 짜증과 당혹감이 뒤섞인 표정으로 바라보며 두 세기를 뛰어넘어 워벡 경과 그의 엉터리 깃털 펜에 대해 악담을 퍼부었다.

바로 그때 조심스럽게 문을 두드리는 소리가 들리더니 대답을 할 사이도 없이 하인이 방으로 들어왔다. 하인은 통통한 체격의 노인으로, 명망 있는 가문의 집사답게 무표정한 얼굴을 하고 있었다.

"차를 가져왔습니다, 박사님."

그는 방 가운데에 놓인 탁자에 쟁반을 내려놓으며 말했다.

"고맙네, 브리그스. 자네 정말 친절하군. 일부러 이렇게 수고하지 않아도 되는데."

보트윙크 박사가 말했다.

"수고라뇨. 저는 하루 중 이맘때 차를 한잔합니다. 게다가 이곳은 식기실에서 반 층만 올라오면 되는걸요."

보트윙크 박사는 진지한 표정으로 고개를 끄덕였다. 박사는 영국 관습에 익숙했다. 저택을 방문한 손님에게 차를 내오는 이유를 집사가 일일이 설명하지 않는다는 사실도 잘 알고 있었다. 브리그스가 반 층이라도 올라오는 것을 마다하지 않는 이유가 있을 거라고 여긴 것은 자신이 손님이라고 하기에 애매한 입장에 있었기 때문이다. 보트윙크 박사는 이런 미묘한 사회적 차별을 씁쓸한 기분으로 곱씹었다.

"그래도 친절하군. 나와 자네는 가까운 이웃이나 다름이 없지 않은가. 우리끼리 얘기지만 우리는 워벡 홀의 본건물에 기거하는 유일한 사람들이니까."

그는 영어를 신중하게 사용해 말했다.

"그렇습니다. 저택 이 구역은 원래 퍼킨 워벡이 건축했는데, 때는……."

"아, 그만하게!"

보트윙크 박사는 차를 잔에 따르다 말고 집사의 말을 바로잡았다.

"그런 이야기는 저택의 방문객과 관광객에게 들려주고 내게는 하지 말게. 퍼킨 워벡은 신화일 뿐이야. 역사적인 인물이 아니라는 말이 아니라 워벡 경의 가문에 그렇다는 걸세. 그 사람과 이 저택은 아무런 관계가 없어. 이곳에 자리 잡은 워벡가와는 시조가 완전히 달라. 장담하지만 훨씬 더 존경할 만한 사람들이었지. 저기 고문서에 다 나와 있는 사실이라네."

그는 자신의 반대쪽에 있는 떡갈나무 장을 턱으로 가리켰다.

"하지만 이곳 마크셔에서는 다들 그렇게 말하고 있습니다."

집사가 정중하게 지적했다.

그 말에 박사가 뭐라 하려고 했는지 알 수 없지만 입을 다무는 편이 낫겠다고 판단한 것은 확실했다. 대신 이렇게 중얼거렸다.

"오늘날 마크셔에서 다들 그렇게 말한단 말이지……."

그러고는 차를 한 모금 꿀꺽 삼키더니 소리를 높여 말했다.

"이 차를 마시니 마음이 훨씬 안정이 되는군. 마음이 훈훈해져."

그는 자랑스러운 표정으로 집사를 힐끔 보며 자신이 구어체 표현을 제대로 구사했다는 사실에 감탄하는지 살폈다.

브리그스가 희미하게나마 미소를 지었다.

"그렇습니다. 오늘은 몹시 춥군요. 눈이 쏟아질 것 같습니다. 일기 예보에서는 화이트 크리스마스가 될 거라더군요."

"크리스마스라고! 벌써 그렇게 되었나? 이런 곳에서 지내다 보면 시간 감각이 없어진다니까. 정말 곧 크리스마스인가?"

박사는 잔을 내려놓았다.

"내일모레입니다."

"전혀 몰랐군. 생각보다 이 일이 훨씬 지체되어 버렸네. 워벡 경의 호의에 너무 많이 기댔어. 이런 때에 내가 계속 머무르면 불편하실지도 모르겠군. 한번 여쭤 봐야겠어."

"그렇지 않아도 방금 전에 주인님께 차를 드리러 갔을 때 제가 먼저 말씀드렸습니다. 주인님께서는 박사님만 괜찮으시다면 명절 동안 이곳에 머무르시면 좋겠다고 하셨습니다."

"그렇게까지 말씀해 주시다니 감사하군. 뵐 수 있다면 개인적으로 인사를 드려야겠어. 그런데 오늘은 괜찮으시던가?"

"훨씬 좋아지셨습니다. 생각해 주셔서 고맙습니다. 일어나셨지만 아직 기상하지 않으셨습니다."

그러자 보트윅크 박사는 집사의 말을 신중하게 따라 했다.

"일어났지만 기상하지 않았다. 일어났지만 기상하지 않았다! 영어는 표현이 무척 풍부하다니까!"

"그렇습니다."

"그건 그렇고, 방금 명절이라고 하지 않았나? 지금 같은 상황에 서는 명절이라도 생색만 내는 정도겠지?"

"무슨 말씀이신지?"

"그러니까 잔치는 없겠지? 아니, 아니야."

그는 정확한 표현이 떠오를 때까지 초조하게 손가락을 딱딱 튕겼다.

"떠들썩하게 먹고 마시는 것 말일세."

"어떤 식으로 크리스마스를 축하할지 지금은 말씀드릴 수가 없습니다. 하지만 제 생각에도 이번 크리스마스는 조용하게 보낼 것 같습니다. 주인님이 가족 몇 분만 초대하셨거든요."

"뭐라고! 그렇다면 손님들이 온다는 건가? 어떤 분들인가?"

"오늘 저녁에는 줄리어스 장관님이 오시고 내일은…….."

"줄리어스라고?"

"네, 줄리어스 워벡입니다."

"하지만 그분은 현 정부에서 재무 장관을 맡고 있지 않은가?"

"그렇습니다."

"지난번에 워벡 경과 이야기를 나눌 때 보니 줄리어스 장관님과는 정치적인 견해가 완전히 다르신 것 같던데."

"주인님의 정치적 견해요? 제가 알기로 장관님은 단지 주인님의 사촌으로 오시는 겁니다."

보트윅크 박사가 한숨을 푹 쉬었다.

"아무리 오래 살아도 가끔은 영국이라는 나라를 전혀 모르겠단 말이야. 아마 절대 알 수 없을 거야."

"더 필요하신 건 없습니까?"

"이거 미안하네. 내가 대륙 특유의 무례한 호기심 때문에 바쁜 자네를 붙잡아 두었군."

"절대 그렇지 않습니다, 박사님."

"그럼 말일세. 얼음 창고에 잠시 더 있을 수 있다면 이야기를 좀 들려주지 않겠나? 내게 아주 중요한 이야기일세. 크리스마스 동안 이 집에서 내 위치는 정확히 어떻게 되나?"

"네?"

"나는 사람들의 눈에 띄지 않는 편이 더 낫겠지? 워벅 경께서는 내가 이곳에서 지내는 동안 손님으로 잘 대접해 주셨어. 그렇다고 해서 내가 그분의 가족과 같은 대우를 받을 수는 없지 않겠나. 특히 그분이 일어났지만 기상하지 않는 동안에는 말일세. 미묘한 상황이 지 않은가?"

집사가 헛기침을 했다.

"식사에 대해서 말씀하시는 겁니까?"

그가 물었다.

"그렇다네. 식사는 매우 중요한 부분이지. 나는 평소처럼 여기서 혼자 먹어도 상관없네. 자네 생각은 어떤가?"

"그 건에 대해서도 주인님께 말씀을 드렸습니다. 박사님도 잘 아시겠지만 식사 문제는 하인의 고충 가운데 하나니까요."

"솔직히 어떤 고충이 있는지 잘 모르겠네."

그러자 브리그스는 옛 기억을 떠올리듯 이야기를 시작했다.

"예전에는 아무런 문제가 없었습니다. 주방에서 일하는 사람들이 네 명이었고 제 아래로 하인이 둘이나 있었으니까요. 게다가 저택을 방문하시는 손님들을 모시고 온 하인들도 있으니 필요하면 손을 빌릴 수 있었죠. 하지만 보시다시피 지금은 저 혼자입니다. 주인님께도 말씀드렸지만 이래서는 식사를 따로 내드릴 수 없습니다. 식당과 하인방에 식사를 내가는 것만 간신히 할 뿐입니다. 물론 위층에 계시는 주인님께 식사를 올려 드리는 것까지 포함해서요. 박사님께서 괜찮으시다면……."

"충분히 알겠네. 손님들이 와 계시는 동안에는 자네와 함께 식사를 하도록 하겠네."

"오, 아닙니다! 그런 뜻으로 드린 말씀이 아닙니다. 주인님께는 그런 이야기를 꺼낼 생각조차 하지 않았습니다."

보트윅크 박사는 최선을 다했지만 또다시 사회적인 결례를 범했다는 사실을 절감했다. 그는 체념한 듯 말했다.

"자네가 하라는 대로 하겠네. 그렇다면 나는 가족과 함께 식사를 해야 하나?"

"불편하지 않으시다면요."

"불편하지 않냐고? 내 주제에 무슨! 오히려 그분들이 불편하지 않으시기를 바라야지. 줄리어스 장관님을 만날 수 있다면 나야 영광이지. 그분이라면 모호한 헌법의 관행에 대해 몇 가지를 설명해 주실 수 있을 거야. 또 내가 누굴 만나게 될지 알려 줄 수 있나?"

"여자 손님이 두 분 오실 겁니다. 레이디 커밀라 프렌더개스트와 카스테어스 부인입니다."

"레이디 프렌더개스트도 이 댁의 가족인가?"

"레이디 프렌더개스트가 아닙니다. 레이디 커밀라 프렌더개스트입니다. 예법에 따른 공식 칭호지요. 백작가의 영애이므로 레이디 커밀라라고 불러야 합니다. 돌아가신 주인마님의 첫 번째 부군의 조카입니다. 저희는 레이디 커밀라를 이 댁의 가족으로 여깁니다. 카스테어스 부인은 친척은 아닙니다만, 그분의 부친이 오랫동안 이 교구의 목사였습니다. 그래서 저택에서 자랐다고도 말할 수 있습니다. 손님은 이분들이 다입니다. 물론 로버트 도련님을 제외하면요."

"이 댁의 자제인 로버트 워벡 씨? 그분도 크리스마스를 이곳에서 보낼 예정인가?"

"당연하지요."

보트윙크 박사는 혼잣말을 했다.

"맞아. 당연한 일이지. 내가 그 사람을 떠올리지 못한 게 오히려 더 이상하지. 브리그스, 내가 하인 방에서 식사를 하는 건 절대로 불가능한가?"

그는 집사를 돌아보며 말했다.

"네?"

"로버트 워벡 씨와 식탁에 마주 앉는 일이 결코 기꺼울 것 같지 않아서 그런다네."

"뭐라고요?"

"오, 나 때문에 많이 놀란 모양이군. 이런 말은 하면 안 되는데. 자네는 로버트 씨가 어떤 사람인지 아나?"

"물론이죠. 그분은 주인님의 아드님이자 후계자이십니다."

"나는 그런 이야기를 하는 게 아니라네. 그 사람이 현재 속칭 '자유와 정의 연맹'이라는 곳의 회장이라는 사실을 모르나?"

"그 사실은 알고 있습니다, 박사님."

"'자유와 정의 연맹'은 말일세."

보트윙크 박사는 한 마디 한 마디를 또박또박 조심스럽게 말했다.

"파시스트 단체라네."

"그래서요?"

"자네는 관심이 없나?"

"저는 정치에는 큰 관심이 없습니다."

"오, 브리그스."

역사학자는 유감과 존경심이 뒤섞인 표정으로 고개를 흔들며 말했다.

"그런 말을 아무렇지도 않게 할 수 있는 것이 얼마나 운이 좋은 일인지 자네는 모를 걸세!"

손님들의 등장

줄리어스 워벡은 무릎 담요를 무릎에 덮으며 비서와 몇 마디를 주고받았다. 차가 다우닝 스트리트를 미끄러지듯 출발하자 피곤한 듯 쿠션에 등을 기댔다. 옆 좌석에는 업무용 가방이 놓여 있었다. 그 가방에는 영국 재무부가 워싱턴에서 미국 정부를 상대로 진행중인 중요한 협상에 대한 최신 보고서가 들어 있었다. 워벡으로 가는 두 시간 동안 검토해야 할 서류였다. 재무 장관의 귀중한 공적 시간을 조금이라도 허비하지 않도록 말이다. 하지만 줄리어스는 자동차가 미로 같은 런던의 중심부를 요리조리 빠져나가 간선 도로를 유유하게 달릴 즈음에야 비로소 가방을 향해 몸을 기울였다.

그는 가방을 무릎 위에 올리고 타자기로 작성한 서류들을 꺼내서 꼼꼼하게 살피기 시작했다. 카스테어스에게 기대했던 대로 상당히 훌륭한 보고서였다. 줄리어스는 자신이 누구보다 먼저 카스테어스의 재능을 발견했다는 사실을 떠올리며 살짝 자부심을 느꼈다. 십 년 전만 해도 그 남자가 지금의 자리에 오를 줄 알았던 사람은 별로 없었다. 자신이 거둔 성과에 좀처럼 생색을 내지 않는 줄리어스도 이 일에서는 혜안을 가졌던 몇 안 되는 사람이었다는 사실에 뿌듯해했다.

겨울 하늘에는 금방이라도 눈을 뿌릴 듯한 잿빛 구름이 걸려 있었다. 장관의 지친 눈 앞에서 사물이 춤을 추듯 흔들리기 시작했다. 그는 지친 눈을 핑계 삼아 반쯤 읽은 보고서를 가방에 집어넣고 다시 좌석에 편히 기댔다. 카스테어스! 그 이름이 떠오르자 슬그머니 짜증이 났다. 그랬다. 그가 지금까지 열심히 달려왔고 앞으로도 계속 뻗어 나갈 것이라는 점에는 의심의 여지가 없었다. 카스테어스를 차기 재무 장관으로 거론한 정통한 소식통이 한둘이 아니었다. 노련한 정치가다운 현실 감각을 갖춘 줄리어스는 누구도 영원할 수 없다는 사실을 잘 알고 있었다. 게다가 자신이 어깨에 진 짐을 내려놓아야 할 시간이 되었을 때 믿고 짐을 맡길 수 있는 든든한 사람이 있다는 것에 감사해야 한다는 사실도 잘 알았다. (물론 카스테어스를 비롯한 몇몇 사람들이 어떻게 생각하든 간에 그때가 곧 올 것 같지는 않았다!) 하지만 깊은 곳에서는 이 뛰어난 신예 정치가가 마음에 안 든다는 사실을 인정하지 않을 수 없었다. 의심할 수 없는 매력과 재능을 지녔지만 뭔가 마음에 안 드는 점이 있었다. '가정 환경'이라는 끔찍한 말이 심중에서 꿈틀거렸다. 그는 몸서리를 치며 마음속에 떠오른 생각을 쫓아 버렸다. 절대 그렇지 않아! 앨런 카스테어스는 흠 잡을 데 없는 사람이야! 카스테어스가 내세울 것 없는 환경에서 지금의 자리까지 올라온 것은 그의 잘못이 아니지 않는가. 오히려 그의 공이라고 해야 한다. 줄리어스는 자신의 확실한 배경을 떠올리며 카스테어스가 지금까지 쌓아 올린 경력을 되짚어 보았다. 초등학교에서부터 각종 장학금을 받으며 런던 정경대를 졸업하고 행운의 결혼을 하게 되기까지를 말이다. 그래, 어마어마하게 운 좋은 결혼이었지. 줄리어스는 뇌까렸다. 그렇게 활동적이고 야심에 찬 여자가 옆구리를 찌르지 않았다면 제 깜냥으로 여기까지 올 수 있었겠어? 사촌은 카스테어스 부인도 워벡 저택에 온다고 했다.

"잊지 말고 그녀의 남편에 대해서 뭔가 듣기 좋은 소리를 해 줘야겠군."

얄궂게도 그는 카스테어스 부인을 예의 바르게 대하기가 힘들었다. 그녀는 사랑하는 앨런을 제외한 모든 정치가들을 하찮게 만들어 버리는 재주가 있었다. 그리고 줄리어스는 그런 취급을 받는 걸 즐기지 않았다.

그는 멍하니 앞을 바라보았다. 유리 칸막이 너머로 운전석과 조수석에 뻣뻣하게 앉아 있는 두 남자의 등이 보였다. 두 사람의 뻣뻣하고 몰개성적인 태도에 줄리어스는 모욕을 받은 기분이 들었다. 두 사람은 심지어 자기들끼리도 그런 태도를 취했다. 어째서 관료 집단은 멀쩡한 사람들을 로봇으로 바꾸어 버리는 걸까? 줄리어스는 자신을 다정다감하고 상냥한 남자라고 여겼다. 자신의 지위와 그에 따른 의무도 제대로 인지하고 있었다. 물론 인간적이고 이해할 만한 적절한 범위 내에서 말이다. 그런 그도 앞에 앉은 두 남자와는 제대로 된 관계를 맺을 수 없었다. 그건 두 사람의 문제였다. 운전사인 홀리는 그다지 고약하지 않았다. 그의 가족은 마크햄프턴 근처에 살았다. 그래서 줄리어스는 일부러 홀리가 차를 가지고 가 크리스마스를 가족과 보낸 후 연휴가 끝나면 워벡 홀에 들러 자신을 런던으로 태워 가도록 했다. 적어도 홀리는 장관의 배려에 약간의 고마움을 드러냈다. 물론 기대했던 만큼의 반응은 아니었다. 그런데 런던 경찰청 특수부에서 파견된 형사인 로저스라는 자는 도대체 어떻게 생겨 먹은 작자란 말인가. 줄리어스는 가끔 로저스가 사람이 맞는지 궁금했다. 지난 석 달 동안 로저스는 줄리어스를 그림자처럼 따라다녔다. 하지만 그 석 달간 서로의 관계에는 진척이 조금도 없었다. 그는 무뚝뚝하고 공손하며 말을 걸면 대답을 했다. 하지만 그것이 다였다. 어느 모로 보나 로저스의 태도에서 눈에 띄게 불쾌한 점이 없다는 사실에는 고마워해야 했다. 적어도 걸핏하면 그를 앞서거나 끊임없이 코를 킁킁거리는 끔찍한 사람은 아니니 말이다. 그래도 여전히 불만스러웠다. 남에게 아무런 인상도 남기지 않는 사람과 함께 있기란 꽤 기운 빠지는 일이었다. 그 사실을 미리 알았더라면 얼마나 좋았을까마는. 그 '인상'이 모든 문제의 뿌리였다. 실없이 남과 어울리기 좋아했던 줄리어스는 남에게 깊은 인상을 남긴 덕택에 지금까지의 경력을 쌓을 수 있었던 것이다. 참으로 잔인한 운명이었다. 그의 품성에서 나오는 따사로운 빛이 그를 보호하러 온 사람에게는 차가운 달빛보다도 더 영향을 미치지 못했으니 말이다.

어느새 굵어진 눈발이 차의 앞 유리를 때리기 시작했다. 와이퍼가 메트로놈처럼 좌우로 움직이며 눈을 쓸어냈다. 차가 큰길을 벗어나 샛길을 달렸다. 시시각각 어둠이 짙어졌지만 차 안에 앉아 있는 노인의 눈에는 오히려 길이 점점 익숙해졌다. 얼마나 달렸을까. 그 길은 어린 시절부터 알고 아껴 왔던 곳이라는 점에서 그의 성격의 일부 같은 곳이었다. 길은 더 이상 런던에서 마크셔로 가는 길이 아니었다. 워벡으로 향하는 길이었다. 여행이 계속될수록 서유럽에서 가장 사회주의 색이 짙은 정부의 재무 장관인 줄리어스 워벡 하원 의원 각하는 매우 기이한 느낌이 들었다. 이튼에 있던 그가 숙부와 크리스마스 휴가를 보내기 위해 워벡을 찾았던 열다섯 살 때와 같았다. 그때와 같은 풍경이 연이어 등장하자 줄리어스는 영국에서 가장 오래된 가문의 일원이라는 사실에 자부심을 느끼면서도 동시에 이 멋진 곳의 아름다움을 물려받을 상속자인 사촌에 대한 질투심이 뒤섞인 묘한 감정이 또다시 가슴속에서 꿈틀거렸다. 자동차가 워벡 마을과 사유지를 가르는 개천 위에 둥그렇게 걸린 다리를 오르려고 속도를 서서히 줄이는 동안, 사십 년이 흐른 지금도 그의 아버지를 차남으로 만들어 위엄과 우아함으로 가득 찬 지위를 빼앗은 운명에 해묵은 증오가 치미는 것이 아닌가.

진입로가 고르지 못한 탓에 차가 덜컹거리자 마법에서 확 풀려났다. 줄리어스 경은 느닷없이 20세기 중반으로 끌려나온 기분이었다. 역사가 깊은 저택의 소유주들이 가련한 시대착오적 감상에 빠져 진격해 오는 사회 정의가 그들이 오래전에 찬탈했던 특권을 빼앗아 갈 시간을 넋 놓고 기다리는 세상으로 말이다. (지난 선거 연설에서 써먹었던 구절들이 떠오르자 승자의 만족감으로 흡족한 기분이 되었다. 사십 년 전 질투심에 빠져 있던 소년이 보기 좋게 복수를 한 것이다!) 그렇다고 사촌에게 악감정을 품고 있는 것은 아니다. 그는 가족의 집에 신체제의 대변자를 초대해 준 데 고마움을 느꼈다. 그래서 초대를 받아들여 감사를 표한 것이다. 이것이 분명 마지막일 것이다. 워벡 경은 살날이 얼마 남지 않았다. 본인도 초대장에서 그렇게 밝히고 있었다. 워벡 경이 세상을 뜨면 워벡 홀에서 살 워벡은 더 이상 없을 것이다. 다음 예산안에서 그런 조치가 취해질 것이다. 어쩌면 다행스러운 일일지 모른다. 구체제는 우아하고 위엄 있는 대표자를 마지막으로 사라질 테니 말이다. 문득 로버트 워벡과 그가 대표하는 모든 것이 떠올랐다. 그러자 줄리어스의 피는 뜨겁게 끓어올랐다. 결국 여행의 종착지에 다다라 차에서 내릴 무렵 그는 이유 없이 상기되고 화가 나 있었다.

"내일 무슨 기차로 갈 거니, 커밀라?"

심넬 백작 부인이 딸에게 물었다.

"2시 기차요. 카스테어스 부인과 점심 식사를 하고 함께 가기로 했어요."

"알겠어. 그런데 지루하지 않겠니?"

레이디 커밀라가 웃음을 터뜨렸다.

"아마 지루할 거예요. 하지만 선택의 여지가 없는걸요. 톰 아저씨가 기차를 예매해 두셨거든요. 역에서 택시를 타고 갈 돈이 없으니 그 기차를 탈 수밖에 없어요. 그 여자랑 같이 가면 대화가 끊어질까 봐 걱정할 필요가 없으니 좋아요. 귀담아들을 필요도 없어요. 상대가 지적으로 보인다 싶으면 대단한 앨런에 대해 하루 종일 떠벌릴 테니까요. 물론 대답은 들을 생각도 않고요."

그러자 레이디 심넬이 똑 부러지게 말했다.

"카스테어스 부인은 지루하지만 자기 남편에게 헌신하는 점은 본받을 만하지. 그녀처럼 인생의 목적을 찾은 여자는 운이 좋은 거야."

레이디 커밀라는 잠자코 있지만 아름답고 지적인 얼굴에 서린 표정은 표면적인 의미보다 더 많은 것을 이해하고 있다고 말하고 있었다.

백작 부인이 말을 이었다.

"이맘때는 워벡이 꽤 추울 거야. 따뜻한 옷을 많이 챙겨 가거라."

"있는 건 다 가져갈 거예요. 그걸 한꺼번에 입을 거고요. 분명 배불뚝이가 될 거예요. 워벡이 한번 추워지면 얼마나 추운지 잘 아니까요."

"런던에서 나와 함께 조용하게 크리스마스를 보내는 편이 더 편하지 않겠니?"

레이디 커밀라는 작지만 가구가 잘 갖춰진 응접실을 둘러보며 미소를 지었다.

"편하다마다요, 어머니."

그녀가 대답했다.

"그런데도 꼭 가야 한다는 거니?"

"가야 해요. 톰 아저씨가 특별히 제게 부탁을 하신걸요. 게다가 이번이 그곳을 볼 마지막 기회가 될 거예요. 정든……."

별안간 레이디 심넬이 코를 훌쩍거렸다. 코를 훌쩍이는 행동에 대꾸를 용납하지 않는 분위기가 있어서인지 아니면 커밀라도 자신의 말이 설득력 없이 들렸기 때문인지 말을 더 이상 하지 않았다.

"로버트도 그곳에 오겠지?"

레이디 심넬이 갑자기 말머리를 돌렸다.

"로버트요? 오, 그럼요. 올 거예요. 분명 그럴 거예요."

"로버트를 마지막으로 본 지 얼마나 되었니, 커밀라?"

"잘 모르겠어요. 꽤 되었을 거예요. 그 사람은…… 그 사람은 최근에 몹시 바빴잖아요."

그 말에 레이디 심넬이 심드렁하게 대꾸했다.

"바빠도 너무 바빴지. 그 얼간이 같은 자유 연맹인가 뭔가 하는 걸 일이라고 부를 수 있다면 말이지. 너무 바빠서 옛 친구들을 만날 시간도 없겠지."

그러자 커밀라가 대뜸 말했다.

"로버트는 무척 용감한 사람이에요. 전쟁에 참전해 그 사실을 몸소 증명해 보였죠. 게다가 애국자이기도 해요. 그 사람 생각에 동의하지 않을 수는 있어요. 하지만 그렇다고 그것이 그를 매도할 이유는 되지 않아요."

백작 부인이 차분하게 말했다.

"그래. 너도 이제 스물다섯이야. 네 앞가림은 할 나이가 되었지. 그런데 나는 그 애의 정치적 견해가 아니더라도 사윗감으로는 썩 탐탁지 않아. 로버트가 워벡에서 살 형편이 된다고 해도 내 마음은 변하지 않을 거야. 하지만 그건 네 문제지. 이런 종류의 문제에 끼어들고 싶지 않구나. 너는 내가 로버트를 매도했다는데, 한동안 너를 요리조리 피하기만 했다는 사실을 지적했을 뿐이야."

"제발요, 어머니! 제가 로버트를 따라다닌다고 생각하시는 거예요? 그러세요?"

레이디 커밀라는 의자에서 몸을 휙 돌려 어머니와 마주 보았다.

"커밀라, 요즘 사람들은 그런 일을 뭐라고 하는지 모르겠다만 우리 시대에는 그렇게 표현했지."

"그렇다면 어머니가 바로 보셨어요. 제가 그를 따라다니는 거 맞아요. 이번에 워벡에 가면 어떤 식으로든 이 문제를 꺼낼 생각이에요. 저도 이렇게 지낼 수는 없으니까요. 더 이상은 무리예요. 저를 원하지 않으면 솔직하게 말하도록 해야죠. 날 슬슬 피하면서 발뺌하게 내버려 둘 수는 없어요. 도대체 왜 날 원하지 않는지 이유는 알아야 하지 않겠어요?"

레이디 커밀라가 벌떡 일어섰다. 그녀는 근사한 몸매의 아가씨였다. 그녀의 어머니는 그런 딸을 실망스러운 듯한 눈빛으로 쳐다보며 대답했다.

"다른 사람이 있을지도 모르지. 여하튼 너는 워벡으로 가서 자초지종을 알아보는 편이 낫겠구나. 네 말마따나 어떤 식으로든 말이야."

카스테어스 부인은 대서양 횡단 전화로 워싱턴과 통화를 하는 중이었다. 그녀는 다급한 어조로 송화기에 대고 자신의 목소리를 쏟아붓다가 상대의 대답을 듣기 위해 아주 잠깐 말을 끊곤 했다. 삼분짜리 통화로 최대한 본전을 뽑으려고 작정을 한 것 같았다.

"당신 목소리를 들으니 너무 좋아요, 여보. 일을 너무 많이 하느라 과로로 몸이 상한 건 아니죠? ……끼니는 제때 잘 챙겨 먹고 있어요? ……오, 물론이죠. 당신이 그러리라는 거 잘 알아요. 하지만 위에 부담이 가지 않게 조심해요……. 과식하지 않겠다고 약속해 줄 거죠, 그렇죠? ……무슨 일이 있어도 당신 곁에서 잘 보필해야 하는 건데……. 저도 그래야 한다는 거 알아요……. 네, 여보, 알아요. 그래도 당신이 없는 동안 저도 이곳을 지키기 위해 나름대로 노력을 하고 있어요. 크리스마스 휴가를 워벡에서 보내게 되었다고 편지에 쓴 거 기억하죠? ……그럼요, 장관도 거기에 올 거예요. 거들먹거리기나 하는 늙다리 말이에요……. 네, 입조심을 해야죠. 하지만 그 영감이 어떤지 당신도 잘 알잖아요. 사람들이 어떻게 생각하든 당신의 앞길을 가로막고 있는 걸 생각하면 분통이 터지는 걸 어떻게 해요……. 그럴 리가요, 물론 그럴 리는 없으니까 염려 붙들어 매요. 그 노인네에게 아주 공손하게 대할 거예요. 지금쯤이면 자기가 당신에게 얼마나 큰 빚을 졌는지 잘 알 거예요……. 여보, 당신은 정말이지 너무 겸손해요. 내가 당신을 얼마나 자랑스러워하는지 당신도 알아야 하는데. 화요일에 수상님을 뵈었어요. 당신에 대해서 하시는 말씀을 듣고 얼마나 기분이 좋았던지……. 당신은 다정한 사람이에요. 나는 당신을 위해서라면 무슨 일이든 할 거예요. 가련하고 나약한 여자가 할 만한 그런 것들뿐이지만요……. 그럼요, 나도 내일 워벡으로 가요. 그곳에 다시 가 볼 수 있어서 다행이에요. 당신과 함께 가면 더할 나위가 없을 텐데. 앨런, 말도 안 되는 소리 하지 말아요! 절대 당신이 불편해지는 일은 없을 거예요! 당신이 지금 얼마나 대단한 사람인지 모르겠어요? 나는 그저 당신의 후광에 기대 영광을 누릴 거예요……. 아뇨, 이건 하우스 파티*가 아니라 그냥 단출한 가족 모임이에요……. 네, 로버트도 올 것 같아요……. 알아요, 끔찍하죠. 하지만 어쩔 수가 없어요. 안타까운 일이죠. 예전에는 그렇게 좋은 아이였는데……. 그런데, 그 애가 가담한 그 연맹인가가 정말 위험하다고 보는 건 아니죠? ……아니에요, 아니에요. 전화로 이러쿵저러쿵할 문제가 아니죠. 하지만 우리끼리 하는 말을 누가 알겠어요. 어쨌든 조심할게요. 약속해요……. 물론이에요, 여보. 할 수 있는 일은 뭐든 할 테니 날 믿어요. 지금까지 늘 그랬잖아요, 안 그래요? ……오, 내가 당신을 얼마나 자랑스러워하는지 당신도 알아야 하는데. 어제 《데일리 트럼펫》이 온통 당신 이야기뿐인 근사한 기사를 실었어요. 그것도 일 면에 말이에요. 그걸 보니 웃음이 나오지 뭐예요! 《트럼펫》이 지금까지 어떻게 했는지 생각하면……."

어쩌고저쩌고. 어쩌고저쩌고.

런던 남부의 버려진 창고의 어느 삭막한 방에서 로버트 워벡은 '자유와 정의 연맹' 지부 지도자들의 월례 회의를 마무리하는 중이었다. 그는 적갈색 머리카락에 키가 크고 잘생긴 젊은이었다. 살짝 튀어나온 잿빛 눈에서 광적인 기색이 엿보였다. 삼십 분 동안 그의 연설을 듣고 있는 열 명이 넘는 남자들은 온갖 계층과 특징이 뒤섞인 집단이었다. 그중 서른다섯 살을 넘는 사람은 없었다. 지도자의 연설에 완전히 몰입했다는 사실 외에 그들의 공통점은 옷차림이었다. 지도자와 마찬가지로 하나같이 잿빛 플란넬 바지와 보라색 풀오버를 입고 있었는데, 풀오버의 왼쪽 가슴에는 하얀 단검이 수놓아져 있었다.

"오늘 저녁은 이것으로 마치겠소, 제군. 다음 회의 날짜에 대해서는 적절한 절차를 거쳐 통지하도록 하겠소. 이제 해산하시오."

남자들은 모두 의자에서 일어나서 차렷 자세를 취한 후 왼손으로 복잡해 보이는 경례를 했다. 로버트 워벡은 근엄한 분위기로 남자들의 인사에 똑같은 동작으로 답했다. 회의 내내 고조되었던 분위기가 가라앉았다. 방 뒤쪽으로 물러난 남자들은 모두 입고 있던 풀오버를 벗어서 한 사람에게 건넨 후 셔츠 차림으로 우르르 아래층으로 내려갔다. 그들은 각자의 조끼와 코트를 입고 평범한 시민으로 돌아갔다.

워벡은 다른 남자들의 풀오버를 받았던 남자와 단둘이 남았다. 그는 잠자코 그 남자가 격식을 갖추어 옷을 개켜서 벽을 따라 붙어 있는 길고 커다란 벽장에 집어넣는 모습을 지켜보았다. 그러고는 피곤한 듯 기지개를 켜고는 자신도 옷을 벗어서 남자에게 건넸다. 남자는 워벡의 옷을 보관하는, 자물쇠를 채워 놓은 특별한 칸에 그 옷을 넣었다.

● **하우스 파티** _ 시골 저택에서 손님들이 며칠씩 머물면서 하는 파티.

"우리가 이 제복을 공공연하게 입을 날이 오고 있어. 하지만 지금은 아니야."

워벡이 말했다.

"그렇습니다, 지도자님."

대답하는 남자의 말투는 공손했지만 어쩐지 기계적인 느낌이 배어났다. 같은 말을 이전에도 여러 번 들은 것처럼 말이다.

"벽장의 열쇠입니다."

"고맙네."

"피곤해 보이십니다."

"며칠 푹 쉬면 좋겠군."

워벡은 인간적인 나약함을 인정하는 게 수치스럽다는 듯이 마지못해 대답했다.

"오늘 출발하시지요?"

"그렇다네. 런던을 떠나는 길에 풀럼 지부를 들여다볼 생각이야. 그곳 동지들이 규율의 의미를 배우고 싶어 하니까."

"그들에게 좋은 가르침이 될 겁니다."

"다음 주 초에 돌아올 거네. 그때 런던 북부 집회 계획을 짤 수 있을 걸세. 내가 없는 동안 어디로 연락하면 되는지 알고 있겠지?"

"네, 지도자님. 즐거운 크리스마스 보내시길 바랍니다."

워벡은 한동안 잠자코 있었다. 그는 생각에 잠긴 듯이 물끄러미 거울을 바라보며 넥타이를 매다가 말문을 열었다.

"고맙네. 어쨌든 가족을 위해 내 의무를 다하는 즐거움을 가져야겠지. 뭐가 되었든 가족에게 빚이 없는 사람은 없으니까."

"같이 지내실 분들 때문에 피곤하시지 않을까 걱정이 되는군요."

그의 보좌관이 슬쩍 운을 뗐다.

워벡이 몸을 홱 돌려 그를 바라보았다.

"그게 무슨 뜻이지?"

그의 목소리가 날카로웠다.

"그러니까, 지도자님. 저…… 저는 그저…… 줄리어스 장관이 생각이 나서요."

보좌관이 말을 더듬었다.

"줄리어스? 그자가 무슨 상관이야?"

"줄리어스 장관도 크리스마스를 워벡 홀에서 보내는 줄 알았습니다. 제가 잘못 안 건가요?"

"나는 금시초문이군."

"오늘 아침 《타임스》에서 그런 내용을 읽었습니다. 그래서 아시는 줄 알고……."

"이런 세상에! 분명히 아버지가……."

그는 늦지 않게 흥분을 가라앉혔다. 자신의 개인사를 아랫사람들과 절대 이야기하지 않는다는 행동 규범을 하마터면 잊을 뻔했다.

"말해 줘서 고맙네, 사이크스."

그는 코트를 입으며 계속 말을 이었다.

"《타임스》에 실린 기사는 미처 못 봤군. 어차피 속물들 코너는 잘 읽지 않지만. 미리 알았으니 마음의 준비를 할 수 있겠군. 이왕 이렇게 된 거 그 떠버리에게 내 생각을 약간 들려주는 것도 괜찮겠어. 그자의 크리스마스가 엉망이 될지도 모르겠군. 잘 있게!"

"안녕히 가십시오, 지도자님."

워벡은 드문드문 떨어지는 눈송이가 순식간에 진창으로 변해가는 칙칙한 거리로 발을 내디뎠다.

003

아버지와 아들

어둠이 완전히 내려앉자 눈이 본격적으로 쏟아지기 시작했다. 일단 기세가 오르자 이튿날 새벽이 훨씬 지난 후에도 눈발은 더욱 굵어졌다. 워벡 경은 병으로 깊이 잠들지 못하고 어느새 잠에서 깨어 창밖을 바라보고 있었다. 그의 시선은 풀밭과 정원을 지나 영지를 훑은 후 저 멀리 모두 하얗게 변해 버린 마크셔 다운스로 향했다. 두껍게 내려앉은 눈이 세부를 모두 덮어 풍경은 한결 부드럽고 흐릿해진 윤곽만이 남았다. 이백여 년 전에 영지의 농장을 '케이퍼빌러티 브라운'●이 꾸민 후로 어느 시대의 누구에게든 이 자리에 누워서 보는 아침 풍경은 똑같았을 거라고 생각했다. 최근 들어 방치하고 돌보지 못한 흔적은 자취도 없이 사라졌다. 예전처럼 진입로

●　**케이퍼빌러티 브라운** _ Capability Brown. 정원 설계에서 영국 최고로 꼽는 거장. 모든 사유지는 더 아름다워질 수 있는 가능성capability이 있다는 것이 그의 주장이었다.

는 윗가지를 쳐 낸 라임 나무들 사이로 고르고 곧게 뻗어 있었다. 그날만큼은 잔디 볼링장도 숙련된 사람이 제 의무를 다해 열심히 관리했던 예전처럼 표면이 평평했다. 물론 이 모든 것은 다 환상이었다. 눈이 녹으면 흙이 쌓여 있거나 움푹 팬 곳이며 무성한 잡초가 이틀이면 드러나 버릴 것이다. 드러나는 건 그뿐이 아니지. 워벡 경은 침울하게 이런 생각에 빠져들었다. 이 낡고 크기만 한 집에서 터진 배관만 해도 여섯 군데는 있을 테니까 어떻게든 수리비를 구해야 했다. 그에게는 아무래도 상관없었다. 늙고 병든 사람은 언제까지고 빠져들 수 있는 환상이 있다는 것만으로도 좋았다. 특히 마지막이 얼마 남지 않은 경우라면 더욱 그랬다.

브리그스가 아침 식사를 가져오자 워벡 경은 말했다.

"점심을 먹은 후에 기상하겠네, 브리그스."

"알겠습니다."

"기상하면 서재에 내려갈 수 있도록 좀 도와주게. 손님들과 그곳에서 차를 들겠네."

"하지만 커티스 박사님께서는……."

"어차피 커티스 박사는 이런 날씨에 여기 오지도 않아. 그 사람은 부친을 닮아 가슴이 약해. 이런 혹한을 견디지 못할 거야. 이런 일 정도는 그 사람이 알 필요도 없어."

"그렇습니다."

"오늘 아침에 줄리어스는 어떻던가?"

"줄리어스 장관님은 더할 나위 없이 건강해 보이셨습니다. 장관님께서는 일찍 식사를 끝내셨습니다. 굳이 말씀드리자면 보트윙크 박사님이 식사를 하신 시간만큼 일렀죠. 그리고 지금은 방으로 돌아가셔서 일을 하고 계십니다. 장관님께서는 소득세에 육 펜스를 추가할 거라고 하셨는데, 아마 농담을 하신 것 같습니다."

"그러기를 바라세나. 내게는 우울한 농담으로 들리는군. 하지만 취향은 제각각이니까. 하늘에 감사해야겠어. 어차피 다음 예산일●까지 살아 있을 가능성도 별로 없으니 말일세."

"세상에. 제발 그런 말씀은 마세요. 우리의 바람은……."

"그 얘기는 그만하게, 브리그스. 그런 이야기를 하다니 내가 생각이 짧았네."

"그럴 리가요. 아닙니다."

브리그스는 두 볼이 살짝 상기된 채 방에서 물러나기 위해 발걸음을 뗐다. 그러다가 문가에서 머뭇거리며 목청을 가다듬었다. 집사의 행동이 뜻하는 바를 잘 알기에 식사를 하던 워벡 경은 고개를 들었다.

"무슨 일인가, 브리그스?"

그가 물었다.

"제가 미리 전해 듣지 못했습니다, 주인님. 줄리어스 장관님께서 그…… 그러니까 사람을 데리고 올 거라는 말씀 말입니다."

집사의 목소리에 나무라는 기색이 엿보였다.

● **예산일** _ Budget Day. 정부가 예산 승인을 위해 예산안을 의회에 제출하는 날로, 영국과 아일랜드 등 몇몇 나라에만 남아 있다.

"사람이라고? 나도 모르는, 아, 이런, 그래, 그랬군. 그 사람은 형사야. 그 이야기를 한다는 걸 깜박하다니, 나도 참. 하지만 장관을 모시려면 그 정도 수고는 각오해야 하지 않겠나. 그렇다고 해서 너무 불쾌해하지 말게나."

"아닙니다. 그런 뜻에서 드린 말씀이 아닙니다. 그 사람의 식사 문제로 약간 고민을 했을 뿐입니다. 하지만 곰곰이 생각한 결과 그 사람이 하인들과 함께 먹도록 하면 될 것 같습니다."

"런던 경찰청을 겪어 본 적은 별로 없지만 그렇게 하면 될 것 같군, 브리그스."

워벡 경이 엄숙하게 덧붙였다.

"자네 결정에 동료들도 반대하지 않겠지?"

"솔직히 처음에는 주방에서 말이 좀 있었습니다. 하지만 금세 진정이 되었습니다."

"그 말을 들으니 마음이 놓이는군."

"자리는 설거지를 도와주는 사람 덕분에 훨씬 수월해졌습니다."

"잘되었군! 그렇다면 자네 문제는 모두 해결된 것 같군."

"그런데 성가신 문제가 하나 더 있습니다. 그 사람은 이 저택을 마음대로 쓸 수 있어야 한다고 생각하는 것 같습니다."

"무슨 말인지 잘 모르겠군."

그러자 집사는 엄한 표정이 되어 대답했다.

"평소에 이 저택의 하인들은 하인들의 구역에만 머무르도록 되어 있습니다. 물론 자신이 맡은 일을 하기 위해서 그 구역에서 나올 때도 있습니다. 그런데 요즘은 엄밀히 말하자면 각자의 의무가 아닌 일도 해야 할 때가 있어서 제가 바라는 방식대로 규칙을 고수하기가 쉽지 않습니다. 그래도 지금까지 최선을 다해서 이 저택의 전통을 지켜 왔다고 자부합니다, 주인님."

"나도 그렇게 생각하네. 하늘은 아실 거야. 나도 그렇게 생각하네."

"그런데 사회적으로 보자면 하인에 속하는 이 남자가 제 맘대로 저택을 돌아다니고, 이렇게 표현해도 괜찮을지 모르겠지만, 집 안 곳곳에 코를 들이민다면 규칙이 크게 흔들리지 않겠습니까?"

"그가 맡은 일을 하기 위해서라는 걸 기억하게, 브리그스!"

"그가 맡은 일이요?"

"그 신사의 일이라면 재무 장관의 신변 보호 아니겠나."

"보호라고요? 이 집에서 말입니까?"

집사의 목소리에는 언짢은 기색이 역력했다.

"이 집에서라면 그 사람도 딱히 할 일이 없겠지. 하지만 이 집의 규칙에 어떤 영향을 주든 말든 자신의 일을 수행하도록 내버려 두도록 하게."

"주인님께서 그렇게 말씀하신다면야. 하지만 그 사람이 줄리어스 장관님을 무엇으로부터 보호해야 한다고 생각하는지 어리둥절할 따름입니다."

집사는 대답은 그렇게 했지만 썩 내키지 않는 듯 보였다.

"앞으로 닥칠 일이라면 뭐든 상관없겠지. 밤에 찾아오는 공포일지도 모르고 낮에 날아드는 화살「시편」 9I장 5절일지도 모르지."

워벡 경이 밝은 목소리로 대답했다.

브리그스는 슬며시 미소를 지으며 말했다.

"그리고 흑암 중에 행하는 염병으로부터「시편」 9I장 6절요?"

그가 부드러운 목소리로 말했다.

"그건 아니야, 브리그스. 아무리 장관이라고 해도 그것에서만큼은 보호해 줄 수는 없다네."

로버트 워벡은 크리스마스이브 오후 4시 무렵에 저택에 도착했다. 그는 기분이 좋지 않았다. '자유와 정의 연맹'의 풀럼 지부와의 만남이 기대했던 대로 진행되지 않았던 것이다. 설상가상으로 런던에서 조금 벗어난 곳에서 엔진 고장으로 잠시 발이 묶이기도 했다. 큰 도로를 벗어나자 이번에는 눈이 펑펑 쏟아지기 시작했다. 그래서 마지막 몇 킬로미터를 앞두고 그의 여정은 점점 더디고 힘들어졌다. 자동차를 정문 앞에 세울 무렵에는 온몸이 추위에 꽁꽁 얼어 쥐가 날 정도였다. 브리그스가 곧장 다가와 짐을 받아 들었다.

"어서 오십시오, 로버트 도련님. 그간 안녕하셨습니까?"

그는 깍듯하게 인사를 했다. 하지만 가까이서 지켜본 사람이라면 그의 어조에 온기가 부족한 것을 눈치챘을 것이다.

"고맙네, 브리그스. 나는 잘 지내고 있네. 아버지는 어떠신가?"

"주인님은 한결 좋아지셨습니다. 오늘은 침대에서 나오셔서 서재에 계십니다."

"그거 다행이군! 지금 바로 올라가서 아버지를 뵙겠네."

"로버트 도련님, 주인님을 만나러 가시기 전에 먼저……."

로버트는 집사의 말을 못 들었거나 아예 무시하는 것 같이 행동하다가 갑자기 말했다.

"차를 뒤쪽에 세우고 오겠네. 내 짐을 방으로 가져다주겠나?"

차가 움직이나 싶더니 어느새 집 뒤로 돌아가 보이지 않게 되었다. 브리그스는 한 손에 가방을 든 채 활짝 열어 놓은 정문 앞에 홀로 남겨졌다. 우뚝 서 있는 그의 벗어진 머리 위로 눈송이가 나풀거리며 떨어졌다. 오랜 세월 저택의 관리를 책임지며 천성이 되어 버린 자제력이 순식간에 사라지고 날것 그대로의 표정이 얼굴에 드러났다. 그것은 결코 행복한 사람의 표정이 아니었다. 그 순간 머릿속을 가득 메운 대상에 대해 호의적인 감정을 품은 표정도 아니었다.

로버트는 저택의 차고로 이용되고 있는 마차 보관소에 차를 세우고 커다란 건물의 싸늘한 공기를 막기 위해 천으로 보닛을 덮었다. 건물의 반대편 끝에는 말이 있었고 번영을 구가하던 황금시대의 잔재인 마차 몇 대가 부서진 채로 방치되어 있었다. 작업을 마친 후 로버트는 쓰는 이 없는 마구간을 잰걸음으로 따라 걷다가 마구간 마당을 가로질러 뒷문을 통해 저택으로 들어갔다. 그는 다른 사람의 눈에 띌까 봐 전전긍긍하는 사람처럼 재빠르면서도 조용하게 현관으로 향했다. 그곳에서 코트를 벗고 곧장 서재로 올라갔다.

워벡 경은 벽난로가로 끌어당겨 놓은 소파에 누워 있었다. 졸고 있던 그는 문이 열리는 소리에 퍼뜩 깨어났다. 막 들어온 사람을 알아보고 얼굴에 화색이 돌았다. 그는 자리에서 벌떡 몸을 일으켜 세웠다.

"로버트, 얘야. 왔구나!"

그가 반가움에 소리쳤다.

"지금 도착했어요, 아버지. 늦어서 죄송해요. 여기까지 오는 길이 얼마나 힘들었는지 몰라요."

로버트는 서재를 가로질러 소파로 왔다. 그러고 나서 둘 사이에 의식할 수 있는 침묵이 일 분 정도 흘렀다. 보트윙크 박사 같은 외국인 관찰자가 자리에 있었다면 그 모습에 꽤 흥미를 느꼈을 것이다. 다른 유럽 국가라면 가족이 그렇게 상봉하는 자리는 포옹으로 시작되는 것이 너무나 당연한 일이었다. 그런데 로버트는 긴 바지를 입기 시작하면서 아버지에게 입을 맞추는 행동도 자연스럽게 그만두었다. 부자는 이렇게 만난 자리에서 영국 사람들이 으레 그러듯 악수를 했다. 하지만 누워 있는 사람과 악수를 하는 행위는 어쩐지 어색했다. 결국 로버트는 아버지의 어깨 위에 한 손을 가볍게 올려놓는 것으로 인사를 대신했다.

"거기 앉거라."

워벡 경은 벽난로가의 다른 쪽에 놓인 의자를 가리키며 말했다. 그는 아들의 감정 표현이 쑥스러운 듯이 더 무뚝뚝하게 말했다.

"좋아 보이는구나."

"네, 저는 건강해요. 아버지는……."

로버트는 잠시 말을 멈추었는데 목소리에서 걱정스러운 기색이 살며시 비쳤다.

"요즘 좀 어떠세요?"

워벡 경이 차분하게 대답했다.

"늘 똑같지. 동맥류가 뻥 터지거나 무슨 짓이라도 벌이기를 가슴 설레며 기다리고 있단다. 내가 크리스마스를 못 넘길 거라고 커티스가 말한 지 벌써 석 달째야. 그런데 몇 시간만 더 버티면 크리스마스를 넘기겠구나. 이참에 박싱 데이*까지 버틸 수 있도록 날 잘 도와 다오. 집주인이나 되어서 하필 이런 때에 세상을 하직해 버리면 그렇게 무례한 경우가 어디에 있겠니."

지금껏 안쓰러운 듯 아버지를 바라보던 로버트의 표정이 '집주인'이라는 말을 듣자마자 부루퉁하게 바뀌어 버렸다. 그가 낮고 단조로운 목소리로 물었다.

"줄리어스 아저씨를 초대하셨다면서요."

"그랬다. 지난번 편지에 내가 알리지 않았니?"

"아뇨. 동료에게 들어서 알았어요. 그 친구는 신문에서 읽었고요."

● **박싱 데이** _ 크리스마스 다음 날을 뜻하며, 상자를 뜻하는 영어 단어 Box에서 유래한 이름이다. 영국에서는 크리스마스와 함께 휴일로 지정하고 있다.

"이번에는 신문이 제대로 기사를 썼구나. 줄리어스는 지금 여기에 와 있어. 브리그스 말에 따르면 소득세에 대해 농지거리를 하면서 시간을 때우고 있다더구나."

"그 이야기는 하나도 재미없어요."

벽난로의 불을 쏘아보며 그렇게 말하는 로버트는 샐쭉해진 사내아이처럼 보였다. 아들의 반응에 워벡 경은 애정과 짜증이 뒤섞인 복잡한 심정이 되었지만 입가에 번지는 미소는 참기 힘들었다. 하지만 그는 차분함을 잃지 않은 채 이렇게 대꾸했다.

"괜찮은 유머는 아니지. 내 생각도 그래. 하지만 줄리어스답지 않니? 그러니 재미없는 유머라고 욕을 하려면 내가 아니라 그 친구에게 해라. 어찌 되었든 소득세가 웃을 일이 아니란 건 두말하면 잔소리니까."

"그런 말이 아니잖아요."

로버트가 말했다.

"그래, 무슨 말인지는 나도 안다. 너는 줄리어스라는 사람 자체가 싫은 거잖니."

"물론 싫죠. 다른 사람들 다 놔두고 왜 하필 줄리어스 아저씨를 부르신 거예요?"

"내 말 잘 들어라, 로버트."

워벡 경의 목소리는 약했지만 그 속에는 진정한 권위가 담겨 있었다.

"너와 내가 매사에 뜻이 같은 건 아니었어. 하지만 우리 가족과 낡고 정든 집의 전통에 대해 너도 나름대로 깊이 느끼는 바가 있을 거라 믿는다. 내가 기억을 하는 한, 아니 그보다 훨씬 전부터 워벡 저택에서 크리스마스는 가족과 친구들이 다시 모이는 날이었어. 이제 가족이라고 해 봐야 남은 사람도 거의 없어. 너를 제외하면 줄리어스가 살아 있는 가장 가까운 피붙이야. 게다가 이번 크리스마스가 내가 이 세상에서 맞는 마지막 크리스마스일 거야. 그런 마당에 전통의 맥을 끊게 된다면 나 자신을 용서할 수 없을 것 같더구나. 이게 바로 줄리어스에게 호의를 베푸는 것이 적절하다고 여긴 이유란다."

그때 로버트가 불쑥 끼어들었다.

"그러면 왜 줄리어스 아저씨는 아버지의 호의를 덥석 받아들이는 것이 적절하다고 생각했을까요? 아버지는 전통이라고 하셨죠. 그 이야기를 줄리어스 아저씨에게 한 번이라도 해 본 적이 있으세요? 그는 지금까지 우리가 지켜 온 모든 것에 맞서는 적이에요. 살아 있는 그 누구보다 전통을 파괴하고, 우리를 파괴하고, 조국을 파괴하는 데 혈안이 되어 있어요. 그 사람이 짠 지난 예산이 곧 발효할 줄 짐작하고 계실 텐데요. 아버지가…… 아버지가……."

"내가 죽으면 말이지. 그래, 물론 알고말고. 그러면 워벡 홀도 끝장이 나겠지. 네게는 정말 미안하구나, 로버트. 너는 가진 것을 몰수당한 첫 세대에 태어났으니 불운한 셈이야. 나는 그보다는 운이 좋았지. 오래된 라틴어로 나 자신을 표현한다면 말이지. 나는 펠릭스 오포투니테이트 모티스(죽어서 다행)야. 이 말을 내 비석에 새겨도 좋아. 목사가 허락해 준다면 말이지. 하지만."

그는 로버트가 끼어들지 못하도록 재빨리 말을 이었다.

"너는 이 문제에서 줄리어스가 맡았던 역할을 약간 과장하고 있는 것 같구나. 그가 아니라도 어차피 조만간 벌어질 상황이었어. 줄리어스는 훨씬 더 큰 움직임의 허수아비일 뿐이야. 온통 가식뿐인 인간이지만 그도 어느 정도는 그 사실을 인정하고 있을 거야. 지금에 와서 보니 줄리어스도 참 불쌍한 사람이야."

"불쌍하다고요! 제가 그 사람을 어떻게 생각하는지 말씀드릴까요? 그는 자신의 계급을 배신하고 조국을 배신했어요."

로버트는 더 이상 자신의 감정을 숨기지 않으려 했다.

"소리 지르지 마라, 로버트. 그건 길거리에서 연설이나 하고 다니면서 생긴 못된 버릇이구나. 게다가 내 몸에도 좋지 않아."

"죄송해요, 아버지. 하지만 적들을 용서하기가 쉽지 않아요."

로버트는 이내 잘못을 뉘우쳤다.

"적이라는 표현은 너무 과하구나. 나는 줄리어스에게 아무런 감정이 없어. 그는 우리 모두처럼 보트윙크 박사가 '시대정신'이라고 부르는 힘에 사로잡혀 있을 뿐이야."

"보트윙크? 그 사람이 누군데요?"

"아, 자그마하고 아주 재미있는 사람이지. 직접 만나게 될 거야.

지금 문서고에서 연구 작업을 하고 있어. 네가 좋아할 타입은 아니지만 나는 그 사람이 좋아."

"유대인 같은 이름인데요."

로버트는 혐오감을 숨기지 않았다.

"따로 물어본 적은 없다만 그렇다고 해도 전혀 놀랍지 않구나. 그게 중요하니? 괜한 걸 물어보는 것 같구나."

로버트는 잠시 아무 말도 하지 않았다. 이윽고 허울뿐인 웃음을 터뜨렸다.

"정말 이거 재미있겠군요. 크리스마스를 보내려고 워벡에 왔더니 휴가를 줄리어스 아저씨와 유대인과 함께 보내게 되었군요. 흥겨운 파티를 벌여야겠어요!"

"얘야, 네가 상황을 그런 식으로 받아들이다니 유감이구나. 사실 보트윙크 박사가 여기에 머무르게 된 건 순전히 우연이야. 네가 이곳에서 함께 지낼 사람들은 두 사람이 다가 아니란다. 요즘 우리가 손님을 잔뜩 받을 형편은 아니지만 두 사람밖에 대접 못 할 정도는 아니니까."

이렇게 이야기하는 워벡 경의 표정은 굳어 있었다.

최악의 소식도 감수하겠다는 듯이 로버트가 말했다.

"그런가요. 그럼 하우스 파티에 모인 나머지 손님들은 누군가요?"

"로버트, 나는 하우스 파티를 열 만한 상황이 아니란다. 집은 있지만 말이야. 말했다시피 이건 가족이 마지막으로 모이는 자리일 뿐이야. 가족이라는 이름으로 모일 만한 사람들도 이제 많지 않아. 일단은 카스테어스 부인……."

로버트가 불만이라는 듯 끙 하고 소리를 냈다.

"카스테어스 부인이라고요! 그럴 줄 알았어!"

"네 어머니의 가장 오래된 친구잖니, 로버트. 내 기억이 옳다면 네 불쌍한 형의 대모이기도 하고. 그러니 그녀를 초대하지 않았으면 마음이 영 불편했을 거야."

"그 여자가 어머니의 친구건 형의 대모건, 그건 중요한 게 아니에요! 그 여자 자체가 마음에 안 들어요. 그 사람은 앨런 카스테어스의 아내이고 머릿속에는 더러운 정치가를 더러운 정치계의 사다리에서 좀 더 높은 곳으로 밀어 올릴 생각밖에 없다고요. 게다가 말도 못하게 지루하고요."

그가 덧붙였다.

그러자 워벡 경이 체념하듯 말했다.

"음……. 그 더러운 정치가가 지금 외국에 나가 있는 덕에 여기서 너를 괴롭힐 일이 없다는 사실에 감사하자꾸나. 그리고 손님이 한 명 더 있어."

그는 계속 말을 이었다.

"다른 사람들에 대한 보상으로 생각해 주면 좋겠구나."

로버트의 뺨이 금세 불처럼 붉게 타올랐다. 그는 입술을 깨물고 한참을 가만히 있더니 마침내 고개를 돌려 아버지를 보며 물었다.

"커밀라도 부르셨어요?"

"그래, 불렀다. 너도 좋아하면 좋겠구나."

"저…… 저는 한동안 커밀라를 못 만났어요."

"그럴 것 같더구나. 그러니까 더욱 이번 명절을 네가 그 애와 함께 지내면 좋겠어."

"그렇게까지 제 생각을 해 주셔서 고마워요, 아버지."

"요즘은 생각할 시간이 많거든. 병자가 건강한 사람들보다 더 좋은 점 가운데 하나란다. 특히 너와 커밀라에 대해서 많이 생각했지."

로버트는 아무 대답도 하지 않았다.

그러자 워벡 경이 부드러운 목소리로 말을 이었다.

"나는 그 애가 참 좋아. 내가 잘못 본 게 아니라면 그 애는 너를 무척 좋아해. 너도 그런 줄 알았어. 네가 최근 일이 년 사이에 많이 변하기는 했어도 그 애에 대한 감정만큼은 그대로이길 바랐다. 나는 요즘 같은 세상에 부모가 자식의 인생에 간섭할 수 있다고 생각할 정도로 고루한 노인네가 아니야. 하지만 이 세상을 뜨기 전에 네 미래가 정해지면 널 두고 가는 마음이 한결 편하지 않겠니. 청혼을 하면 어떻겠니, 로버트? 이번 행복한 크리스마스는 너희 둘이 오붓하게 보내고 나머지 손님들은 내게 맡겨 두렴!"

로버트는 선뜻 입을 열려 하지 않았다. 그는 담배에 불을 붙인 후 신경질적으로 담뱃재를 벽난로에 털었다.

마침내 그가 말문을 열었다.

"드릴 말씀이 있어요, 아버지. 오래전부터 이…… 이 문제에 대해서 말씀을 드리고 싶었어요. 하지만 입이 떨어지지 않더라고요. 저는…….."

갑자기 문이 벌컥 열리며 브리그스가 들어오자 로버트는 말문을 닫아 버렸다.

"차를 내올까요, 주인님?"

집사가 물었다.

"숙녀분들을 기다리겠다고 말해 두지 않았나, 브리그스."

"방금 도착하셨습니다. 눈 때문에 지체된 것 같습니다."

"그럼 곧 차를 들도록 하지. 줄리어스에게도 알리고 보트윙크 박사에게도 괜찮다면 함께 차를 들자고 전해 주게."

"알겠습니다. 지금 손님들이 오시는 소리가 들린 것 같습니다."

브리그스는 서재에서 물러났다가 잠시 후 돌아와 이렇게 알렸다.

"레이디 커밀라 프렌더개스트와 카스테어스 부인이 도착하셨습니다."

04

6인의 티 파티

서재가 갑자기 여자들로 북적거리는 것처럼 느껴졌다. 장작을 땐 연기 냄새와 낡은 송아지 가죽 장정 책들의 조용하고 남성적인 분위기의 서재에, 여성적인 향기와 소리가 어우러진 새롭고 이질적인 요소가 끼어든 것이다. 로버트는 자신과 아버지가 무의미한 소수로 줄어든 기분이었다. 서재에 여자라고는 겨우 두 사람뿐이고 더군다나 둘 중 한 명은 매우 조용하다는 사실을 눈으로 보면서도 쉽게 믿을 수 없었다. 하지만 그 한 명이 자신의 존재를 드러내지 않는 것은 함께 온 동행에 의해 충분히 상쇄되었다.

카스테어스 부인의 여러 활동을 호의적으로 설명하자면 그녀가 '일당백의 인물'이었거나, 그런 인물이 될 것이거나, 원래 그런 인물이었다는 표현을 사용해야 한다. 물론 호의적으로 그렇게 표현하는 것은 아니었다. 그 표현은 워벡 경 서재 침략 사건에 딱 맞았다. 그녀는 군대를 점령하고, 화력을 좌우로 배치하고, 서재의 사람들이 기가 막혀 입을 다물게 만들어 서재를 장악해 버렸다.

"친애하는 워벡 경!"

그녀는 서재로 쳐들어오며 소리쳤다.

"이 정든 저택에 다시 오게 되어 얼마나 감동스러운지 모르겠어요! 저를 초대할 생각을 하시다니 얼마나 고마운 일인지. 그렇지 않아도 요즘 경의 건강이 무척 나쁘다고 들었어요. 하지만 지금은 훨씬 좋아 보이네요, 그렇죠? 얼마 전에 건강이 매우 안 좋으시다는 이야기를 들어서 몹시 걱정을 했었답니다. 저를 초대하신다는 편지를 받고 처음에는 도저히 믿기지 않았어요. 한편으로는 그럴 만하다 싶더군요. 옛 친구들을 잊지 않는 점은 참으로 경다웠거든요. 물론 우리 사이가 소원해진 지 오래되었지만 말이죠. 오, 로버트. 얘야, 요즘 잘 지내니? 척 봐도 잘 지내는구나. 이런, 이런, 너와 나는 가는 길이 달라도 너무 다르지. 신경 쓰지 마. 이번 크리스마스 동안만이라도 골치 아픈 주제는 잊도록 해 보자, 응? 크리스마스는 뭔가를 추억하는 시간이기도 하지만 잠시 잊는 시간이기도 하니까. 나는 늘 그렇게 생각한단다. 어머나, 이 아름다운 벽난로 곁에서 몸을 좀 녹여도 될까요! 몸이 꽁꽁 얼어붙은 것 같아요!"

독백이나 다름없는 그녀의 대화에 워벡 경은 간신히 끼어들 틈을 찾아 여행이 어땠는지 물었다.

"끔찍했어요! 말도 못 하게 끔찍했다니까요! 정든 워벡에 도착하면 기분이 좋아질 거라는 희망이 없었다면 견디지 못했을 거예요. 기차는 어김없이 연착을 하지, 춥기는 또 얼마나 추웠는지! 국유화되기 전의 지긋지긋한 옛날로 다시 돌아간 것 같았어요. 그 시대에서라면 절대 도착할 수 있다는 기대는 품지 않았을 거예요. 기차에서 내려서 여기까지 힘들게 차를 타고 왔어요. 실은 텔레그래프 힐에 눈이 어찌나 깊이 쌓였는지 과연 도착할 수 있을까 싶더라고요. 그런데 운전하는 젊은이가 참 분별력이 있더군요. 체인이 있어서……."

확실히 서재는 여성적인 분위기가 압도하고 있었다. 하지만 카스테어스 부인의 쉴 새 없는 수다 때문만이 아니었다. 그 자리에 모인 사람들 대부분이 그녀의 존재감에 어안이 벙벙해진 상태였지만 말이다. 그녀의 입에서 시시껄렁한 이야기가 끝도 없이 쏟아져 나오는 동안 커밀라 프렌더개스트는 워벡 경이 누워 있는 소파로 조용히 다가가 몸을 숙였다. 두 사람 사이에는 거의 들리지 않는 대화와 입맞춤이 오갔다. 이윽고 커밀라는 몸을 일으킨 후 로버트에게 다가갔다. 창가에 서 있는 로버트는 잘생긴 얼굴에 뜨뜻미지근한 표정을 짓고 있었다.

"로버트, 잘 지냈어?"

"어, 고마워. 너도 잘 지내지?"

"그럼. 고마워."

잠시 침묵이 감도는 동안 카스테어스 부인은 텔레그래프 힐에서 탱글리 보텀의 눈 더미까지 내려온 이야기를 장황하게 풀어놓고 있었다. 커밀라가 짧게 웃음을 터뜨렸다.

"우리 더 할 말이 없는 것 같지?"

"그래, 그런 것 같아."

그녀는 그의 어깨 너머로 창밖을 내다보았다. 커다란 눈송이가 유리창에 납작하게 달라붙었다.

커밀라가 말했다.

"눈 좀 봐! 내리는 걸 보니 영영 안 그칠 것 같아. 로버트, 우리가 '잘 지내?'라는 말밖에 하지 않으면서 며칠씩 여기서 바글거리면 유혈 사태가 일어날 것만 같지 않아?"

로버트는 창밖에 내리는 눈을 보고 있지 않았다. 그는 커밀라를 뚫어지게 바라보다가 느닷없이 활짝 미소를 지었지만 미소가 진짜인지 아닌지 알 수 없었다.

"선혈이 낭자하겠지."

그가 말했다.

브리그스가 모두에게 차를 내기 위해 서재로 들어오자 대화라고 부를 수 없었던 대화는 뚝 끊어졌다. 집사의 뒤를 이어 줄리어스가 양손을 비비며 모두를 반기는 듯한 태도로 따라 들어왔다.

"차가 나왔군! 아, 딱 좋아! 이렇게 추운 날에는 차를 꼭 마셔야 해!"

그는 짐짓 생각지도 못한 대접을 받은 사람처럼 탄성을 질렀다.

"오늘 하루 할당량만큼 부자들을 학대했기를 바라네, 줄리어스. 여기서 자네를 따로 소개할 필요는 없겠지?"

워벡 경이 말했다.

그러자 줄리어스가 과장되게 놀란 척을 하며 대꾸했다.

"나를 소개한다고! 그럴 필요는 없을걸. 커밀라, 오늘만큼 예뻐 보인 날이 없었던 것 같구나!"

"고맙습니다! 아무도 그 사실을 알아차리지 못한 것 같아 슬슬 걱정이 되던 참이었거든요."

"사랑스러운 아가씨, 사람들이 이렇게 눈 뜬 장님이라니 믿을 수가 없군! 내가 조금만 젊었다면. 이런, 카스테어스 부인! 정말 반갑 군요! 절묘한 타이밍에 부인을 만났어요. 방금 워싱턴의 어떤 신사로부터 받은 아주 훌륭한 공문을 읽었거든요. 다시 말하지만 과연 훌륭했어요. 부인의 남편은 그곳에서 우리를 위해 대단한 일을 하고 있어요. 우리 모두 그에게 깜짝 놀랐습니다."

"저는 조금도 놀랍지 않아요, 장관님. 이미 그 사람이 이 나라 의회와 재무부를 통틀어 최고의 능력자라는 사실을 알고 있었거든 요. 그러니까 비록……."

카스테어스 부인의 말투는 심하다 싶을 정도로 날카로웠다.

"비록, 뭐요? 이를테면 다른 사람이 재무 장관 자리에 떡하니 앉아 있고 카스테어스 씨는 아니라 해도? 걱정하지 말아요. 그 사람의 시대가 올 겁니다. 쥐구멍에도 볕 들 날이 있다지 않소. 우리는 다 죽기 마련이라오. 그 사람에게 초조해하지 말라고 전해 주시오. 그것이 정치의 불문율이니까."

줄리어스의 유머 감각은 조금도 움츠러들지 않았다.

그때 창가에서 낄낄거리는 소리가 났다. 줄리어스는 소리가 난 쪽으로 몸을 홱 돌렸다.

"아, 로버트구나. 네가 거기 있는 줄 몰랐다. 잘 지내느냐?"

그의 목소리에서 찬바람이 쌩쌩 불었다.

"안녕하셨어요?"

로버트도 똑같이 쌀쌀맞게 대답했다.

"막 도착했나 보구나, 그렇지?"

"네. 어제 런던에서 중요한 모임이 있었거든요."

"어련하겠니. '자유와 정의 연맹' 모임이었겠지?"

"그랬겠죠? 관심이 있으셨어요?"

"내 보기엔 이 나라에서 민주주의를 걱정하는, 생각할 줄 아는 남녀 모두가 관심이 있는 것 같구나."

"내가 보기엔 아저씨가 기꺼이 민주주의라고 부르는 것은……."

"커밀라, 보트윙크 박사와 초면이지? 박사는 이곳에 보관된 고문서들 사이를 누비면서 즐거운 시간을 보내고 있단다. 보트윙크 박사, 이쪽은 레이디 커밀라 프렌더개스트 양, 카스테어스 부인, 내

아들 로버트라오. 줄리어스와는 이미 만났겠죠. 자, 이제 올 사람은
다 왔군요. 이런 날 여기를 찾아올 사람은 더 없을 것 같소. 브리그
스, 커튼을 치게. 커밀라, 우리에게 차를 따라 주겠니?"

워벡 경이 나지막한 음성으로 논쟁의 싹을 싹둑 잘라 버렸다.

사람들 사이에 감돌던 긴장감이 스르르 녹아내렸다. 커밀라는
찻주전자와 브리그스가 이 자리에 어울릴 것 같아서 가져온 커다란
은주전자를 들고 바삐 움직이기 시작했다. 그러자 문득 기억 속에
반쯤 묻혀 있던 뜻 모를 노래 구절이 떠올랐다.

불 위에 주전자를 올리자, 조금씩, 조금씩
사람들은 모두 다시 행복해졌어요.

적어도 그 순간만큼은 모두 평화로운 분위기였다. 설탕 그릇을
본 카스테어스 부인은 식민지산 설탕에 붙는 관세에 관한 전문적인
토론에 줄리어스를 끌어들였다. 로버트도 그 두 사람처럼 분위기를
해치지 않을 만한 주제로 아버지와 대화에 흠뻑 빠졌다. 커밀라는
자신의 옆에 얌전히 서 있는 보트윙크 박사를 보았다.

"워벡 경의 잔을 제가 채울까요? 나머지 손님들은 아직 차가 남
아 있는 것 같군요."

박사는 커밀라가 건넨 잔을 제대로 잡지 못해 하마터면 떨어뜨
릴 뻔하며 말했다.

"덤벙거려서 죄송합니다. 사실 손가락에 살짝 감각이 없어서 말이죠."

박사는 진지하게 사과를 했다.

그는 차분하게 위벡 경의 잔에 차를 따른 후 원래 자리로 돌아왔다. 커밀라는 로버트가 무례할 정도로 거들먹거리며 박사의 존재를 깡그리 무시하고 있다는 사실을 알아차렸다. 그녀는 다른 사람들과 어울리지 못하는 이 자그마한 남자에게 일부러 더 공손하게 대했다.

"벽난로도 없는 문서고에서 작업을 하신다면서요? 그러다가 건강을 해치실지도 몰라요!"

"식사만 잘 챙겨 먹으면 춥다고 금방 건강이 나빠지는 일은 없습니다. 적어도 제 경우에는 그렇더군요. 말이 나왔으니 말인데 그곳이 과연 춥기는 춥습니다. 과학자들은 절대 추위라는 것이 존재한다고들 하던데, 문서고는 그 절대 추위에서 그리 멀리 있지 않은 것 같습니다."

보트윅크 박사가 설교하듯 대답했다.

"영어를 참 잘하시네요."

커밀라가 문득 물었다. 그녀는 박사 너머에 있는 로버트 쪽을 보고 있었다. 외국인에게 친절하게 대하는 커밀라의 태도가 짜증스럽다는 듯이 로버트가 자신을 노려보자 그녀는 비틀린 쾌감을 느꼈다.

'어쨌든 내게 관심이 있는 건 분명해.'

그녀는 이렇게 생각했다. 커밀라는 로버트를 좀 더 골려 주고 싶은 마음을 누를 수가 없었다. 그녀는 워벡 부자의 대화에 불쑥 끼어들었다.

"톰 아저씨, 보트윙크 박사님이 제게 절대 추위에 대해 들려주셨어요. 그게 뭔지 아세요?"

"모르겠구나, 커밀라. 극도로 불쾌한 것이라는 것쯤은 알겠는데."

"아마 문서고 같은 걸 거예요."

"미안하오. 요즘은 내 욕심껏 손님들이 편하게 지내시도록 하기가 몹시 어렵다오."

워벡 경은 역사학자에게 몸을 돌리며 점잖게 사과를 했다.

"워벡 경, 저는 아무렇지도 않습니다. 진심입니다. 농담으로라도 그런 말은 하지 말았어야 했는데. 이보다 더 추운 적도 무척 많았습니다. 다시 말씀드리지만 정말 저는 괜찮습니다."

보트윙크 박사는 당황해 얼굴이 붉게 상기되었다.

그러자 로버트가 처음으로 그에게 말을 붙였다.

"당신네 나라는 더 추울 테니까요."

그러더니 느릿느릿 질문을 덧붙였다.

"그런데 어느 나라 분이신가요?"

로버트의 의도적인 무례함에 보트윙크 박사는 차분하게 대답했다.

"그 질문은 정확하게 대답해 드리기가 곤란한데요. 국적으로 따지면 오스트리아, 체코, 독일 순으로 바뀌었죠. 하지만 어느 정도는 러시아인이기도 하고 태어난 나라는 헝가리입니다. 저를 만든 재료는 이외에도 얼마든지 많이 있지요."

"유대 재료도 들어 있겠죠?"

"물론입니다."

보트윅크 박사는 예의 바른 미소를 지으며 대답했다.

"보트윅크 박사, 미안하지만 저기 있는 케이크를 가져다주겠소?"

워벡 경이 끼어들었다.

"고맙소. 식사를 앉아서 할 수 있는 사람들을 얼마나 부러워하게 되었는지 여러분은 짐작도 못 할 거요. 누워서 먹는 것만큼 불편하고 지저분한 일은 없지요."

커밀라가 그가 기대고 누운 쿠션들을 다시 정리했다.

"불쌍한 톰 아저씨! 설마 오늘 저녁에 식사를 함께 드시지 못한다는 말씀은 아니죠?"

"못할 것 같구나, 커밀라. 아마 크리스마스가 오기도 한참 전에 나는 잠이 들 거야. 내 대신 로버트가 주인 역할을 할 거란다. 네가 불편해하지 않으면 좋겠구나."

커밀라가 로버트를 바라보았다. 그는 얼굴을 살짝 붉히며 그녀의 시선을 피했다.

"로버트가 불편해하지 않으면 좋겠네요. 카스테어스 부인, 차를 한 잔 더 드릴까요?"

커밀라가 상냥한 목소리로 말했다.

"고마워요. 너무 우러나서 진하지 않으면 한 잔 더 줘요. 장관님, 아까도 말했잖아요. 남편이 그러기를 식민지의 설탕 생산자들은……."

"워벅 경. 이런 상황에서 오늘 저녁 경의 가족 식사에 저를 초대하신다는 제안을 덥석 받아들여도 좋을지 모르겠습니다. 제 생각으로는 아무래도……."

보트윙크 박사가 조심스럽게 말문을 열었다.

"그게 무슨 말이오, 박사. 당연히 참석을 하셔야 하고말고. 당신도 다른 사람처럼 이 집의 손님이라고 생각해 주오."

워벅 경이 따스한 어조로 박사의 말허리를 잘랐다.

"하지만……."

"당연히 저희와 함께 저녁을 드셔야지요."

커밀라가 냉큼 끼어들었다.

"박사님이 안 계시면 저는 저녁 내내 누구하고 이야기를 해요? 차 더 줄까, 로버트?"

그녀는 짐짓 아무것도 모르는 척 로버트에게 말을 걸었다.

"고맙지만 나는 됐어."

로버트는 단호하게 거절하고 벌떡 일어섰다.

"오늘 저녁 연회에서 내가 집주인 역할을 하려면 어떤 음료를 낼지 브리그스와 이야기를 해 두는 게 낫겠군."

그는 그 말을 남긴 후 방을 나가 버렸다.

로버트가 느닷없이 자리를 뜨자 어색한 침묵이 뒤를 이었다. 카스테어스 부인의 식민지 설탕 문제에 대한 장황한 연설도 뚝 끊어졌다. 그녀는 얼떨떨하면서도 마뜩찮은 표정으로 서재를 나가는 로버트를 지켜보았다. 워벡 경의 얼굴이 분노로 달아올랐고 보트윙크 박사는 반대로 하얗게 질렸다. 커밀라는 손이 벌벌 떨렸다. 그녀가 잔을 내려놓자 달그락거리는 소리가 정적 속에서 요란하게 울렸다. 자두 케이크를 먹느라 정신이 없는 줄리어스만이 방금 전에 무례한 일이 벌어졌다는 사실을 모르는 것 같았다.

제일 먼저 말문을 연 사람은 워벡 경이었다. 그는 힘겹게 숨을 몰아쉬며 힘들게 말을 했다.

"미…… 미안하오. 내 외아들이……. 내 집의 손님을……. 얼굴이 화끈거리는군요……."

"너무 괘념치 마십시오, 워벡 경. 제발요."

보트윙크 박사가 재빨리 말했다. 상황이 상황인지라 그의 영어가 한층 딱딱해졌다.

"완벽하게 이해가 되는 상황입니다. 유감스럽고 사소한 이런 사건은 예견할 수 있는 일이었습니다. 이 사건으로 말미암아 제가 오늘 저녁 만찬에 참석하지 않아야 한다는 사실을 확신하게 되었습니다. 사실 어제 경의 충실한 브리그스에게 제 뜻을 확실하게 밝혔습니다. 경께서 저를 반겨 주시는 마음을 몰라서가 아닙니다. 다만 정치적인 문제가 개입되면…….”

“내 집에서 정치는 안 되오.”

워벡 경이 떨리는 목소리로 말했다.

그러자 커밀라가 단호하게 말했다.

“이쪽으로 잠깐만 와 보세요. 박사님과 할 이야기가 있어요.”

그녀는 당황한 보트윅크의 팔을 잡아끌며 방의 구석으로 가서
이야기를 시작했다.

“있잖아요, 저는 박사님이 지금 어떤 심정이실지 잘 알아요. 하
지만 우리가 오늘 저녁을 잘 넘길 수 있도록 도와주세요. 박사님이
계셔도 분위기는 엉망이겠죠. 하지만 로버트가 계속 저러는데 박사
님까지 안 계시면 상황은 더 나빠질 거예요.”

“더 나빠진다고요, 레이디 커밀라? 무슨 말씀이신지 모르겠군
요. 그분이 저를 불쾌하게 여기고 있는데, 어떻게 더 나빠질 수 있
다는 겁니까?”

“오, 그런 사람은 박사님만이 아니에요! 박사님은 로버트가 성
질을 부릴 핑곗거리에 불과해요. 그는 줄리어스 아저씨를 머리부
터 발끝까지 증오해요. 아니 그 이상일 거예요. 왜냐하면 줄리어스
아저씨가 자신의 일족 중에서 유일하게 반대편으로 전향한 사람이
라고 여기거든요. 게다가 같은 이유로 카스테어스 부인도 싫어해
요.”

“그렇다면 당신은요? 로버트 씨는 당신도 미워하나요? 그렇다

면 이유가 뭐죠?"

커밀라가 뜸을 들였다.

"그 이유를 알고 싶어서 제가 여기에 온 거예요."

"무슨 말씀이신지 잘 알겠습니다."

"고맙습니다. 그러실 줄 알았어요. 박사님은 그러니까……
음…… 이해력이 뛰어난 분 같았거든요."

보트윙크 박사는 한동안 아무 말도 하지 않았다. 그러더니 워벡
경의 소파를 바라보며 말했다.

"제가 거절을 한다면 워벡 경의 마음이 상하실까요?"

"분명히 심기가 몹시 불편하실 거예요. 이 파티는 전적으로 아
저씨의 계획이었고 계획대로 진행되기를 바라실 테니까."

보트윙크 박사가 한숨을 푹 쉬었다.

"저는 워벡 경에게 큰 신세를 지고 있습니다. 오늘 저녁 여러분
의 파티에 꼭 참석하도록 하겠습니다, 레이디 커밀라."

"고맙습니다. 그렇게 결정해 주셔서 정말 감사해요."

박사는 곤란하다는 듯 말했다.

"어차피 저는 개밥의 도토리처럼 어색한 존재가 될 텐데요. 로
버트 씨가 저를 싫어한다는 점을 제외하면 다른 분들과는 아무런
공통 화제가 없거든요."

"누구하고도 잘 어울리실 거예요."

보트윙크 박사가 고개를 흔들며 반박했다.

"그런 뜻이 아닙니다. 저는 전문적인 연구를 하는 사람입니다. 이번에 재무 장관님이 오신다기에 꼭 만나 뵙고 싶었어요. 왜냐하면 헌법과 그분의 직무에 관한 역사 가운데 꼭 여쭤 보고 싶은 문제들이 있었거든요. 그런데 오늘 아침을 들면서 그 주제를 꺼냈더니 묵묵부답이시더군요. 완전히 무시를 당했다는 표현이 더 정확하겠어요."

커밀라가 웃음을 터뜨리며 말했다.

"정말 단순하시네요, 보트윙크 박사님. 장관님이 헌법의 역사에 대해서 뭐라도 아실 거라고 기대하셨어요? 그분은 자신의 부서를 이끄는 일만으로도 너무 바빠서 그런 문제는 관심도 없을 거예요."

"저는 아직도 영국에 대해 모르는 것 같습니다. 대륙에서는 역사 교수들이 내각에 임명되는 일이 그리 드물지 않습니다."

역사가는 온화한 말투로 대답했다.

"음, 줄리어스 아저씨와 영국의 헌법에 대해 난상 토론을 벌여서 파티를 즐겁게 만들겠다는 시도는 아무 소용이 없을 거예요. 게다가 그분은 일 얘기를 좋아하지 않아요. 방금 전에도 카스테어스 부인이 설탕 관세에 대해서 떠들 때 얼마나 지겨워하는지 못 보셨어요? 그분과 이야기를 하고 싶다면 골프나 낚시 이야기를 해 보세요. 그분이 정말 좋아하는 주제는 그런 것뿐이에요."

커밀라가 단호하게 말했다.

보트윙크 박사가 우울한 표정으로 그녀의 말을 되풀이했다.

"골프와 낚시라……. 고맙습니다, 레이디 커밀라. 명심해 두겠습니다. 당신이 도와주시면 이번 기회에 영국의 공직을 제대로 이해할 수 있겠군요!"

덫에 걸린 로버트

로버트는 서재의 문을 닫고 안도의 한숨을 쉬며 복도로 나왔다. 하인들의 구역으로 가려면 왼쪽으로 꺾어진 복도로 가야 했다. 그러나 그는 잠시 망설인 후 반대쪽으로 발걸음을 옮겼다. 그러나 몇 발자국을 가지도 못하고 놀라서 우뚝 멈춰 섰다. 복도 모퉁이에 낯선 남자가 있었던 것이다. 그 남자는 미드마크셔의 여우 사냥개들의 주인으로 그려져 있는 6대 워벡 경이 말을 타고 있는 인물화를 뚫어져라 보고 있었다. 잿빛 트위드 양복을 단정하게 차려 입은 남자였다. 몸가짐에서 덩치를 크게 보이려 하면서도 한편으로는 눈에 띄지 않으려는 분위기가 풍겼다. 꽤 느긋해 보이는 그는 로버트가 다가가자 옆으로 비켜 길을 터 주었다. 그에게서 자신의 존재를 당연한 것으로 받아들이라는 무언의 메시지가 들리는 것 같았다.

하지만 로버트는 그 누구도, 그 무엇도 당연하게 받아들일 기분
이 아니었다. 워벡에서 보내는 크리스마스는 불쾌한 돌발 상황의
연속이었다. 그런데 예상하지 못한 손님을 또 만나자 그만 폭발하
고 말았다.

"당신 누구야?"

로버트는 다짜고짜 질문을 했다.

"제 이름은 로저스입니다."

덩치 큰 남자가 공손하게 대답했다. 목소리가 어쩐지 사람의 것
이라 여겨지지 않았다. 마치 잘 손질된 기계에서 나오는 것 같았다.

"여기서 어슬렁거리며 뭘 하는 건가?"

"네, 굳이 말하자면 어슬렁거리는 것이 제 일입니다. 여기 제 명
함입니다."

갑자기 로저스의 손에서 작은 사각형의 명함이 슥 나타났다. 로
버트는 명함을 읽었다.

런던 경찰청 특수부

제임스 아서 로저스는 런던 경찰청의 경사이다. 이 명함은 그가 직
무를 수행할 수 있는 증서이자 권한을 보증한다.

"알겠군."

로버트는 만지는 것만으로도 기분이 나쁘다는 듯이 손끝으로 가지고 있던 명함을 그대로 로저스에게 돌려주었다.

"그렇다면 자네도 그들 중 하나란 말이군? 내가 전에 자네를 만난 적이 있나?"

"네, 그렇습니다. 지난 9월 20일 일요일, 오후 8시에서 10시 사이입니다."

"뭐라고?"

"'자유와 정의 연맹'의 야외 집회에서였습니다. 저는 근무중이었고요."

"그렇다면 말이 되는군. 그래서 나를 계속 염탐하라고 자네를 이곳까지 보낸 거군?"

"오, 아닙니다. 저는 경호 임무로 이곳에 왔습니다. 줄리어스 장관님을 경호하고 있습니다."

로버트는 고개를 뒤로 젖히고 껄껄 웃음을 터뜨렸다.

"경호라고! 이것 참 재미있군! 그래, 그자는 경호가 필요할 거야! 이봐, 내 말을 잘 들어 두게. 런던 경찰청에 돌아가면 상관들에게 꼭 전하게. 우리가 집권하게 되면 자네 같은 사람들은 모두 해고라고 말이야."

"과연 그럴까요. 줄리어스 장관님의 친구분들도 예전에 그분들의 집회에 가면 늘 그렇게 말씀하셨죠. 언젠가는 워벡 씨도 똑같이 경호를 원하게 될 겁니다. 다들 그러거든요."

형사는 덤덤하게 대꾸했다.

그때 뒤에서 조심스럽게 헛기침을 하는 소리가 들리자 로버트는 갑자기 몸을 휙 돌렸다.

"실례합니다, 도련님."

브리그스는 매우 정중한 태도였지만 마음에 들지 않는 기색이 역력했다. 이 가문의 아들과 경찰의 대화는 전통적으로 워벡 홀에서 볼 수 있는 장면이 아닐 테니 말이다. 그는 로저스 경사를 돌아보며 말했다.

"가정부의 방에 차가 준비되어 있습니다, 로저스 씨."

집사가 알렸다.

"고맙습니다."

"더 이상 붙잡지 않겠네."

로버트가 날카로운 어조로 말했다.

"대단히 고맙습니다."

로저스는 전혀 주눅이 들지 않은 듯 선선히 대답하고 자리를 떠났다.

로버트는 불쾌한 표정을 숨기지 않고 그 모습을 지켜보았다.

"요즘은 이런 일까지 참고 지내야 하는군."

그가 말했다.

"정말 그렇습니다, 로버트 도련님. 죄송합니다만, 지금 저와 이야기를 나누실 수 있습니까?"

집사가 다시 헛기침을 했다.

로버트는 몸을 돌려 말없이 그를 바라보았다. 브리그스는 오랜 세월 동안 몸에 익은 공손한 태도를 유지하면서도 눈에 잔뜩 힘을 준 채 주인의 아들을 바라보았다. 기세에 눌려 로버트는 슬그머니 시선을 돌렸다.

브리그스는 변함없이 공손한 말투로 이야기를 했다.

"제가 흡연실 벽난로에 불을 지펴 두었습니다. 그곳이 제일 편할 것 같아서요."

로버트는 여전히 입을 꾹 다문 채 복도를 걷기 시작했다. 브리그스가 열어 준 문을 말없이 지나 흡연실의 벽난로 곁에 놓인 안락의자에 털썩 앉았다. 로버트가 긴 다리를 앞으로 쭉 뻗고 뚱한 표정으로 구두코를 바라보는 동안 브리그스는 집사답게 카펫 중앙에 단정하게 섰다. 침묵이 점점 무게를 더해 가자 로버트는 더 이상 견딜 수 없었다. 그는 고개를 홱 쳐들고 쏘아붙였다.

"이봐? 왜 그렇게 입을 다물고 있는 건가?"

"도련님, 저는 도련님께서 먼저 생각을 들려주시기를 바랐습니다."

"무슨 생각을 말하는 거지?"

"그렇다면 이야기를 제가 먼저 꺼내도록 허락해 주시죠. 제 딸 수전이 지금……."

"이것 봐!"

운동선수 같은 건장한 체격의 로버트는 벌떡 자리에서 일어나서 자신 앞에 공손하게 서 있는 집사를 굽어보며 말했다.

"지금 그 이야기를 꺼내서 뭐하자는 건가? 나나 자네나 지금 어떤 상황인지 알잖나. 이 문제에 대해 몇 번이나 이야기를 했어. 자네들이 나를 신뢰해 주리라 여겼는데. 전에도 약속을 했고 지금도 약속할 수 있어⋯⋯."

"약속이고 뭐고 다 좋습니다, 로버트 도련님. 하지만 그 후로 시간이 꽤 흘렀습니다. 게다가 이제 생각해야 할 사람이 저 말고도 두 사람이나 더 있습니다. 뭔가를 행동에 옮기기에 지금만큼 적당한 때가 또 없습니다."

집사가 흔들림 없이 대답했다.

"뭔가를 하기에 가장 적당하다니, 진심으로 하는 말인가? 아버지는 위독하시고 이 집에는 사람들이 북적대는데? 자네는 지금 몹시 분별력이 없게 행동하고 있군. 한동안은 이 상태로 있어야만 하네. 아버지에게 말할 기회가 생기면 반드시 말씀을 드릴 걸세."

"그런 대답만으로는 충분하지 않습니다, 도련님."

"브리그스! 내게 협박이라도 하려는 건가?"

로버트의 어조가 사뭇 위협적으로 변했다.

"그런 식으로 표현하고 싶지 않습니다."

"이건 나와 수전 사이의 문제야. 수전은 성인이고 자신을 충분히 잘 돌볼 수 있어. 그녀가 지금 상황에 만족하지 못하겠다면 여기로 와서 직접 말하겠지."

"수전은 여기에 와 있습니다."

브리그스가 차분하게 말했다.

"여기라고? 자네 말은 수전이 지금 여기에, 바로 이 집에 와 있다는 건가?"

로버트는 크게 몸을 비틀거렸다.

"그렇습니다, 도련님."

로버트는 삼십 초가량 아무 말도 하지 않았다. 그러더니 패배를 인정하는 남자처럼 말했다.

"나를 보고 싶어 하겠지?"

"아닙니다. 지금 같은 상황에서 누군가를 만나는 것 자체를 당혹스러워하는 것 같습니다. 그래서 그 애가, 아니 우리가 최대한 빨리 입장을 명확히 하는 편이 좋겠다고 생각하는 겁니다."

브리그스가 드러낸 감정만으로 보면 마치 저녁 식사 후에 어떤 음료를 내면 좋을지 의논하는 것 같았다.

"알겠네, 알겠어. 자네는 내게 압력을 가하려고 수전을 이곳으로 데려온 건가? 약속을 빌미로 은근슬쩍 협박을 하려고?"

로버트의 목소리가 다시 거칠어졌다.

"협박이라뇨, 당치도 않습니다."

"그렇다면 뭔가? 내가 아는 한 그녀를 이 집에 들일 다른 이유가 없을 텐데."

"도련님. 크리스마스는 가족이 한자리에 모이는 명절입니다. 그건 집사라고 예외가 아닙니다. 압력이라고 말씀하셨는데 저는 그럴 필요가 없을 것이라고 믿고 있습니다. 저희는 도련님이 모든 면에서 신사답게 행동해 주실 것으로 철석같이 믿고 있으니까요."

브리그스는 처음으로 솔직하게 감정의 한 자락을 드러내며 대답했다.

브리그스의 입에서 나온 '신사'라는 말에는 힘과 단순 명쾌함이 깃들어 있어 로버트는 순간 말문이 막히고 말았다. 아마도 그와 같은 지위에서 평생 살아온 사람만이 그 단어를 그런 식으로 적확하게 사용할 수 있으리라. 신분상으로 그는 신사가 아니었지만 품위 있게 봉사하기로 맹세했으므로 자신은 물론 동료들이 평생 지키며 살았던 기준에 부합했다. 그런 품위가 없었다면 그의 봉사는 단순한 노역奴役에 지나지 않았을 것이다.

로버트는 많이 분하고 놀랐지만 집사의 차분한 말에서 사무치는 감정을 느낄 수 있었다. 이 이야기를 실제로 끄집어내기 위해 많이 힘들었을 것이다.

"수전이 지금 아무도 만나려 들지 않는다고 했지. 하지만 이 집의 하인들이……."

"주방장과 하녀장에게는 미리 언질을 주었습니다. 하지만 다른 하인들은 아닙니다. 하인들은 수전이 제 딸인 것까지는 알지만 그 이상은 모릅니다. 주위에 수전이 남편과 사별했다는 듯한 분위기를 풍겨 두었습니다. 그렇게까지 속여야 하는 건 몹시 유감이지만 그게 최선인 것 같더군요."

"알겠네……. 브리그스, 이제 할 이야기는 다 한 것 같군. 나는……."

더듬더듬 이어지던 로버트의 말이 멀리서 들리는 희미한 종소리에 뚝 끊어졌다. 브리그스는 즉시 반응했다. 그는 로버트의 말에 주의를 온통 집중하고 있었지만 예의고 뭐고 없이 곧장 그의 말을 잘랐다.

"죄송합니다, 도련님. 주인님께서 종을 울리신 것 같습니다."

집사는 곧장 문으로 향했다. 손잡이를 잡자마자 밖에서 문이 확 열리며 커밀라가 들어섰다. 그는 곧장 들어오는 그녀와 부딪히지 않도록 순간적으로 우뚝 멈췄다. 집사가 당황해 얼굴을 붉히며 웅얼거리듯 말했다.

"죄송합니다, 아가씨. 제가 미처……."

"괜찮아요, 브리그스. 워벡 경께서 위층으로 올라가시고 싶다고 당신을 찾으세요. 지금 잠자리에 들겠다고 하셨어요."

커밀라가 서둘러 말했다.

"알겠습니다, 아가씨."

브리그스는 집사들만의 특기인 느긋한 걸음걸이로 순식간에 모습을 감추었다. 그러자 커밀라가 로버트를 향해 돌아섰다.

"담배 한 대만 줘."

그녀가 느닷없이 말했다.

로버트는 담배 케이스를 건네고 불을 붙여 주었다. 커밀라는 벽난로 곁에 서서 한쪽 발은 야트막한 난로 칸막이에 올리고 한쪽 손을 벽난로 위의 선반에 놓은 채 너울거리는 불길을 바라보았다. 그 모습은 무척 매력적이었다. 불타오르는 장작의 깜박이는 불빛은 심미안이 있는 사람이라면 아마도 너무 차갑고 냉담해 보인다고 했을 그녀의 모습에 빛깔과 움직임을 더했다. 이런 변화를 로버트가 알아차렸더라도 깨달음을 드러내지 않도록 꽤나 조심했을 것이다. 그는 그녀가 담배를 반쯤 피울 때까지 기다렸다가 마침내 말문을 열었다.

"아버지가 더 오래 계실 줄 알았는데. 갑자기 몸이 안 좋아지신 거야?"

"아니. 괜찮으셔. 좀 피곤하다고 하셨을 뿐이야."

"피곤하신 것도 무리가 아니지. 줄리어스 아저씨와 카스테어스 부인이 설탕에 대해서 떠드는 소리를 들으셨다면 말이야."

"어쨌든 너보다는 더 오래 참고 버티셨어, 로버트."

커밀라가 희미한 미소를 지으며 대꾸했다.

두 사람 사이에는 또다시 정적이 찾아왔다. 로버트는 다시 이야기를 시작할 기미조차 보이지 않았다. 마침내 커밀라가 다 피운 담배를 불 속에 던진 후 그를 향해 몸을 돌렸다.

"브리그스와 의논한 건 어떻게 되었어?"

그녀가 물었다.

"의논? 그게 무슨 소리야? 내가 브리그스와 무슨 의논을 해?"

로버트는 갑자기 방어적인 태도를 취했다.

"오늘 저녁에 쓸 와인 말이야."

커밀라는 짐짓 순진한 척 놀라며 되물었다.

"차를 마시다가 억지로 나간 건 그 때문인 줄 알았는데."

"오, 그렇지. 맞아, 음료는 문제없이 나올 거야."

"뭐든 충분히 나오면 좋겠네, 그러면 돼."

그러더니 커밀라가 심술궂은 태도로 말했다.

"오늘 밤은 잔뜩 마실 테니까. 정말 코가 비뚤어지도록 마실 거야."

"그러면 네 매력에 매력이 더해질 거야."

"매력은 더해져야 하는 거 아닌가? 아직까지는 내 매력이 별로 효과가 없는 것 같으니 말이야."

"그 반대지. 줄리어스 아저씨는 네게 매우 달콤한 칭찬을 퍼부었잖아. 새로 사귄 유대인 친구도 네 앞에서 꼼짝 못 하는 것 같던데. 그자가 팔레스타인으로 함께 가자고 하지 않든?"

"불쌍한 로버트!"

"내가 그런 동정을 받아야 하는지 몰랐네."

"모른다고? 그럴지도 모르지. 그 점이 당신을 더욱더 불쌍하게 만드는 거야. 당신은 예전에는 훨씬 상냥한 사람이었는데 지금은 심술궂은 냉혈 인간으로 변해 버렸어. 그동안 무슨 일이 있었던 거야?”

“아무 일도 없었어. 내가 아는 한.”

“로버트, 말도 안 되는 소리 마. 그렇게 변해 버린 사람이 스스로에게 무슨 일이 있었는지 모른다니, 그게 말이 돼?”

“도대체 어디가 어떻게 변했다는 건지 모르겠군. 나는 유대인이나 사교계의 인사들이 좋았던 적이 한 번도 없었어. 그리고 지금도 싫어하기는 마찬가지고.”

커밀라는 초조하게 한숨을 내쉬고 물었다.

“우리 이야기에서 정치 이야기는 뺄 수 없어?”

“그러지 뭐. 정치 이야기를 하자고 내가 등 떠민 게 아니잖아, 안 그래?”

“나는 당신의 ‘자유와 정의 연맹’은 아무래도 좋아…….”

“그것참 잘되었네. 런던으로 돌아가면 사람들에게 그렇게 전하지. 그 사람들이 마음을 푹 놓을 수 있겠군.”

커밀라는 딴전을 피우는 로버트를 무시하기로 했다.

“이게 당신의 본모습이라면 하고 싶은 대로 해. 하지만 이렇게 끔찍하고 냉소적인 태도는 당신답지 않아.”

그녀는 아랑곳하지 않고 자신의 마음을 털어놓았다.

“너야말로 헛소리하지 마.”

“로버트!”

커밀라는 그의 소맷부리를 잡으며 말을 이었다.

"날 봐! 우리는 어릴 때부터 서로를 속속들이 아는 사이잖아. 누가 봐도 당신이 비참할 정도로 불행하다는 사실을 한눈에 알 수 있는데 아무 일도 없었던 것처럼 굴어 봐야 내 눈은 속일 수 없어! 제발, 제발 내가 당신을 도울 수 있게 해 줘, 로버트! 그렇게 큰 부탁도 아니잖아, 안 그래? 우리는 늘 그런 친구였잖아. 나는…… 나는 당신을 도울 수만 있다면 뭐든 할 수 있어. 내 말이 무슨 뜻인지 알겠어, 로버트? 뭐든지 말이야! 이런 식으로는 더 이상 버틸 수가 없어. 제발, 날 봐. 날 좀 보라고!"

"날 놓아줘, 커밀라. 경고했어. 이거 놔!"

로버트가 꽉 다문 잇새로 말했다.

"무슨 일이 있었는지 말해 주기 전에는 절대 못 놔. 내가 미우면 밉다고 해. 대신 이유를 알려 줘. 내가 당신을 아프게 하는 일은 절대 하지 않을 거라는 걸 하늘도 아실 거야. 다만 당신을 돕고 싶을 뿐이야. 내가 원하는 건…… 내가 원하는 건……."

"네가 원하는 건, 네가 원하는 건!"

로버트는 느닷없이 커밀라에게 화를 냈다. 그러더니 억센 양손으로 그녀의 두 팔을 움켜쥐고 자신의 얼굴을 그녀의 얼굴에 바짝 들이댔다.

"나는 네가 뭘 원하는지 잘 알아. 바짝 마른 그 입술로 내뱉을 필요도 없지. 너는 남자를 원하잖아. 그래서 이곳까지 온 거 아닌가? 좋아, 이제 네게도 기회가 왔어. 당장 문을 잠그고 불도 꺼 버릴까? 여기 소파에서 할 수도 있어."

"로버트, 아파! 이거 놓아!"

"아니면 밤까지 기다리는 편이 더 좋을까? 샴페인을 잔뜩 퍼마셔서 조신한 태도를 벗어던질 수 있도록 말이야. 오늘은 코가 삐뚤어지도록 마시겠다며? 그게 제일 좋겠군. 그러면 나도 한잔 걸쳐서 똑같이 되면 되겠네. 그때까지 기다릴 수 있겠지?"

"로버트, 너 미쳤구나! 이 손 놓지 못해?"

"좋아. 그렇게 하자고, 예쁜이. 어쨌든 우리 중 한 명은 즐거운 크리스마스를 보낼 수 있겠군. 가기 전에 상기시켜 줄 게 있어."

그는 격정적이고 야만스럽게 커밀라의 입술을 짓누르며 서너 번 키스를 했다.

"지금은 이 정도로 하지. 이 정도면 만족해?"

그는 커밀라를 풀어 주며 말했다.

분노로 얼굴이 하얗게 질린 커밀라는 비틀거리며 뒷걸음질을 했다.

"네가 정말 미워, 미워! 더러운 자식. 이 수모를 잊지 않고 갚아 줄 거야. 널 반드시 죽여 버리겠어!"

그녀는 흐느끼며 소리쳤다.

그러더니 커밀라는 로버트의 따귀를 갈기고는 그가 반응을 보이기도 전에 방을 뛰쳐나갔다.

식기실의 사람들

워벡 홀의 식기실은 전설적 인물인 퍼킨 워벡의 명을 받아 만든 것인지 아닌지는 확실하지 않지만, 보트윙크 박사가 브리그스에게 지적한 대로 저택의 본건물에 위치해 있었다. 중세에는 저택 중앙의 거실이었던 곳을 어느 시기에 분할하여 폭이 몹시 불균형하고 긴 공간을 만들었다. 이제 고색창연한 건물의 역사를 들려주는 것이라고는 돌을 깐 바닥과 두꺼운 벽에 낸 옹색한 예첨창*밖에 남지 않았다. 양쪽 벽에는 식기장과 선반이 줄지어 서 있고 그 안에는 꼼꼼하게 손질한 은식기와 유리잔 들이 놓여 있었다. 그 외에도 세척 용품을 비롯해 집사 생각에 문명의 이기인 기구들이 죄다 갖춰져 있었다. 이곳은 브리그스의 왕국이었다. 춥고, 근엄하고, 티 한

* **예첨창** _ 상단이 뾰족한 창문.

점 없이 깨끗한 왕국이었다. 브리그스는 주인을 잠자리에 뉘인 후 이곳으로 와서 셔츠 차림에 베이즈•로 만든 앞치마를 불룩한 배에 두르고 저녁 만찬에 쓰일 숟가락과 포크를 윤이 나도록 닦는 작업에 열중했다. 알전구의 불빛이 그의 벗어진 머리를 비추었다. 은식기를 닦는 약품의 냄새가 짙게 밴 싸늘한 공기에 그의 입김이 하얗게 보였다.

한참을 일하고 있는데 뒤쪽의 문이 살며시 열리며 젊은 여자가 머리를 들이밀었다. 그녀는 예쁘장한 편이었지만 입가에서 보이는 불안함 때문에 그나마도 돋보이지 않았다. 불처럼 붉은 머리칼이 파리한 두 볼로 인해 두드러져 보였다. 집사를 잠시 지켜보던 여자가 마침내 방으로 들어왔다. 그녀는 집사가 작업중인 테이블로 살금살금 다가왔다.

"아빠!"

그녀가 살짝 숨을 내쉬고 다시 브리그스를 불렀다.

"아빠!"

브리그스는 뒤를 돌아보지도 않고 일손을 멈추지도 않은 채 대꾸를 했다.

"너는 여기에 함부로 내려와서는 안 돼, 수전. 그러다가 독감에라도 걸리면 어쩌려고. 위층에서 따뜻하게 있으라고 하지 않았니."

"죄송해요, 아빠. 하지만 마냥 아빠가 오시기만 기다릴 수 없었어요. 혹시 그 사람과 이야기를 해 보셨어요?"

"그래, 확실하게 이야기를 했다."

"그 사람이 뭐래요? 이제 어떻게 할 거래요?"

브리그스는 조지 왕조 시대의 생선 모양 뒤집개를 불에 비춰 보고 입김을 불어 섀미 가죽 조각으로 힘껏 문지르더니 비로소 대답했다.

"정확하게 말하기가 힘들구나. 중간에 누가 들어오는 바람에 거기까지 이야기를 하지 못했어. 하지만 곧 어떻게든 될 거야. 내가 단단히 일렀다."

"오, 그런 말이 다 무슨 소용이에요. 이번에도 그 사람이 어물쩍 넘어갔다는 말이잖아요. 또 요리조리 몸을 빼다가 슬쩍 나중으로 미뤄 버릴 거예요. 전에도 그랬던 것처럼요."

여자는 버럭 화를 냈다.

"어쨌든 이번에는 다를 거야."

브리그스는 엄격한 표정으로 쥐고 있는 소금 숟가락에서 시선을 떼지 않고 대답했다.

"제가 주인님에게 가서 모두 털어놓을 생각도 있어요. 그 사람은 아마 놀라서 뒤로 자빠질걸요!"

"얘야, 지금은 절대 그러면 안 돼!"

집사가 발꿈치를 이용해 몸을 홱 돌리고 처음으로 딸과 얼굴을 마주 보았다. 아버지의 표정이 어찌나 사나운지 수전은 저도 모르게 아버지에게서 떨어지며 몸을 움츠렸다.

생선 모양 뒤집개 Fish Slice

생선 요리를 개인 접시에
덜어 줄 때 이용한 도구.
용도에 맞지 않게 사용하는 것은
무례한 일이기 때문에
일부러 생선 모양으로 만들었다.

"죄송해요, 아빠. 진심이 아니었어요. 정말이에요."

그녀가 당황해서 사과를 했다.

"그랬기를 바란다. 주인님이 놀라서 돌아가실 만큼 큰 충격을 드리려고 내가 사십오 년간 이 저택에서 일한 줄 아니? 불쌍한 네 엄마가 살아 있었더라도 똑같이 말했을 거야."

"그 정도로 위독하신가요?"

"얼마나 위독한지 아는 사람은 나와 주인님뿐이겠지. 약간만 충격을 받으셔도 돌아가실 거야."

브리그스가 무거운 표정으로 말하고 손가락을 우두둑하고 꺾은 후 하던 일을 계속하기 시작했다.

"재미있지 않아요? 그러니까 그 사람은 저 위에 있고 나는 여기에 있잖아요. 이건 불공평해요, 안 그래요? 내게도 다른 사람들과 똑같은 권리가 있어요, 내 말이 틀린가요?"

수전은 아버지의 등을 보며 이야기를 했다.

"수전, 네게도 권리가 있고말고. 적절한 시기가 되면 권리를 행사하게 될 거야."

브리그스가 딸의 말에 맞장구를 쳤다.

"이제 위층으로 올라가렴."

수전은 그 말에 돌아서서 걷기 시작했다. 그리고 문 쪽으로 반쯤 갔을 때 발걸음을 멈추었다.

"아빠?"

"또 뭐니?"

"사실인가요? 그 사람과 제가 사촌 비슷한 관계라는 이야기 말이에요."

집사가 다시 몸을 돌려 딸의 얼굴을 물끄러미 바라보았다.

"그런 이야기가 있었지."

그가 마침내 대답을 했다.

"음, 정말이에요?"

"그 색깔을 그냥 보아 넘길 수는 없지."

브리그스의 시선이 딸의 머리카락으로 향했다.

"그 이상은 나도 잘 모르겠구나. 네 어머니의 왕고모가 6대 자작 시절에 일어났던 일에 대해서 슬쩍슬쩍 언질을 주시곤 했지. 하지만 나는 그 이야기를 귓등으로 흘려들었어. 네게도 똑같은 충고를 해 주고 싶구나. 지금 있는 문제만으로도 충분해. 하지만 그 생각으로 주인님에게 친근한 마음을 품게 된다면 굳이 말리지 않으마. 이제 냉큼 돌아가! 혹시라도 네가 여기 있는 모습을 다른 사람에게 들키고 싶지 않으니까."

수전이 재빨리 그곳에서 나갔다. 브리그스는 작업을 마친 후 은식기를 쟁반에 놓기 시작했다. 그가 식기를 점검하는데 식기실의 문이 다시 열렸다.

"오, 브리그스. 방해해서 미안해요."

이번에는 커밀라였다. 얼굴이 살짝 상기된데다 평소와 달리 행동거지가 몹시 불안해 보였다.

"아닙니다, 아가씨. 뭐가 필요하신가요?"

브리그스는 재빨리 앞치마를 벗고 코트를 걸치며 대답했다.

"네. 내가 좀 바보 같은 짓을 했지 뭐예요. 구둣주걱을 깜박하고 챙겨 오지 않았어요. 여기에 당신이 온갖 보물을 쟁여 놓고 있다는 걸 알아요. 혹시 구둣주걱이 있으면 빌려 줘요."

"구둣주걱 말씀이십니까?"

브리그스가 잠시 생각에 잠겼다.

"알겠습니다. 여기 하나 있을 겁니다."

그는 벽에 늘어선 식기장 중 하나의 문을 당겨서 열었다. 문을 열자마자 우아한 은구둣주걱이 나왔다. 그는 들고 있던 가죽으로 윤이 나도록 닦은 후 커밀라에게 건넸다.

"정말 예쁘네요! 이건 어디에서 난 거예요?"

커밀라가 감탄을 하며 물었다.

"선대 주인님께서 지금의 주인님께 주신 성년식 선물이었습니다. 하지만 한 번도 사용된 적이 없을 겁니다."

브리그스가 설명해 주었다.

"정말 대단해요, 브리그스. 어디에 뭐가 있는지 어떻게 다 알죠?"

"이 물건들과 오랫동안 함께 지냈으니까요, 아가씨. 저는 식기실 담당 꼬마였을 때부터 식기장을 정리했습니다. 그러니 이제는 뭐가 어디에 있는지 훤하답니다."

커밀라가 식기장을 따라 걸으며 하나씩 문을 열어 안을 살폈다.

"정말 훌륭해요! 내가 꼬마였을 때 이곳에 와서 당신의 일을 방해한 이후로 하나도 변한 게 없는 것 같아요."

그녀는 감탄을 그치지 못했다.

"그때 이후로 없어진 은식기는 단 하나도 없으니까요. 깨진 잔도 하나도 없고요."

"아름답게 잘 진열되어 있군요. 저것들은 앤 여왕 양식의 포크인가요?"

"윌리엄-메리 양식입니다, 아가씨. 실례가 안 된다면, 이제 식기들을 식당으로 가져가 식탁에 차려야 할 것 같습니다."

"그렇게 해요, 브리그스. 예전처럼 당신의 일을 방해했네요. 저녁은 언제 먹죠?"

"8시입니다."

"그럼 당장 옷을 갈아입으러 올라가지 않아도 되겠네요. 내가 여기를 좀 더 둘러봐도 은식기를 훔쳐 가지 않을 거라고 믿어 줄 거죠? 이곳이 얼마나 근사한지 잊고 있었어요."

"물론입니다. 그렇게 하십시오. 아가씨께서 저녁 식사를 위해 옷을 갈아입을 거라고 하시니 드릴 말씀이 있습니다. 민소매 드레스는 오늘 만찬에 권해 드리고 싶지 않습니다. 식당은 추울 겁니다."

브리그스는 무거운 쟁반을 들고 문가에 서서 말했다.

브리그스가 십오 분 후 식기실로 돌아와 보니 커밀라는 이미 그곳에 없었다. 하지만 이 구역과 관련이 없는 사람들의 발길은 여전히 이어졌다. 또각또각 하이힐 소리가 주방으로 이어지는 돌바닥 복도를 따라 울려 퍼졌다. 이윽고 카스테어스 부인의 목소리가 그에게도 들렸다.

"정든 워벡! 미안해요, 주방장. 하지만 이렇게 살펴보지 않을 수가 없었어요! 지금 저택 곳곳을 다니면서 옛 기억을 떠올리던 중이거든요. 어머나! 당신이 쓰고 있는 근사하고 오래된 주방에서 요리된 훌륭한 식사를 얼마나 많이 맛보았던지!"

카스테어스 부인의 선제공격에 누군가 우물우물 대답하는 소리가 들렸다. 브리그스는 주방장이 간신히 예의를 갖추는 정도로만 대답을 하고 있구나 싶었다. 주방장은 브리그스와 달리 구시대 사람이 아닌지라 구식 화덕에서 준비중인 크리스마스이브 만찬의 음식이 훨씬 더 중요했으므로 느닷없는 참견을 그다지 반기지 않았다. 이윽고 카스테어스 부인은 친근하게 말을 걸어 보려던 시도를 접고 왔던 곳으로 돌아가려고 했다. 하지만 그곳까지 온 김에 식기실에 들러 브리그스에게 말을 걸었다.

"오, 브리그스, 방금 주방장에게도 말했는데 지금 정든 저택의 곳곳을 둘러보고 있어! 당신들이 이 집을 정말 훌륭하게 관리했더군. 무척 독특한 이쪽 곁채는 분위기가 무척 고색창연해!"

"이런 날씨에는 분위기가 무척 썰렁하죠, 부인."

집사는 냉담하게 대꾸했다.

"그래, 맞아, 물론 나도 잘 알아. 게다가 다른 사람들에 비해 추위를 훨씬 더 타는 사람들이 있지. 하지만 브리그스, 당신도 인정해야 해. 워벡 홀의 본건물에서 일한다는 사실에 긍지를 가져야지. 특히나 이곳은 퍼킨 워벡이 직접 지은……."

"오, 아닙니다, 부인. 그 말은 동의할 수 없습니다! 그런 이야기는 다 안내서를 만든 업자들이 지어낸 거짓말입니다! 역사적 근거라고는 하나도 없습니다."

바로 그때 그녀 뒤에서 목소리가 들렸다. 그녀는 깜짝 놀라 뒤를 돌아보았다.

"보틀링 씨! 놀랐잖아요!"

"저는 보트윙크 박사입니다, 부인."

"아, 그랬죠. 내가 사람 이름을 잘 못 외워요. 특히 외국 이름은 더 그래요. 박사님이 여기 계신 줄 몰랐어요. 어디서 펑 하고 나타나신 거예요?"

보트윙크 박사가 손가락으로 위를 가리켰다.

"문서고에서요. 우리 머리 위가 바로 그곳이거든요. 제 뒤에 있는 벽에 난 작은 계단으로 바로 오고 갈 수 있답니다."

보트윙크 박사가 설명을 해 주었다.

"맞아요, 그랬죠! 내가 까맣게 잊고 있었군요. 예전에 '퍼킨의 계단'이라고 불렀죠. 박사님도 퍼킨이 아니라고 하시겠죠?"

"부인, 그 때문에 부인과 브리그스의 마음이 몹시 상할 테니 유 감입니다. 하지만 사실과는 상당히 거리가 있습니다. 그럼에도 불 구하고 식기실은 이 고택에서도 무척 흥미로운 곳입니다. 저택을 지을 때 썼던 리넨폴드 조각 하나가 남아 있다는 사실을 혹시 아십 니까?"

박사의 질문에 카스테어스 부인이 짜증을 내며 대답했다.

"워벡 홀에 대해서 외부인에게 한 수 배우게 될 줄은 꿈에도 몰랐군요. 분명 잘못 알고 계신 거예요, 어…… 저기…… 박사 님……."

"뭐라고 하셔도 정말 있습니다. 아주 작은 조각이 식기장 뒤쪽 싱크대 옆에 남아 있죠. 굳이 찾아볼 필요는 없습니다. 심하게 손상 이 되었고 지난 몇 세기 동안 여러 번 페인트를 칠했거든요. 하지만 진짜 리넨폴드고 저택과 나이가 같다는 사실은 의심의 여지가 없습 니다. 궁금하시면 지금 당장 보여 드리겠습니다."

"방금 말하신 상태라면 내가 굳이 시간을 낭비해 가며 찾아볼 필요는 없겠군요."

카스테어스 부인이 퉁명스럽게 말했다.

"그렇습니다, 부인. 크게 흥미로운 물건은 아닙니다. 퍼킨 워벡 과 달리 진짜라는 점을 제외하면요."

이 말을 끝으로 역사학자는 식기실을 나갔다.

카스테어스 부인은 분한 듯 씩씩거렸다.

리넨폴드 Linenfold

리넨을 양식화하여
벽이나 가구에 조각한 장식이다.
널빤지 한 장에 리넨 한 장이
들어가도록 양각된다.

"정말! 저 신사는 자네의 식기실을 맘대로 들락거리는 것 같군. 이렇게 부적절한 행동이 또 어디에 있겠나. 귀중한 물건들이 가득 있는 곳에서 무슨 일이라도 일어나면 어쩌려고."

"사람은 아량을 베풀 줄도 알아야 합니다. 저분은 외국인 아닙니까. 오래되고 구식인 물건이라면 뭐든 열광을 합니다. 영국 헌법에도 지대한 관심이 있다는 말을 한 적이 있습니다."

브리그스는 관대했다.

집사의 말에 카스테어스 부인이 단호한 어조로 말했다.

"그거라면 외국인은 절대 이해할 수 없지. 그 사람들은 우리가 여전히 과거에 머물러 있다고 생각해. 지난 몇 년 동안 영국 전역에 커다란 변화들이 일어났고 앞으로 더 큰 변화가 찾아올 것이라는 사실을 깨닫지 못하니까."

"그렇습니다, 부인."

브리그스는 맞장구를 쳤지만 목소리에는 전혀 호응하는 기색이 없었다.

"평소처럼 저녁은 8시겠지?"

"네, 부인. 몸치장을 알리는 종은 7시 30분에 울릴 겁니다."

브리그스가 카스테어스 부인과 레이디 커밀라 프렌더개스트에게 느끼는 감정의 온도 차이는 식당의 예상 온도에 대해 부인에게는 아무런 언질을 주지 않고 그냥 보냈다는 사실만으로도 충분히 짐작할 수 있을 것이다.

저녁을 내가기 전에 해야 할 일들이 잔뜩 있었다. 집사의 발길은 지하 저장실로 향했다. 그는 오 분 후에 거미줄이 잔뜩 들러붙은 병 하나를 조심스럽게 들고 올라왔다. 그런데 식기실에 누군가 있었다. 집사는 순간 가슴이 철렁했지만 낯선 방문객이 로저스 경사라는 사실을 알고 안도의 한숨을 쉬었다.

"방해해서 죄송합니다, 브리그스 씨. 혹시 제가 모시는 분을 못 보셨습니까?"

로저스가 물었다.

"제가 아는 한 장관님은 여기 안 계십니다, 로저스 씨. 그분은 파티에 참석하시는 손님 가운데 유일하게 이곳에 들르지 않으셨습니다."

"재미있군요. 아무래도 장관님이 저를 따돌리신 것 같습니다. 분명히 이쪽으로 가시는 걸 본 것 같았는데. 이렇게 큰 저택에서 사람에게 눈을 떼지 않는 것도 일이겠군요. 안 그렇습니까, 브리그스 씨?"

"다행스럽게도 제가 해야 할 일 중에 사람들에게서 눈을 떼지 않는 일은 없습니다. 그게 아니더라도 할 일은 산더미 같지요."

브리그스가 선반에서 디캔터를 꺼냈다.

그러자 형사가 무심하게 말했다.

"음. 그분이 잠시 혼자 계신다고 무슨 일이 일어날 것 같지는 않군요. 거기 있는 포트와인 병이 참 근사하게 생겼습니다."

브리그스가 퉁명스럽게 대답했다.

"이 와인이 마지막 병입니다. 주인님의 1878년산 와인들 중 하나죠. 이런 이야기가 궁금하신지 모르겠지만요."

"설마요! 그렇다면 그 와인은 프레필록세라 와인* 아닙니까!"

브리그스가 전과 달리 대단하다는 표정으로 로저스를 바라보았다.

"포트와인에 대해서 잘 아시는군요?"

"잘 알기는요. 그저 조금 아는 정도입니다."

"그렇다면 디캔팅을 해야 하는데 저를 도와주실 수 있겠습니까?"

"그럴 수 있다면 영광입니다."

브리그스가 코르크스크루를 꺼내자 형사가 불안한 표정으로 물었다.

"코르크가 바스러지지 않을까요? 이 정도로 오래된 와인이라면 병목을 자르는 편이 더 현명하지 않을까요?"

"그럴 필요 없습니다, 로저스 씨. 선대 주인님께서 1913년에 코르크를 교환하셨습니다. 그러니 아무 문제도 없을 겁니다."

브리그스의 말이 옳았다. 코르크는 아무 문제 없이 쏙 빠져나왔다. 브리그스가 흔들림 없는 손으로 그 귀중한 액체를 따르는 동안 로저스는 촛불을 병목 아래에 비춰서 혹시라도 불순물이 들어 있지 않은지 확인을 했다.

● **프레필록세라 와인** _ 프랑스에 필록세라(포도나무뿌리진디)가 만연하기 전에 나온 와인을 일컫는 말.

"다 끝났습니다! 이 아름다운 코르크 마개를 보십시오. 게다가 바닥에 한 방울도 남지 않았어요. 정말 감사합니다, 로저스 씨."

집사는 의식처럼 엄숙하게 디캔팅을 끝낸 후 병을 쥔 채 말했다.

두 남자는 찬탄하는 표정으로 디캔터를 바라보았다.

"주인님께서 빵과 함께 아주 조금만 드실 겁니다. 의사 선생님이 아신다면 당장 말리시겠지만요. 오늘 저녁 파티에서는 반 병 정도면 충분하지 않을까 싶고요. 숙녀분들은 맛도 모르실 겁니다. 당연히……. 식사 후에 이곳으로 오시면 두 잔씩은 마실 수 있을 것 같군요, 로저스 씨."

브리그스가 웅얼거렸다.

"아, 이렇게 오랜 시간이 흐른 와인이 어떤 상태인지 맛볼 수 있다니 정말 흥분이 되는군요."

로저스는 판결이라도 내리듯 진지했다.

이 말을 끝으로 두 와인 감정가는 그곳을 나갔다.

크리스마스 저녁 만찬

7시 50분에 브리그스는 셰리주가 담긴 디캔터와 잔들을 담은 쟁반을 응접실로 가져왔다. 8시 정각에는 홀에 있는 커다란 중국식 징을 울렸다. 사실 징을 울릴 필요는 없었다. 다섯 명의 손님이 모두 준비를 마치고 응접실에 모인 모습을 이미 보았기 때문이다. 하지만 그는 이런 의식 자체를 즐겼다. 징을 두드리자 청동의 묵직한 음색이 반은 비어 있는 횅한 대저택에 울려 퍼져 제일 차 대전 이후 한 번도 손님이 들지 않은 황폐한 방들을 지나 다시는 하인들이 보이지 않을 하인들의 구역에서 메아리를 쳤다. 묘하게도 브리그스가 이 소리에서 느끼는 즐거움을 줄리어스가 함께했다. 그도 늙은 집사처럼 추억을 부르는 마법 속으로 빠져들었다.

"멋진 소리구나. 낡은 징 말이야. 창문을 열어 놓으면 정원의 반대편에서도 저 소리가 들린단다. 기억이 나. 이런 물건을 만드는 데 중국인을 따라갈 민족이 없지. 저 징은 북경의 겨울궁에서 가져온 전리품이라고 아버지가 그러셨어. 위대한 시절이었어! 위대한 시절이었지!"

줄리어스가 레이디 커밀라에게 말하며 셰리주를 음미했다.

"설마 겨울궁을 약탈한 사건이 우리 역사에서 자랑스러워할 만한 부분이라고 생각하시는 건 아니죠, 장관님?"

카스테어스 부인이 불쑥 끼어들었다.

"부인, 나는 단지 저 징이 원래 북경의 겨울궁에 있었다는 사실을 말한 것뿐입니다."

줄리어스가 약간 성가시다는 듯이 대꾸했다.

그 이야기는 어느새 1900년에 일어난 의화단 운동*을 둘러싸고 벌어진 상황에 대한 불꽃 튀는 논쟁으로 이어졌다. 바로 그때 보트윙크 박사가 조심스럽게 커밀라에게 말을 걸었다.

"실례합니다. 저 징이 어느 나라에서 건너왔건 간에 저녁 식사 시간을 알리는 신호라고 보면 맞습니까?"

커밀라가 대답을 했다.

"네, 맞아요. 결국 신호를 하는 거죠."

"그럼 어서 식당으로 가지 않고 여기서 뭘 하는 겁니까?"

"그러면 안 돼요! 브리그스가 아직 식사를 시작한다고 알리지 않았으니까요. 항상 삼 분을 더 기다려야 해요."

"알겠습니다. 징 소리는 중국어니까 오해할 수도 있을 테니 평이한 영어로 식사 시간을 한 번 더 알려야 한다는 말이군요."

"평이한 영어라고요, 보트윙크 박사님?"

커밀라는 이렇게 되묻지 않을 수 없었다. 그 자리에 모인 사람들 가운데 커밀라가 편안하게 이야기를 나눌 수 있는 사람은 뜻 모를 현학적인 발언을 서슴지 않는 이 이방인뿐이었다. 커밀라는 자신이 생각해도 상황이 이해가 되지 않았다. 줄리어스 아저씨는 잘난 체하는 이기주의자였고 카스테어스 부인은 이루 말할 수 없이 지루한 여자였다. 그리고 로버트. 커밀라는 방 맞은편에 서 있는 로버트를 바라보았다. 그는 누구와도 이야기를 나누지 않고 연거푸 셰리주 석 잔을 들이켜며 보란 듯이 그녀를 무시하는 중이었다.

"평이한 영어죠."

보트윙크 박사가 다시 말했다.

"왜 그렇게 질문을 하셨는지 잘 압니다, 레이디 커밀라. 저는 평이한 영어를 제대로 구사하지 못합니다. 셰익스피어와 존슨의 영어라면 완전히 습득을 했다고 자부합니다만. 그런데 이곳에서 평이한 영어라는 것, 다시 말해서 영국 섬의 거주자 구십 퍼센트가 의사소통을 하기 위해 선택한 의미 없는 소리와 정확하게 가늠할 수 없는 단일한 모음의 변형들이 연속적으로 나오는……."

"저녁이 준비되었습니다!"

● **의화단 운동** _ 서양 세력을 배척하는 중국의 비밀 결사인 의화단이 서양 공관을 습격한 사건을 말한다. 이를 구실로 서양 열강이 북경을 점령하게 된다.

엄숙하게 식사의 시작을 알리는 브리그스의 등장으로 역사학자
는 순식간에 갈피를 잡을 수 없게 된 문장을 마무리 짓는 수고를 하
지 않아도 되었다.

"이제 가실까요, 여러분?"

로버트가 그곳에 오고 처음으로 말문을 뗐다.

식탁은 거대한 방의 한가운데 작은 섬처럼 있었다. 실내는 브리
그스가 경고한 것처럼 추웠다. 물과 기름 같은 다섯 사람은 한층 가
라앉은 분위기로 각자의 자리에 앉았다. 로버트는 식탁의 상석에
앉은 것 외에 주인으로서의 의무를 다하려는 성의를 조금도 보이지
않았다. 그는 차려진 음식을 먹고 와인을 벌컥벌컥 들이켤 뿐 아무
말도 하지 않았다. 저녁 식사 내내 로버트는 지겨움을 숨기지 않았
고 그렇지 않아도 흥이 날 일이 없었던 크리스마스 저녁의 분위기
는 점점 더 가라앉았다. 그러나 술과 음식이 서서히 효과를 내기 시
작했다. 추위와 지겨움도 카스테어스 부인의 수다만큼은 오래 막을
수 없었는지, 그녀를 시작으로 사람들은 드문드문 대화를 나누었
다. 그렇다고는 해도 대화를 가로막는 듯한 분위기는 좀처럼 사라지
지 않았다. 느닷없이 시작되었다 금세 끝나 버리는 대화들 사이에
기나긴 침묵이 찾아오면 사람들은 이유 없는 불길한 예감을 느끼곤
했다. 그 예감에서 느껴지는 오싹한 한기는 단지 식당의 온도가 낮
기 때문이라고 설명하기에는 어딘가 부족했다.

그 상황에서 모두를 구해 준 사람은 다름 아닌 보트윙크 박사였

다. 게다가 처음의 예상보다 좀 더 활기찬 분위기에서 식사를 할 수 있었다. 커밀라의 충고를 명심했는지 박사는 줄리어스에게 제물낚시에 대해 질문을 던졌다. 그는 놀라움을 숨기지 않은 채 박사를 바라보았다. 그의 표정은 꼭 이렇게 말하고 있었다. 저 웃기고 자그마한 생명체가 어쩌면 사람일지도 모르겠군.

"당신도 낚시를 즐겨 하시오?"

그는 믿을 수 없다는 투였다.

그러거나 말거나 보트윙크 박사는 온화한 태도로 대답했다.

"젊었을 때 낚시를 꽤나 좋아했습니다. 저의 나라에 송어를 잡을 수 있는 꽤 괜찮은 하천들이 몇 있거든요. 물론……."

그는 잘못을 바로잡듯이 덧붙였다.

"이곳 마크셔의 강들에 비할 정도는 아니지만 그래도 상당히 괜찮은 곳들입니다."

"흥미롭군요. 내가 기억하기로는……."

중유럽의 강들은 죄다 별 볼 일 없다는 듯 줄리어스가 어깨를 한 번 으쓱했다.

커밀라는 역사학자를 보며 고마움을 전했다. 줄리어스가 낚시 이야기를 전혀 재미있어하지 않을 수도 있었지만 적어도 몇 번씩 이어지는 무거운 침묵을 확실히 날려 버릴 수는 있었던 것이다. 그녀는 실망하지 않아도 되었다. 줄리어스는 어느새 낚시라는 취미의 세부적인 면과 고충, 덕목에 대해 논문이라도 발표하듯 빠져들었다. 특히 힘든 직무에서 쉴 곳을 찾는 피곤한 정치가의 관점에서 이야기를 늘어놓았다. 그는 자신을 작고한 그레이 경에 비교했다. 물론 전적으로 죽은 이에게 유리한 것은 아니었지만 말이다. 그리고 개인적인 일화 몇 가지를 들어 자신의 주제를 돋보이게 설명했다. 낚시 이야기가 다 그렇듯이 노정치가의 경험도 나머지 사람들에게 흥미진진했다. 이야기가 끝나고 사람들이 방금 들은 일화 가운데 하나의 독특함을 곱씹고 있자니, 지금까지 완전히 몰입해서 이야기를 듣는 것 같았던 보트윙크 박사가 이렇게 말했다.

"송어 낚시는 연애와 무척 닮은 것 같지 않습니까?"

"뭐라고요?"

줄리어스가 뜨악한 표정을 숨기지 못했다. 카스테어스 부인은 장관의 독백 같은 이야기에 전혀 관심을 보이지 않더니 박사의 말에는 뻣뻣하게 굳어 버렸다. 로버트조차 먹고 있던 칠면조 요리에서 고개를 들어 보트윙크 박사를 바라보았다.

"그런 생각이 안 드셨나요, 장관님? 저는 늘 그 둘 사이의 연관성이 유난히 뚜렷하게 보이는 것 같거든요. 들어 보십시오."

그는 한 손을 들어 손가락으로 자신의 전제를 하나씩 꼽기 시작했다.

"두 경우에서 여러분은 이런 내용들에 동의하실 겁니다. 우선 상당한 수고로움과 비용을 투자해야만 합니다. 특히 비용이 꽤 드는 미끼와 유혹하기 위한 물건을 사는데, 그중 대부분은 결국 아무런 소용도 없었다는 사실이 드러나죠. 다음으로 준비 단계가 끝나면 뒤이어 몽상의 시기가 찾아옵니다, 그렇지 않습니까? 다시 말해서 사건이 벌어지기 직전 스스로에게 미증유의 성공과 황홀한 시간이 찾아오리라 다짐하는 단계입니다. 세 번째 단계에서는 밀회를 나눕니다. 물가에서건 어디에서건 상황에 따라 다르겠죠. 이제 사냥감은 손을 뻗으면 닿을 곳에 있습니다. 그러면 기대감과 불확실성의 달콤한 고통 속에서 괴로워하죠. 기다리고 있는 것이 어쩌면 온갖 어려움과 실망은 아닐까! 성공을 목전에 둔 상황에서 치명적인 실수를 범한 것은 아닐까? 이런 생각에 빠져드는 겁니다. 특히 이 점을 명심하십시오. 당신의 기술이 어느 수준이든, 연인에 대한 열정과 분별력이 어우러진 태도로 밀어붙이지 않는다면 수줍어하고 머뭇거리는 상대의 태도 때문에 패배할 수 있다는 사실을 말입니다. 그리고 마침내 승리를 거머쥐는 감격의 순간이 찾아옵니다! 이 얼마나 아름답고도 간결합니까!"

박사는 장광설을 끝맺은 후 갑자기 찾아온 침묵 속에서 홀로 샴페인 잔을 비웠다.

"과연 그렇군요!"

카스테어스 부인이 감탄을 했다. 그녀는 타오르는 듯 붉게 상기된 얼굴로 어느 때보다 꼿꼿하게 앉아 있었다.

보트윙크 박사는 깜짝 놀라서 그녀를 바라보았다. 혹시 내가 장황한 영어로 손님들의 기분을 상하게 했나? 그의 표정은 이렇게 묻는 것 같았다. 그는 사람들이 도덕적으로 분개한 듯한 광경에서 슬그머니 시선을 돌리며 조심스럽게 물었다.

"제 비교에 동의하지 않으시는 것 같군요, 장관님?"

"그렇소, 동의하지 않아요."

줄리어스가 대답했다. 자신이 즐기는 취미를 바라보는 새로운 시선과 맞닥뜨린 것이 아닌가. 그가 그 해석에 기분이 상했는지 반대로 신선하게 느꼈는지는 한동안 알 수가 없었다. 생각할 여유를 가지기 위해 줄리어스는 샴페인을 한 잔 마셨다. 포도주가 넉넉히 들어가니 결심이 섰는지 비로소 말문을 열었다.

"왜냐하면 나는 이십 분도 채 안 되어서 물고기를 여섯 마리나 낚은 경험이 있소. 반면 그런 건 생전 들어 본 적이 없어요. 어느 남자가……."

그가 계속 말을 이었다.

"장관님!"

카스테어스 부인이 발끈해 소리쳤지만 그녀의 목소리는 불길한 분위기를 남기고 뚝 끊어졌다.

커밀라가 웃음을 터뜨렸다. 무엇보다 마음이 푹 놓였기 때문이다. 로버트도 그녀를 따라 한바탕 웃음을 터뜨렸다.

잠시 후 브리그스가 자두 푸딩을 가지고 들어왔다. 후에 그는 로저스에게 말하기를, '형사님이 도저히 믿지 못할 정도로 유쾌한 분위기'였다고 했다.

아무도 예상하지 않았던 흥겨운 분위기는 식사가 끝날 때까지 계속되었다. 모두의 동의로 여자들은 디저트를 먹은 후에도 식당에 계속 남아 있었다. 1878년산 포트와인은 줄리어스와, 특히 로버트가 무시무시하게 들이켜는 중이었다. 브리그스는 커피를 응접실로 내가야 할지 확인하기 위해 들어왔다가 로버트가 디캔터의 술을 마지막 방울까지 잔에 따르는 모습을 보고 인상을 찌푸렸다. 마침 커밀라가 집사의 안색이 변한 것을 보고 그 이유를 오해하고 말았다. 로버트는 확실히 과음을 한 상태였다. 조용한 것을 못 견디겠다는 듯이 극도로 말이 많아졌다. 그의 수다가 파티의 분위기를 띄우는 데 어느 정도는 도움이 되었다. 한동안은 커밀라가 예전에 알았던 로버트의 모습이 언뜻언뜻 되살아나는 듯했다. 위트가 넘치고 다정하고 사람 좋아하는 모습 말이다. 그는 줄리어스와 카스테어스 부인과 정치 이야기를 하면서도 아무런 도발도 하지 않았다. 심지어 보트윙크 박사에게는 예의 바르게 굴기도 했다. 하지만 술이 들어가 기분이 좋아지는 것과 주정을 부리는 것은 거의 차이가 없다. 그러니 어느 순간 그 경계를 넘을 수도 있다. 실제로 로버트는 도저히 용서가 안 되는 말이나 행동도 했을 것이다.

"커피는 응접실에서 들겠네."

로버트가 집사에게 말했다. 그는 다시는 맛볼 수 없을 빈티지 와인을 마지막 한 방울까지 다 털어 넣고 이렇게 덧붙였다.

"그리고 카드 테이블을 차려 줘. 브리지를 할 수도 있으니까."

"알겠습니다, 도련님."

보트윙크 박사는 응접실로 가는 길에 잠시 커밀라를 불렀다.

"실례가 안 된다면 지금이 제가 물러가기에 좋은 기회일 것 같군요. 브리지는 남은 분들끼리 할 수 있겠죠. 제가 있어 봤자 사람만 남아돌 뿐이니까요."

"말도 안 돼요."

커밀라가 단호하게 말했다.

"이렇게 우리를 두고 가시면 안 돼요. 게다가……."

그녀는 로버트가 있는 쪽을 힐끔 보았다. 술에 취한 그는 유난한 보살핌을 받으며 앞에서 걷고 있었다.

"좀 취했군요. 제가 계속 있으면 어딘가에는 소용이 될 거라고 보십니까?"

보트윙크 박사가 차분하게 말했다.

"소용이 되냐고요? 박사님, 모르시겠어요? 박사님이 오늘 저녁에 벌어질 뻔한 추태를 확실하게 막아 주셨어요."

"아하, 그랬군요! 하지만 별거 아니었어요. 단지 식탁에서의 대화에 대해 로버트 월폴 경이 말씀하신 유명한 금언을 명심하고 실천에 옮겼을 뿐입니다."

역사학자가 엷게 미소를 지었다.

"당연히 유명한 말이겠지만 저는 들어 본 적이 없어요. 로버트

월폴 경이 뭐라고 하셨나요?"

보트윙크 박사는 우물쭈물하며 대답했다.

"아가씨 앞에서 그 금언을 입에 올리기는 적절하지 않을 것 같
습니다. 젊은 숙녀들의 역사책에는 나오지 않을 테니까요."

008

마지막 건배

자정을 십 분 남겨 두었을 때였다. 마지막 판이 될 브리지도 서서히 끝날 기미가 보였다. 줄리어스와 카스테어스 부인이 한편이 되고 로버트와 커밀라가 한편이 되었다. 보트윙크 박사는 옆으로 밀려나 커튼 틈으로 창밖을 내다보고 있었다. 여전히 줄기차게 쏟아지는 눈이 보였다. 그는 부르르 몸을 떨며 커튼을 원래대로 드리우고 몸을 돌려 카드 테이블에 둘러앉은 네 사람을 지켜보았다. 줄리어스는 시가를 문 채 점수를 합산하며 주위 사람들에게 다 들리도록 툴툴거렸다. 맞은편에 앉은 카스테어스 부인은 파트너의 굼뜬 행동에 초조하게 탁자를 두드리며 불만을 숨기지 않았다. 박사가 있는 곳에서는 커밀라의 얼굴이 반밖에 보이지 않았지만 안색이 몹시 파리한 것은 잘 보였다. 박사에게는 그녀의 태도가 기이할 정도로 경직되고 긴장된 것처럼 보였다. 그녀는 로버트가 아무렇게 퍼져 있는 맞은편 의자를 바라보고 있었다. 그녀의 표정에는 분명 일말의 기대와 불안이 떠올라 있을 거라고 박사는 짐작했다. 이번에는 로버트를 보았다. 식사를 하며 고조되었던 흥겨움은 일시적으로 스쳐 지나가는 기분에 지나지 않았다는 사실이 분명했다. 이제 그에게는 신랄하고 사나운 분위기만 감돌고 있었다. 그런 그의 기분은 지난 삼십 분 동안 점점 더 제멋대로 굴며 지기만 하고 있는 게임에 여실히 드러났다. 어둠 속에서 몰래 로버트를 보고 있으니 마음이 차갑게 식으면서 반감만 커졌다. '자유와 정의 연맹'에서 내세우는 것과 크게 다르지 않은 원칙을 옹호했던 사람들이 문득 떠올랐다. 거나하게 술에 취하면 수다스럽고 친절해졌던 사람들, 그러다가 무엇으로도 심판할 수 없는 범죄를 저지르고 말았던 사람들 말이다.

"아직도 점수 합산을 하고 계세요? 시간을 보세요! 저는 벌써 잠자리에 들었을 시간이라고요."

카스테어스 부인이 쏘아붙였다.

"이왕 이렇게 되었으니 가지 마세요. 크리스마스가 시작되는 걸 직접 보셔야죠."

로버트가 잠긴 목소리로 대꾸했다.

"그럴 수 없어. 내일 아침 일찍 일어나서 교회에 가야 하니까.

다른 사람에게 무슨 계획이 있든 내 알 바 아니야."

카스테어스 부인이 단호하게 말했다.

"아무래도 그건 힘들 것 같은데요. 제가 보기에는 눈 때문에 내일 아침에는 교회든 어디든 아무 데도 못 갈 것 같습니다."

보트윙크 박사가 갑자기 끼어들었다.

그 말에 카스테어스 부인이 짜증과 불안감이 뒤섞인 착잡한 표정을 지었다.

"교회는 여기서 그리 멀지 않아요. 그곳까지 난 오솔길의 눈을 쳐 달라고 하면 되지 않을까요?"

"누구에게 말입니까, 부인? 누구에게요?"

로버트는 이렇게 되물으며 듣기 싫은 웃음을 터뜨렸다.

"마구간지기 소년들에게요? 정원사 조수들에게요? 워벡 홀에는 이제 더 이상 고용인들이 없다는 사실을 잊으신 것 같군요. 부인과 줄리어스 아저씨가 그렇게 만들지 않으셨습니까!"

카스테어스 부인은 로버트를 무시했다.

"점수 합산을 도와 드릴까요? 조금 힘들어하시는 것 같은데."

그녀의 목소리는 위험스러울 정도로 차분했다.

"아닙니다, 아니에요. 아무 문제없어요. 사실 조금 까다로웠어요. 득점 선 위로 점수가 너무 많았어요. 하지만 이제 다 했습니다. 어디 보자…… 팔 더하기 육은 십사니까 일을 올리면…… 그러면 우리가 일 파운드 이십 펜스를 땄군요, 카스테어스 부인, 축하하오!"

줄리어스는 시가를 문 잇새로 웅얼거리다가 테이블에 재를 떨어뜨렸다.

"제가 다시 한번 볼게요!"

카스테어스 부인이 맞은편으로 손을 뻗어 줄리어스가 막을 새도 없이 점수표를 가져갔다.

"아무래도 계산이 틀린 것 같아요! 칠 더하기 사는 십일이고 거기에 십을 더하면 이십일이니까……. 그럴 줄 알았어요! 이렇게 계산하면 일 파운드 삼십육 펜스잖아요! 재무 장관 맞으세요?"

"이런, 이런. 국가의 재정을 꾸려 나가는 데 꼭 산수를 잘해야 할 필요가 없으니 얼마나 다행한 일입니까! 내 전임자들 중 한 명은 소수점이 뭔지도 몰랐었죠. 그러다가 소수점을 처음으로 봤을 때……."

줄리어스가 무안한 듯 대답했다.

"알아요, 안다고요. 이 자리에 있는 사람들 가운데 그 이야기를 못 들은 사람은 아무도 없을 거예요. 지금까지 무능력했던 재무 장관들에 대한 뻔한 변명으로밖에 안 들리네요."

카스테어스 부인이 버럭 성질을 부렸다.

"무, 능, 력!"

그는 그녀의 말이 너무 재미있다는 듯이 한 음절씩 발음했다.

"내 영혼을 걸고 내가 이런 평가를 받으리라고는 꿈에도 생각 못 했는데, 특히 당신 같은 분에게 말이오! 그러니까 그 표현은 나를 겨냥한 것이었다고 추측해도 될까요?"

카스테어스 부인은 이런 도발에 직접적인 대답을 회피했다. 그녀는 어깨를 한 번 으쓱하더니 크리스마스 정신과는 도무지 어울리지 않을 듯한 미소를 보였다.

"왜 이런 말을 하는고 하니, 제 추측이 옳다면······."

줄리어스의 어조는 자못 질책하는 투로 바뀌기 시작했다.

"이왕이면 그렇게 생각하지 않을 사람이 있다는 사실도 지적해야 적절할 테니까요. 바로 나의 매우 충직한 협력자 말입니다."

그의 말이 명확하게 들리지 않았다. 그는 잠시 목청을 가다듬은 후 도발하듯 문제의 단어를 똑똑하게 발음했다.

"내 협력자이자 동료인 당신의 남편이죠."

그는 논의는 이것으로 끝났다는 듯이 자리에서 끙 하며 몸을 일으켰다. 하지만 상황은 그의 뜻대로 돌아가지 않았다. 술을 마시지 않았다면 앨런 카스테어스를 언급했을 때는 특히 말조심을 해야 한다는 사실을 모를 리 없었을 것이다.

"그래요! 내 남편은 충직하죠."

헌신적인 아내는 숨도 쉬지 않고 퍼붓기 시작했다. 그렇지 않아도 붉게 상기되고 번들거리는 코가 감정이 격해질수록 벌렁거렸다.

"너무 충직해서요. 자기 이익은 눈곱만큼도 관심이 없어요! 나는 내 남편의 청렴함 때문에 이 나라의 이익조차 침해를 당하지 않기만을 바랄 뿐이에요. 정말 저는 그렇게 바라고 있어요. 하지만 헛

된 희망이 아닌가 싶을 때가 있어요. 제 입장에서는 입을 다무는 편이 낫겠죠. 하지만 장관님께서 남편의 이름을 먼저 꺼내셨으니 이왕 이렇게 된 거 톡 까놓고 얘기하도록 하죠. 우리 역사상 이렇게 중요한 순간에 국가의 재정을 맡은 사람이 그가 아니라서 애석해하는 사람이 저 혼자만은 아닌 줄 확신하고 있어요. 그가 아니라 대신……."

"당신의 겸손한 종복이 아니다 이 말인가요, 카스테어스 부인?"

줄리어스는 자신이 경솔하게 휘저은 물에 친절이라는 기름을 부어야 할 때라고 판단했다.

"이런, 이런, 그 주제만큼 제게서 공정함을 확실하게 기대할 수 있는 것이 또 있을까요? 하지만 이 말만 하게 허락해 주시죠. 이 문제는 드러내 놓고 논의하지 않는 편이 더 낫습니다. 특히 친구들과 함께 있을 때라면."

그의 시선이 방을 죽 훑다가 보트윅크 박사에게 살짝 머물렀다. 박사가 뜻하지 않게 현대 영국 정치에 대한 정보를 접한 셈이었다.

"하지만 친구들과 함께 있으니."

이번에는 모인 사람들 가운데 자신의 인상을 깊이 각인시킬 만한 사람이 있다는 사실을 인식하고 계속 말을 이었다.

"진심으로 이 말을 덧붙이고 싶습니다. 존경하는 우리의 수상님에게 혹시라도 무슨 일이 생겨서 그 결과 내각을 구성할 책임을 제가 떠맡아야 할 운명이 된다면……. 그렇다고 친다면요. 그렇다고 친다면, 장관으로 내 오랜 친구이자 전우인 앨런 카스테어스 외에 다른 사람은 볼 필요도 없다고 생각합니다."

"옳소, 옳소! 줄리어스 아저씨! 옳소, 옳소!"

예민한 장관의 귀는 불쾌하게 취기가 오른 로버트가 비꼬듯이 소리친 말이 거슬렸다.

"방금 일 파운드 삼십육 펜스라고 하셨죠, 카스테어스 부인?"

커밀라가 재빨리 끼어들었다.

"여기 딱 맞게 있네요."

그녀는 떨리는 손으로 가방에서 돈을 꺼내 테이블 맞은편에 올려놓았다.

"오, 고마워, 커밀라. 정말 계산도 깔끔하네."

로버트가 자리에서 일어나 줄리어스를 향해 몸을 내밀었다.

"일 파운드 삼십육 펜스라."

그의 도톰한 입술에 위험한 미소가 서렸다.

"지금 현금이 한 푼도 없어요, 아저씨. 현금은 워벡의 이 일가에서는 요즘 통 보기 힘든 생필품이거든요. 안타까운 일이죠. 하지만 아름다운 연설을 했으니 보너스를 받아야죠. 수표도 받아요?"

"그래, 물론 받고말고."

"좋아요! 그럼 내일 수표로 드리죠. 아, 그런데 '자유와 정의 연맹' 계좌로 끊어도 상관없겠죠?"

줄리어스는 한 방 먹은 것처럼 말문이 막히고 얼굴이 갑자기 분노로 하얗게 질렸다. 성질을 다스리기가 몹시 어려운 듯 그는 목이 졸린 듯한 목소리로 말했다.

"로버트, 그걸 농담이랍시고 했다면 취향 한번 최악이로구나."

"농담이라뇨! 저는 진심인걸요. 돈만 받을 수 있다면 출처 따위는 관심도 없으실 줄 알았어요. 줄리어스 아저씨답지 않네요."

"어디서 감히 내가 그런 범죄 조직의 돈을 받는다고 떠드는 게냐! 내가 한 가지 얘기해 주마. 무슨 연맹인가 하는 그 단체 때문에 너는 지금 위험에 처해 있어. 아주 심각한 위험에 말이야!"

로버트는 조롱하듯 심각한 분위기로 절을 했다.

"경고해 주셔서 고맙습니다, 아저씨! 하지만 제 앞가림은 제가 합니다. 무슨 일이 일어나더라도 짭새에게 보호를 받을 필요는 없어요! 그런데 그 인간은 지금 어디에 있죠? 오늘 저녁에 통 보이지 않던데. 수첩과 연필을 쥐고 복도 어딘가에 숨어 있는 건 아닙니까? 이리로 들어오라고 하죠! 우리가 파티를 즐겁게 마무리 지으려면 꼭 필요한 사람이잖아요! 어쩌면 일 파운드 삼십육 펜스를 빌려 줄지도 모르겠군요!"

그는 문으로 뚜벅뚜벅 걷기 시작했다. 그러자 커밀라가 재빨리 일어나 그를 가로막았다.

"어리석은 짓 하지 마, 로버트! 괜찮으면 내가 줄리어스 아저씨에게 대신 돈을 드릴 테니까."

로버트가 우뚝 멈춰 섰다. 제정신이 아닌 듯 음습한 미소를 지은 큰 키의 로버트가 그녀를 내려다보았다.

"일 파운드 삼십육 펜스야."

그가 되풀이했다.

"나를 그 정도로 좋아하는 거야, 커밀라? 오늘 오후에 그런 험한 꼴을 당하고도? 한없이 너그러운 마음을 지녔나 보구나! 그런데 그런 동정은 다른 데다 하는 게 어때? 이제 내 앞에서 비켜. 저 밖에 런던 경찰청에서 온 친구가 이제나저제나 들어오려고 기다리고 있다고!"

응접실의 반대쪽 끝에서 보트윅크 박사와 줄리어스가 로버트를 향해 다가왔다.

"레이디 커밀라, 제가……."

보트윅크 박사가 말문을 뗐다.

"로버트, 넌 많이 취했어. 당장 방으로 돌아가!"

줄리어스가 단숨에 말했다.

하지만 로버트는 사람들을 한쪽으로 모두 밀어붙이고 문을 향해 두 걸음을 더 나갔다. 손잡이에 손을 뻗으려는 찰나 문이 밖에서 열리며 브리그스가 들어왔다. 그는 샴페인 병과 유리잔 여섯 개가 놓인 쟁반을 들고 있었다. 집사는 위엄 있는 태도로 신중하게 발걸음을 옮겨, 일순 조용해진 응접실을 가로지른 후 마침내 테이블에 쟁반을 내려놓았다.

"이게 다 뭔가, 브리그스?"

로버트가 따지듯 물었다.

"자정까지 얼마 남지 않았습니다, 로버트 도련님. 관례에 따라 명절에 드시는 샴페인을 가져왔습니다."

브리그스가 침착하게 대답했다.

로버트가 웃기 시작했다. 잔뜩 쉰 목소리로 킬킬거리고 웃더니 어느새 웃음소리가 도저히 멈출 수 없는 것처럼 점점 커졌다. 즐거운 기색이라고는 조금도 없는 시끄러운 소리만이 실내를 가득 채웠다.

"관례에 따라서라고! 그것 참 재미있군! 자네 말이 맞아, 브리그스! 지킬 수 있을 때까지 전통을 지켜 보자고! 이 낡은 집에서 보내는 마지막 크리스마스니까. 줄리어스 아저씨와 그의 강도 떼 덕분에 말이야! 잔을 모두 채우게, 브리그스. 자네도 한잔 들고."

그가 소리쳤다.

"알겠습니다, 도련님."

집사의 차분한 어조는 혀가 잔뜩 풀린 로버트의 말투와는 다른 세상의 것처럼 들렸다. 집사가 술병 뚜껑을 열어 술잔에 따르기 시작했다.

"수호천사는 어디에 있나, 브리그스? 그 사람도 이 자리에 있어야 해."

"경사님은 지금 하인 방에서 쉬고 있습니다. 그분은 그곳을 더 편하게 여길 것 같습니다. 잔 받으십시오, 아가씨."

집사는 자신의 임무를 충실히 이행하며 엄숙하게 대답했다.

브리그스는 잔들을 올린 쟁반을 커밀라와 카스테어스 부인, 줄리어스, 보트윙크 박사의 순으로 내밀었다. 그리고 마지막으로 로버트에게도 잔을 권했다.

"여기 있습니다, 로버트 도련님. 이제 곧 자정입니다."

"시간은 잘도 간다! 우리가 잊은 게 있군, 브리그스. 커튼이 내려져 있고 창문도 다 닫혀 있잖아. 크리스마스이브에 그러면 안 되지. 크리스마스를 안으로 들어오게 해야지!"

로버트가 미친 듯이 소리치며 잔을 들어 올리자 샴페인이 잔 위로 흘러넘쳤다. 그는 방을 죽 둘러보았다.

"그러시면 안 됩니다, 도련님. 바깥은 너무 춥고 눈발도 거셉니다."

브리그스가 어린 주인을 다급하게 말렸다.

"이봐, 그게 무슨 대수야? 전통이 걸려 있는데!"

로버트는 들고 있던 잔을 카드 테이블에 내려놓고 육중한 커튼이 처진 창으로 내달렸다. 단 두 번의 재빠른 손놀림으로 커튼을 끝까지 걷은 후 넓은 프랑스식 창문을 활짝 열어젖혔다. 살을 에는 듯한 한기가 방 안으로 훅 밀려들어 오고 날려 들어온 눈이 카펫에서 소용돌이를 쳤다. 그는 시커먼 창밖을 바라보며 서 있었다. 바람에 머리카락이 헝클어진 채 흔들림 없이 밤하늘을 바라보았다. 이윽고 고개를 돌려 방 안의 사람들에게 말했다.

"들어 봐요! 저 소리가 안 들려요? 창가로 가까이 와요, 어서,

모두 다! 더 가까이 와요! 커밀라! 브리그스! 어서, 줄리어스 아저씨, 신선한 공기를 한번 마신다고 어떻게 되지 않아요! 지금 저 소리가 들려요?"

그가 명령하듯 소리쳤다.

마법에 걸린 것처럼 남자와 여자 들은 그의 재촉에 따라 뼛속까지 한기가 스미는 둥근 창가에 빙 둘러섰다. 휘몰아치는 바람 소리 사이로 멀리서 울리는 교회 종소리가 들렸다.

"워벡의 종소리예요! 새 크리스마스를 맞이하고 낡은 워벡을 보내자! 뚱뚱하고 늙은 줄리어스 아저씨는 그냥 두고! 뭘 하든 언제나 승리할 테니까!"

로버트는 돌연히 창가에서 물러나 방 한가운데에 섰다. 코트의 앞쪽에 눈이 잔뜩 들러붙어 있었다. 그는 달리기를 막 끝낸 사람처럼 가쁜 숨을 몰아쉬었다.

"모두에게 들려줄 소식이 있습니다. 아주 중요한 소식이죠! 절대 놓치면 안 돼, 커밀라. 그 소식은, 소식은……"

그가 갑자기 말을 멈추었다. 종소리가 멎고 십오 분마다 치는 시계 소리가 울리기 시작했다.

"크리스마스군! 먼저 건배를 합시다! 내 잔이 어디에 있지? 브리그스, 이 멍청한 친구야, 잔을 어디로 치웠나?"

"잔은 카드 테이블 위에 있습니다, 로버트 도련님."

"아, 여기에 있군."

자정의 첫 타종 소리가 잦아들자 그는 불안정한 손놀림으로 와인 잔을 잡았다.

"모두 준비되셨습니까? 워벡 홀을 위해! 신이여, 이 오래된 집을 도와주소서!"

그는 술을 단숨에 들이켠 채 잠시 서 있었다. 얼굴이 끔찍하게 뒤틀렸다. 그는 들고 있던 잔을 떨어뜨리며 한 손으로 자신의 목을 움켜쥐었다. 그러더니 쿵 하고 쓰러져 바닥에 얼굴을 박았다.

"로버트!"

마지막 종소리의 여운이 잦아드는 가운데 커밀라의 목소리가 울렸다.

"기절했나 봐요!"

카스테어스 부인이 소리쳤다.

"술이 원수지!"

줄리어스는 이렇게 웅얼거리며 쓰러진 로버트를 일으켜 세우려고 앞으로 나왔다.

그런데 보트윙크 박사가 그를 제지했다. 꼼짝도 하지 않는 로버트 옆에 무릎을 꿇은 박사는 그의 머리를 들고 얼굴을 힐끗 본 후 다시 그대로 내려놓았다.

"죽은 것 같습니다."

그는 차분하면서도 단호한 음성으로 말했다.

009

청산가리

보트윅크 박사의 조심스러운 말이 사라진 빈자리에 당혹스러운 침묵만이 남았다. 사람들은 한참 동안 가만히 있었다. 말도 하지 않고 미동조차 보이지 않았다. 살아 있는 다섯 사람이 죽어 있는 한 사람처럼 가만히 있었다. 열린 창으로 들어오는 거센 바람에 휘날리는 커튼 외에는 아무것도 움직이지 않았다.

마침내 커밀라가 침묵을 깨고 잔뜩 잠긴 목소리로 들릴락 말락 말을 했다.

"죽었다고요? 죽을 리가 없잖아요! 말도 안 돼요! 방금 전까지 그렇게 멀쩡했는데! 로버트!"

그녀는 어느새 울부짖으며 앞으로 달려가 시신 옆에 무릎을 꿇었다.

"로버트! 내 말 들어봐! 들으라고! 진심이 아니었어! 진심이……."

그녀는 격하게 흐느끼기 시작했다.

줄리어스가 곧장 곁으로 와 그녀를 부축해 일으켜 세웠다. 커밀라는 그에게 매달리며 쉼 없이 흐느꼈다. 지금까지 감정을 자제하던 모습은 온데간데없었다.

"마음을 굳게 먹어야지. 우리 모두에게 너무나 충격적인 사건이야……. 나는…… 어…… 너는……."

줄리어스가 웅얼거리듯 말했다. 그는 어찌할 바를 몰라 주위를 두리번거렸다.

"카스테어스 부인, 커밀라를 방으로 데려가 주시지 않겠습니까? 여기에 이렇게 계속 있을 수는 없습니다. 그러니……."

"물론이죠, 알겠어요!"

장관의 무기력한 모습에 카스테어스 부인의 사무적이고 현실적인 태도가 더 돋보였다.

"위층으로 내가 데려갈게요. 필요하면 계속 같이 있을 테고요. 커밀라 양을 방까지 데려가는 것을 도와주지 않겠나, 브리그스? 나는……."

"잠시만요! 두 분이 이곳을 떠나는 것은 현명한 행동이 아닌 것 같습니다."

보트윙크 박사가 벌떡 일어났다.

그의 목소리에는 듣는 이가 무시할 수 없는 조용한 권위가 서려 있었다. 커밀라의 흐느낌조차 잦아들 정도로 말이다. 보트윅크 박사는 조심스럽게 무릎에서 눈을 쓸어 낸 후 창가로 뚜벅뚜벅 걸어가 창문을 닫고 커튼을 드리웠다. 휘몰아치는 눈보라 소리가 뚝 그치자 실내는 갑자기 정적에 휩싸였다. 그 속에서 박사의 조심스러운 말은 잔잔한 연못에 우수수 떨어지는 작은 조약돌처럼 그들의 귓전을 때렸다.

"지금 사람이 급사를 했습니다. 변사죠. 경찰의 조사가 뒤따르는 것이 불가피합니다, 아닙니까? 이 자리의 신사, 숙녀 들은 이런 경우 영국의 법에 따라 진행될 정확한 절차에 대해 저보다 더 잘 아실 것입니다. 하지만 제가 보기에는 이 비극의 증인에게 적절한 조치가 취해지기도 전에 자리를 뜰 수 있도록 배려하는 것은 바람직하지 않은 것 같습니다. 제 말은 이 자리에 있는 우리 모두의 이해관계를 전부 지칭하는 것입니다."

"적절한 조치라니요?"

줄리어스가 되물었다.

"제가 이해한 바로는 지체 없이 경찰의 지원을 요청하는 것이 적절한 조치겠지요. 천만다행으로 우리 중에는 지금 경찰이 있지 않습니까."

"맞아요, 장관님. 보틀링 박사님의 말이 전적으로 옳아요. 장관님이 데려온, 이름이 뭐였죠? 그에게 당장 신고를 해야 해요. 그 사람이면 뭘 어떻게 해야 적절할지 알 거예요. 브리그스, 가서 그를 당장 이리로 데리고 오겠나? 세상에, 어떻게 이렇게 끔찍한 일이 벌어질 수가! 남편이 여기에만 있었더라면 다 알 ……."

그때 보트윙크 박사가 그녀의 말허리를 잘랐다.

"레이디 커밀라가 기절하실 것 같습니다."

줄리어스가 쓰러지는 커밀라를 때맞춰 부축했다. 보트윙크 박사의 도움을 받아 줄리어스는 그녀를 소파까지 데려갔다. 그동안 브리그스는 로저스 경사를 찾으러 서둘러 방을 나갔다. 카스테어스 부인은 자신의 재주 가운데 응급 처치도 있었기에 기꺼이 커밀라를 옆에서 돌보았다.

"이 방에 물 없어요?"

그녀가 물었다.

"없군요. 대신 병에 샴페인이 약간 남아 있어요. 조금이지만 저거라도……."

"장관님! 저 병이든 뭐든 테이블 위에 있는 것은 절대 만지지 마십시오!"

보트윙크 박사가 다급하게 그를 막았다.

재무 장관의 자기중심적인 자존감은 그새 말끔하게 회복되어 있었다.

"당신은 자신의 말에 확실히 책임을 져야 할 거요. 도대체 지금 무슨 생각을 하는 거요?"

"저는 아무런 생각도 하지 않습니다. 다만 여러 사실들을 보면 자명하지 않습니까?"

"이 젊은이에게 일어난 불행한 일을 두고 무슨 살인 게임이라도 벌어졌다고 곧장 결론 지을 모양이구려."

"저라면 이 상황을 '게임'이라고 부르지 않을 겁니다."

보트윙크 박사가 심각한 표정으로 말했다.

장관이 뭐라고 반박을 하기도 전에 로저스가 다급하게 방으로 뛰어 들어왔다. 그의 뒤를 따라 브리그스도 들어왔다. 경사의 얼굴에 서려 있던 불안감은 줄리어스를 보자 안도감으로 바뀌었다. 그가 제일 처음 내뱉은 말은 터무니없을 정도로 부적절했다.

"괜찮으십니까, 장관님?"

그가 숨을 헐떡이며 물었다.

"괜찮네. 괜찮아, 물론 괜찮고말고. 내가 괜찮지 않을 일이 뭐가 있겠나?"

장관이 매몰차게 대답했다.

"죄송합니다. 브리그스 씨에게서 급히 와 달라는 말을 듣고는 그만……."

마침내 경사의 시선이 창가 바닥에 꼼짝 않고 쓰러져 있는 형체에 가닿았다.

"워벡 씨! 무슨 일이 일어난 겁니까?"

그가 소리쳤다.

"워벡 씨가 죽었소. 샴페인을 한 잔 마시고 나서."

보트윅크 박사가 간결하게 설명을 했다.

로저스는 조심스럽게 카펫을 가로질러 로버트가 있는 곳으로 다가갔다.

"생명 활동이 정지되었다고 확신하십니까, 선생님?"

"나는 의사가 아니라오. 그러니 직접 보고 판단하시오."

"죄송합니다. 그렇다면……."

로저스는 시신 곁에 잠깐 동안 무릎을 꿇었다. 그는 침울한 표정으로 자리에서 일어났는데, 당황한 듯도 보였다. 그는 줄리어스를 돌아보며 말했다.

"매우 불행한 일이 벌어졌습니다, 장관님. 그런데 저는 적절한 절차를 진행하기가 힘듭니다."

보트윅크 박사는 무슨 말을 하려다가 그냥 입을 다물기로 했다. 그러자 경사가 말을 계속했다.

"지금 일어난 상황을 당장 현지 경찰에 신고해야 합니다. 전적으로 그 사람들이 담당해야 할 문제입니다. 그리고 아시다시피 저는 오직 경호 임무를 위해 이곳에 왔습니다. 엄밀히 말해서 장관님만 무사하시다면 아무래도 상관이 없습니다. 이런 성질의 사건 수사는 전적으로 제 소관 밖입니다."

"이 어리석은 사람 보게. 그렇다면 당신은 멀찌감치 떨어져서 아무것도 하지 않겠다는 건가요?"

카스테어스 부인이 따졌다.

로저스 경사는 그녀의 비난에도 눈 하나 깜짝하지 않았다. 대신 줄리어스의 대답을 참을성 있게 기다렸다.

"자네 입장이 그렇다면 잘 알겠네. 일단 지역 경찰에게 연락을 하게."

장관이 마침내 입을 열었다.

"죄송합니다, 장관님. 그게 바로 문제입니다. 장관님도 아시는 줄 알았습니다. 지금 경찰은 고사하고 외부의 누구와도 연락을 할 수가 없습니다. 오늘 저녁에 정기 보고를 하려고 했습니다만 전화가 먹통이었습니다. 9시에 라디오에서 전국의 전화선이 불통이라는 방송이 나왔습니다. 우리는 지금 외부와 완전히 단절되었습니다."

"단절되었다고? 이런 말도 안 되는 상황이! 나만큼이나 자네도 잘 알지 않는가. 요즘 같은 상황에서 나는 크리스마스든 아니든 항상 재무부와 연락을 취할 수 있어야 한다고. 자네 말대로 내가 단절된 상태라면 어떻게 국무를 처리할 수 있겠나?"

"글쎄요. 저는 사실대로 말씀드렸을 뿐입니다."

줄리어스는 한동안 말을 잇지 못했다. 마침내 그는 말문을 열었다.

"그 말이 사실이라면, 자네가 최선을 다해야만 하네. 자네도 경찰은 경찰이잖은가."

"제가 이 사건의 수사를 맡기를 바라십니까?"

"적합한 사람들에게 수사권을 넘길 때까지는 그렇네."

"알겠습니다, 장관님."

로저스가 생각을 정리하는 듯 잠시 입을 다물었다. 다시 말문을 열었을 때는 더 이상 쭈뼛거리지 않았다. 그의 간결하면서 직업적인 어조에는 군대를 호령하는 거친 느낌이 배어 있었다.

"사망 시각이 언제입니까?"

그가 줄리어스에게 물었다.

"12시 정각이라네."

"그 순간에 시계가 종을 쳤어요."

카스테어스 부인이 끼어들었다.

"한 번에 한 분씩 진행하겠습니다, 부인. 고인이 사망하는 순간에 여러분은 전부 이곳에 계셨습니까?"

"오, 그렇다네. 확실히 전부 다 있었어. 그러니까……."

줄리어스가 대답했다.

"알겠습니다. 고인이 사망한 후 이 방에 있는 물건을 만지셨습니까?"

"아닐세, 아무것도 안 만졌을 거네."

"아니에요. 방금 보틀링 박사님이 창문을 닫고 커튼을 쳤잖아요."

카스테어스 부인이 또 끼어들었다.

"보트윙크입니다."

역사학자는 자신도 모르게 이름을 외쳤다.

"그렇습니다, 카스테어스 부인. 제가 그랬죠. 그 이유는……."

"다른 것은요?"

경사가 물었다.

"다른 것은 만지지 않았소. 절대로."

"이제 여러분은 모두 방을 나가 주시기 바랍니다. 그리고 제 허락이 있기 전에는 들어오시면 안 됩니다. 제가 열쇠를 보관하도록 하겠습니다. 그리고 한 분씩 따로 진술을 받도록 하겠습니다. 그동안에 이 일에 대해서 이야기를 나누는 것을 삼가시기를 당부드립니다."

순간 그가 평범한 사람으로 돌아왔다.

"저는 여러분 각자의 기억을 듣고 싶습니다. 다른 사람의 것이 아니라요. 그렇게 해 주시겠습니까?"

"이 오밤중에 우리의 진술을 받겠다는 건 아니겠지? 다른 사람들은 어떤지 모르겠네만 나는 이런 일을 겪고 나니 눈을 붙이는 것 외에 다른 일은 할 수가 없다네."

줄리어스가 말했다.

"내가 날 위해서 이렇게 말하는 게 아니에요. 하지만 이 자리에는 그런 시련을 겪으면 안 될 사람이 한 명 있다는 사실이 명백해 보이는군요."

카스테어스 부인도 거들었다. 그녀가 가리킨 소파에는 커밀라가 여전히 정신을 잃은 채 누워 있었다.

로저스 경사는 잠시 생각에 잠겼다.

"제 질문은 내일 아침까지 미뤄도 좋을 것 같습니다. 대신 여러분이 이곳을 나가시기 전에 한 가지 분명히 해 두어야 할 사항이 있습니다. 박사님은 워벡 씨가 샴페인을 한 잔 마신 후에 사망했다고 방금 말씀하셨습니다. 마시고 얼마 후에 사망했습니까?"

그는 이렇게 말하며 보트윅크 박사를 돌아보았다.

"그 즉시였소. 잔에 든 술을 마시면서 죽었다고 말할 수 있을 정도였죠."

"뭔가를 마신 결과인 것이 확실한가요?"

"의문의 여지가 없소. 샴페인에 독이 들었던 거요. 분명히 청산가리겠죠."

"방금 의사가 아니라고 말씀하시지 않았습니까?"

"그렇소, 의사는 아니오. 하지만 전에도 이런 죽음을 몇 번이나 목격했소. 그런 경험은 쉽게 잊을 수 없죠."

보트윅크 박사의 어조는 싸늘했다.

"같은 병의 술을 마신 분이 또 계십니까?"

"우리 모두 다 마셨을 거요. 나도 마셨고."

"고맙습니다, 박사님."

로저스가 그에게서 몸을 돌려 이번에는 방 안 사람들 중 누구랄 것 없이 모두에게 말했다.

"여러분 모두를 수색할 수 있도록 허락해 주시기 바랍니다."

"이보게, 경사! 왜 그런 것까지 해야 하는 건가?"

줄리어스가 물었다.

"이유는 아주 간단합니다, 장관님. 고인이 독살을 당했는데 독이 그가 마신 술병에 들어 있지 않았다면 누군가가 이곳에 독을 가지고 왔다는 결론이 나옵니다."

로저스가 엄격한 표정으로 대답했다.

"이런 세상에! 자네 지금 무슨 상상을 하는 건가? 이를테면 내가……."

"상상하는 건 제 일이 아닙니다. 하지만 수사를 맡으라고 하신 이상 저는 적절한 방식으로 수사를 진행해야 합니다. 주머니에 든 것을 전부 꺼내 주시겠습니까?"

"좋네, 그렇게까지 말한다면. 그런 생각 자체가 내게는 어리석어 보이지만 말일세. 로버트가 독약을 스스로 삼킨 게 아닌지 자네가 어떻게 아나?"

장관이 툴툴거리며 따져 물었다.

"당연히 그런 가능성도 염두에 두고 있습니다. 절차에 따라 고인의 몸수색도 진행할 겁니다. 자, 이제 보여 주시죠, 장관님."

줄리어스는 주머니에 들어 있는 자잘한 물건들을 모두 꺼내 카드 테이블에 늘어놓았다. 그 가운데에는 의심스럽기 짝이 없는 작은 병이 하나 있었다. 병에는 하얀 알약들이 들어 있고 라벨에는 런던의 유명 약국 이름이 적혀 있었다. 경사는 수상쩍은 눈초리로 약

병을 보았다.

"이 병은 당분간 제가 보관해야겠습니다."

그가 말했다.

"세상에, 이보게. 소화제라는 걸 보면서도 모르겠나?"

"그건 알 수 없습니다, 장관님. 분석을 하기 전에는 알약의 정체를 저도 알 수 없습니다. 그게 아니면 이 병이 다른 것을 옮기기 위해 사용되었는지도 알 수 없고요."

"하지만 이건 내 약이야! 나는 밤마다 이 약을 먹어야 하네. 약이 없으면 안 된단 말일세!"

줄리어스가 강력하게 항의를 했다.

"한 번에 몇 알씩 드셔야 합니까, 장관님."

"두 알."

그러자 형사가 뚜껑을 열고 병을 흔들어 알약 두 개를 꺼냈다. 그리고 엄숙한 표정으로 탁자 위에 알약을 내려놓았다.

"이거면 오늘 밤을 보내실 수 있으시겠죠. 장관님을 불편하게 하려는 것이 아닙니다."

줄리어스는 툴툴거리며 약을 삼키고 소지품을 주머니에 다시 주섬주섬 담기 시작했다.

"이제 내 방으로 자러 가도 되겠지?"

"아직은 아닙니다. 다음은 숙녀분들의 소지품을 봐야겠습니다."

"설마 나를 몸수색하겠다는 건가요!"

카스테어스 부인이 분노의 화신으로 돌변했다.

"그러지는 않겠습니다, 부인. 핸드백을 보여 주시면 그걸로 충분할 겁니다. 다른 숙녀분의 백도 제게 주시겠습니까…… 고맙습니다."

로저스는 건네받은 핸드백 두 개에서 노련한 손놀림으로 내용물을 꺼냈다. 하지만 특별한 물건은 아무것도 없었다. 그다음 보트윙크 박사와 브리그스가 차례대로 몸수색을 받았다. 두 사람은 아무런 저항도 하지 않았고 로저스는 아무런 수확물을 거두지 못했다. 몸수색과 소지품 검사가 끝나자 줄리어스는 제발 방으로 돌아가게 해 달라고 다시 사정을 했다.

"우리 모두 검사를 통과했으니 더 이상 여기 잡아 둬 봤자 아무 의미가 없을 것 같군."

비꼬려는 장관의 시도는 그리 성공적이지 못했다.

경사는 잠시 생각해 보더니 말했다.

"아직 검사가 좀 더 남아 있습니다. 하지만 이곳에 계속 붙잡혀 계시기를 바라지 않으시겠죠. 브리그스 씨, 우리가 쓸 만한 다른 방이 있습니까? 가능하면 따뜻한 곳이면 좋겠는데요."

브리그스가 우물쭈물하며 대답했다.

"이 집에서 지금 가장 따뜻한 곳이라면 가정부의 방입니다. 그 방은 불을 잘 피워 놓았고 하인들도 다 잠들어 있습니다. 손님들에게 그곳으로 가시라고 감히 말씀드릴 수는 없지만……."

"그렇다면 어서 그곳으로 가서 끝내 버립시다."

줄리어스가 재촉했다.

"어디로 가야 하나, 브리그스."

그는 먼저 성큼성큼 문으로 향했다.

보트윙크 박사가 남아서 카스테어스 부인을 도와 커밀라를 부축해 일으켜 세웠다.

"혼자 걸으실 수 있겠습니까, 아가씨?"

박사가 상냥하게 물었다.

"네, 고맙습니다."

커밀라가 소곤거렸다. 그리고 박사의 부축을 받으며 문으로 발걸음을 옮기기 시작했다. 반쯤 갔을까, 그녀가 멈춰서 창가에 소리 없이 누워 있는 시신을 돌아보았다.

"저대로…… 로버트를 저대로 두고 갈 수 없어요. 저렇게는 안 돼요."

그녀가 동정에 찬 눈길로 말했다.

"미안합니다, 아가씨. 하지만 그래야만 합니다."

로저스가 단호하게 말했다.

"저렇게 오래 두지 않도록 하겠습니다."

그는 다른 사람들이 나간 후 일이 분가량 더 머물렀다. 나오기 전에 창문이 모두 닫혀 있는지 확인하고 불을 끄고 문을 잠근 후 열쇠를 주머니에 잘 넣었다.

가정부의 방은 정사각형의 작고 아늑한 곳이었다. 로저스가 도착해 보니 응접실에서 나온 무리는 붉게 빛나는 석탄 난로 주위에 허름하지만 편안한 의자에 앉아 있었다. 아무도 시킨 사람은 없지만 브리그스는 주전자를 난로에 올리고 바삐 차를 준비하는 중이었다. 로저스가 마지막으로 본 장면과 비교한다면 그곳은 아늑하고 가정적이었다.

로저스가 느닷없이 이야기를 시작했다.

"고인의 옷을 조사해 보았습니다. 현재로서는 그분에게서 독약의 흔적을 조금도 발견할 수가 없었다는 말씀밖에 드릴 수가 없습니다."

"설마 그런 흔적을 찾으리라고 기대하신 겁니까? 이 독약의 치사량은 아주 소량입니다. 그러니 주머니에 남아 있는 독을 찾아내리라 기대할 수 없습니다."

보트윙크 박사가 조심스럽게 되물었다.

"그건 그렇습니다. 그래서 저는 독약의 용기로 쓰였을 만한 물건을 찾아보았습니다. 지금까지는 그럴 만한 물건을 찾을 수 없지만요."

형사가 순순히 인정을 했다.

"내가 도저히 이해가 안 되는 것은 말일세. 왜 자네가 그런 걸 구실로 우리를 잠도 못 자게 이곳에 잡아 두느냐 하는 걸세."

줄리어스가 입이 찢어져라 하품을 하며 불평을 하기 시작했다.

그러자 로저스가 단호한 음성으로 대답했다.

"장관님, 현 상황을 제대로 파악해 주시기를 거듭 부탁드립니다. 현재로써 가장 개연성이 없을 것 같은 사고설을 배제한다면, 이 사건은 자살이 아니면 살인입니다."

자리에 모인 사람들이 마음 깊숙한 곳에 넣어 두었던 단어를 처음 꺼낸 순간이 바로 그때였다. 로저스는 평범한 대화를 하듯 무덤덤하게 한 이야기였지만 방 안의 가라앉은 공기를 불안하게 휘젓기에는 충분했다.

"당분간 저는 살인 사건이 벌어졌다는 가정하에 움직일 수밖에 없습니다. 살인이 맞는다면 이곳에 계신 여러분 가운데 한 명이 범인이겠죠."

그가 잠시 말을 멈추자 작은 방에 옹기종기 모여 있던 사람들은 몸을 움츠렸다. 모두 옆 사람과 붙어 있지 않으려고 슬금슬금 떨어져 나가는 것처럼 말이다. 로저스가 무미건조한 말투로 다시 입을 열었다.

"이런 상황에서 제가 반드시 조사하고 넘어가야 할 문제가 있습니다. 경찰이라고는 저 혼자뿐이니 당연히 평소보다 시간이 더 걸릴 겁니다."

그러자 보트윅크 박사가 끼어들었다.

"알겠소. 우리가 각자 방으로 돌아가기 전에 혹시 누군가가 청산가리를 짐에 숨겨 놓지 않았는지 침실을 수색하고 싶은 거로군."

"그렇습니다."

"모르는 게 없는 것 같네요, 보틀링 박사님."

카스테어스 부인이 신랄하게 비꼬았다.

"보트윙크입니다. 그렇습니다. 경찰의 철저한 조사라는 주제에 대해 알아 둘 좋은 기회가 예전에 있었거든요."

그때 커밀라가 가냘픈 목소리로 끼어들었다.

"부디, 제일 먼저 제 방으로 가면 안 될까요?"

"그러고 싶으시다면 그렇게 하십시오. 아가씨의 입회하에 방을 수색하는 편이 좋을 것 같군요. 부인도 함께 계시기를 바라실 테고요. 그럼 지금 바로 가시죠. 남자분들은 제가 돌아올 때까지 여기 남아 주시겠습니까?"

"가시기 전에 두 분이 차를 드시고 싶으시다면, 지금 막 차가 준비되었습니다."

브리그스가 말했다.

"고마워요, 브리그스. 한잔하고 싶어요."

브리그스는 차를 다 따른 후 탁자에 주전자를 살짝 소리가 나게 내려놓고는 형사에게 빙그르 돌아서서 갑자기 말을 걸었다.

"지금 찾고 계시는 물건이 청산가리입니까, 로저스 씨?"

"그렇습니다."

"방금 기억이 났습니다. 식기실에도 청산가리가 조금 있습니다."

"뭐라고요?"

"지난여름에 말벌 집을 없애려고 구해 둔 것입니다. 그 이후로 계속 그곳에 있었습니다. 지금 가서 확인을 해 보시겠습니까?"

"지금 당장 보여 주시죠."

"알겠습니다. 차는 여기 있습니다, 아가씨. 직접 차를 따라 드셔도 상관없으시겠지요? 이쪽으로 가시지요, 로저스 씨."

"여기입니다. 싱크대 옆 작은 찬장에 보관해 두고 있습니다. 직접 보시죠. 열쇠는 채우지 않습니다."

브리그스가 말했다.

로저스는 집사가 가리킨 찬장으로 뚜벅뚜벅 다가가 문을 열었다.

"이 찬장을 마지막으로 살펴본 게 언제입니까?"

"정확하게는 모르겠습니다. 이쪽은 자주 열어 보지 않으니까요. 여기는 자주 찾지 않는 잡다한 물건 몇 가지를 보관해 두고 있습니다. 잠깐만요……. 그러고 보니 일이 주 전에 보트윅크 박사님이 제게 찬장 뒤에서 발견한 낡은 나뭇조각을 보여 주신 적이 있습니다. 힘들게 찾아볼 만한 것도 아니었는데, 그 물건에 무척 관심이 많으셨어요. 조각이 보이십니까, 형사님?"

"네. 보이는군요."

로저스가 대답했다.

그는 찬장을 닫고 무표정한 얼굴로 브리그스를 돌아보며 말했다.

"독이라고 표시를 해 뒀겠죠?"

"네, 물론입니다. 작고 푸른 병인데, 대문자로 '독약'이라고 쓴 라벨을 붙여 두었습니다. 그 병, 그 병이 없습니까?"

로저스가 고개를 끄덕였다.

"어서 가정부의 방으로 돌아가는 게 좋겠습니다. 어쨌든 무엇을 찾아야 할지는 알았군요."

돌아가는 길에 로저스는 집사를 돌아보며 한 가지를 더 물었다.

"저택에는 방이 몇 개나 됩니까?"

"한 번도 세어 본 적은 없습니다만 안내서에 따르면 쉰세 개입니다."

"쉰세 개라. 집 안에 있다면 어쨌든 그중 어딘가에 있겠군요."

그가 한숨을 쉬며 말했다.

"언젠가 일손이 부족하다고 불평을 하시는 걸 제가 들은 것 같습니다, 브리그스 씨!"

한 시간 이상 작업을 벌인 끝에 로저스는 집사의 침실 수색까지 끝냈다. 그는 눈이 붉게 충혈되었지만 피곤하지는 않았다. 브리그스는 제일 마지막으로 자러 갔다. 손님들은 한 사람씩 로저스와 동행해 자신의 방으로 간 후 그가 자신들의 소지품을 가차 없이, 결실도 없이 수색하는 모습을 지켜보았다.

"이제 다 끝났습니다. 물건을 이렇게 흩어 놓아서 정말 죄송합니다, 브리그스 씨. 이제 쉬러 가셔도 좋습니다."

그가 마침내 말문을 열었다.

"형사님도 이제 쉬실 수 있겠군요. 벌써 2시가 되었습니다."

경사가 고개를 가로저었다.

"아직 할 일이 남아 있습니다. 형사의 일은 뱃사람의 일과 같지
요. 필요할 때는 잠도 자지 않고 일을 하는 법을 익혀야 하니까요.
안녕히 주무십시오! 아침에 뵙겠습니다. 다른 하인들에게는 제가
알릴 때까지 함구해 주시면 좋겠군요."

"알겠습니다, 형사님. 안녕히 주무십시오! 저는……."

갑자기 무슨 생각이 났는지 집사의 표정이 변했다.

"주인님! 누가 이 비보를 주인님에게 알리죠?"

아침 식사 자리의
보트윙크 박사

크리스마스 아침 식사 자리에 제일 먼저 나타난 사람은 보트윙크 박사였다. 그는 짧은 다리로 식당에 쿵쿵거리며 들어왔다. 둥근 두 볼은 평소보다 더 창백해 보였지만 그것 말고는 지난밤의 사건으로 충격을 받은 기미는 보이지 않았다. 그는 벽난로에 처량하게 지펴 놓은 작은 불 위로 상체를 구부려 손을 쬐었다. 그러더니 나무라는 눈빛으로 시계를 본 후 창밖을 바라보았다. 창밖으로는 아무것도 보이지 않았다. 그의 시계는 눈 덮인 풀밭 몇 미터밖에 미치지 않았다. 그 뒤로 모든 것이 짙은 안개에 휩싸여 있었다. 공기는 가만히 가라앉아 있었다. 얼어붙은 공기를 휘젓는 것이라고는 살을 에는 추위를 막아 보고자 깃털을 부풀리는 찌르레기 몇 마리뿐이었다. 새들은 완전히 낙담한 모습으로 눈 속을 날아다니고 있었다. 보트윙크 박사가 새들의 모습을 한참이나 즐긴 후에야 브리그스는 쟁반을 들고 들어왔다.

"잘 잤나, 브리그스!"

"안녕히 주무셨습니까, 박사님."

"지금 자네에게 즐거운 크리스마스를 보내라고 인사를 한다면 전혀 적절한 인사가 아닐 테지?"

"상황이 이렇다 보니 적절하다고 할 수 없겠군요, 박사님."

브리그스는 아침을 사이드보드에 내려놓으며 무겁게 말했다.

"하지만 마음만은 고맙습니다."

보트윙크 박사가 말했다.

"나는 여러 나라에서 크리스마스를 보냈다네. 그때그때 상황도 제각각이었지. 하지만 이렇게 이상한 크리스마스는 난생처음이야. 화이트 크리스마스를 맞이한 것도 평생 처음이니 희한하지 뭔가. 게다가 안개를 좀 보게! 영국의 날씨는 좀처럼 예측을 할 수가 없군. 이 정도면 아직도 외부 세계와 단절되어 있다고 봐도 되겠나?"

"그렇습니다, 박사님."

보트윙크 박사는 사이드보드로 다가가 커피를 따르려고 은주전자 두 개를 집어 들었다. 그러더니 주전자를 모두 내려놓고 양쪽의 뚜껑을 열어 내용물을 살피기 시작했다.

"이 우유는 아직도 꽤 신선해 보이는군? 어떻게 된 건가?"

"농가에서 한 시간 전에 간신히 우유를 가지고 왔습니다. 우유를 가져온 일꾼에게 낮에는 마을로 나갈 수 있을지 물어봤는데, 무척 회의적이었습니다. 우리는 구덩이나 다름없는 곳에 갇힌 셈입니다. 바람에 날려 와 쌓인 눈이 몇십 센티미터는 됩니다."

보트윙크 박사가 한숨을 푹 쉬었다.

"스키를 가져오지 않은 게 몹시 후회가 되는군. 하기야 가져왔다고 해도 이런 상황에서는 길도 못 찾았겠지만. 이런 상태가 얼마나 계속될 것 같나?"

"아마도 오래가지 않을 겁니다, 박사님. 오늘 아침에 라디오에서 날씨가 풀릴 거라고 예보를 했습니다. 하루나 이틀이면 이런 상황도 끝이 날 겁니다."

"하루나 이틀! 어떤 상황에서는 몹시 긴 시간이 될 수도 있지."

"그건 그렇습니다."

"아마 자네도 나와 같은 질문을 스스로에게 던지고 있을 것 같은데."

"무슨 말씀이신지."

"지금 내가 고민하고 있는 문제는 우리가 살아남아서 과연 끝을 볼 수 있을까 하는 걸세."

"뭐라고요?"

"그렇게 충격받은 표정 짓지 말게, 브리그스. 이런 종류의 문제는 현실적으로 생각해야 해. 이 집의 누군가가 독약을 가지고 있다면 그 사람이 독약을 한 번 더 쓰지 않을 거라고 확신할 근거가 없어. 상황이 독약을 쓰기에 이상적이지 않은가."

집사는 아무런 대꾸도 하지 않았다. 아침 식사를 차리는 일에 몰두한 것처럼 보였다. 그는 이미 옆자리의 포크와 완벽하게 일렬로 놓여 있는 포크의 위치를 매우 정성스럽게 바로잡고 있었다. 그러더니 목소리를 잔뜩 낮춰서 다급하게 말했다.

"더 시키실 일이 있습니까, 박사님?"

"나? 아무것도 없네. 이런 상황에서는 누군가 함께 있는 편이 당연히 더 좋겠지만. 자네도 그렇지 않나? 하지만 자네의 일을 방해해서는 안 되겠지. 자네도 봤다시피 나는 아직 식사를 들지 않았네. 다른 손님들이 올 때까지 먹지 않고 기다릴 거네. 앞으로 무슨 일이 일어나든 증인을 만들어 두는 편이 현명하지 않겠나."

"무슨 말씀을 하시는지 잘 모르겠습니다."

"간단하게 이런 걸세, 브리그스. 나는 지금껏 불행한 삶을 살아온 덕분에 의심을 잘하는 성격이 되었다네. 분명히 자네는 의심이 많은 성격은 아니군. 의심이 많다면 그렇게 서둘러 가지 않겠지."

"무슨 말씀을 하시는지 잘 모르겠습니다."

"나 때문에 놀랐나 보군. 일목요연한 설명을 위해 실제 인물을 예로 들자고. 가령 줄리어스 장관님이 이 맛있는 커피를 마신 후 죽었다고 해 보세. 그것도 청산가리로. 그렇다면 우리 둘은 무척 불행한 입장이 될 거야. 자네의 경우 커피를 탄 당사자니까. 내 경우에는 이곳에 혼자 있는 동안 치사량의 독극물을 집어넣었을 시간이 충분했을 테고. 우리 둘 모두 자신을 변호하기 위해 상대방을 비난해야 하는 불쾌한 입장에 처하게 될 거야. 물론 그렇지 않을 수도 있어. 자네가 위험을 감수할 준비가 되어 있다면 나도 마음의 준비를 하겠네."

브리그스는 몹시 곤란해하며 한동안 망설이더니 마침내 이렇게 말했다.

"다른 분들이 오실 때까지 여기에 있겠습니다."

"자네가 현명한 사람인 줄 알았어. 자네는 우리의 아침 식사에는 몸에 나쁜 것이 전혀 없을 거라고 생각하니 하우스 파티를 한 끼는 더 할 수 있다고 자신하고 있겠군. 누구라도 어서 오면 좋겠군. 배가 출출한데."

박사는 자신이 영어의 구어체를 자연스럽게 잘 구사했다는 생각에 미소를 지었다. 그리고 방을 오락가락 서성거렸다.

"나와 커피 한잔 같이하지 않겠나? 그러면 시간도 잘 갈 테고, 그러다 보면 서로를 계속 지켜볼 수도 있지 않겠나."

"고맙습니다만 저는 한 시간 전에 아침을 들었습니다."

"그랬겠지. 하지만 한 잔 더 마신다고 무슨 문제가 되겠나."

집사는 고개를 흔들며 거절했다.

"적절한 행동이 아닙니다, 박사님."

"알겠네. 집사는 손님이 있는 자리에서는 커피 한 잔이라도 마셔서는 안 되는군. 저택이 눈 때문에 바깥세상과 단절되어 있는 순간에도, 살인 사건이 벌어진 다음 날도. 자네에게 불명예스러운 일을 권해서 미안하네. 그렇다면 사람들을 기다리겠네. 그건 그렇고, 올 사람은 두 명밖에 없겠지? 레이디 커밀라는 아직 일어나지 않았을 테니까."

"아닙니다. 아가씨는 나오겠다고 하녀에게 전하셨습니다."

"그런가? 젊은 아가씨가 강단이 있군. 겉으로 보이는 것보다 훨씬 강인해. 워벡 경은? 그분의 안부부터 먼저 물어봤어야 했는데. 오늘은 일어나셨나? 아니면 아직 자리에 계시는가?"

"주인님은 침대에서 아침을 드셨습니다, 박사님. 오늘은 일어나지 않으실 것 같습니다."

"잘 알겠네. 적어도 아침은 드셨군. 그렇게 냉정을 유지하시다니 정말 존경스럽군. 그렇다면 비보에도 냉정함을 전혀 잃지 않으신 건가?"

"주인님은…… 주인님은 아직 아무것도 모르십니다. 음, 지난밤 일에 대해서 말씀을 드리지 않았습니다."

"브리그스, 자네의 겸손함은 인간적인 수준을 훨씬 뛰어넘는 것처럼 보이는군. 혹시 생사와 관련된 문제를 고용주에게 말하는 것은 영국 집사에게 적절한 행동이 아니라는 그런 말인가?"

"절대 그런 의미가 아닙니다. 그런 소식을 주인님에게 전할 자격이 있는 사람은 저밖에 없다고 생각합니다. 그 소식을 전해야 할 때가 되었을 때, 주인님이 지치고 약해진 몸이지만 한편으로 만족해하시며 침대에 누워 아침을 들고 들어가는 저를 반기시는 모습을 뵙자 차마 말씀을 드릴 용기가 나지 않았습니다. 그렇게 된 겁니다."

브리그스는 드물게 따뜻함이 느껴지는 목소리로 대답을 했다.

보트윙크 박사가 집사의 모습에 감동을 받았는지 모르겠지만 겉으로는 전혀 드러나지 않았다. 그는 놀란 기색으로 말했다.

"그랬군! 나는 자네를 겁쟁이라고 여기지 않는다네, 브리그스. 아마도 방금 내가 말했던 것처럼 워벡 경께서도 자네에게 즐거운 크리스마스를 보내라고 하셨을 테고 자네는 그 말에 똑같이 대답을 해야 했겠지?"

브리그스는 차마 말을 잇지 못하고 고개만 끄덕였다.

"견디기 힘든 순간이었겠군. 하지만 어쩔 수 없어. 언젠가는 우리가 그분에게 알려야 한다는 사실을 받아들여야 해. 분명히 아침에 아드님이 문안 인사를 하러 올 거라고 생각하고 계실 테니까."

"그렇습니다, 박사님."

브리그스가 가라앉은 목소리로 대답을 했다.

"주인님께서는 손님들이 아침을 다 드시면 침실로 모시고 오라고 지시를 하셨습니다. 모두에게 크리스마스 인사를 하시고 싶으시다고요."

노집사의 목소리가 떨려 왔다.

역사학자가 한숨을 푹 쉬었다.

"그렇다면 이 소식은 영국 의회가 터무니없이 전원 위원회를 소집해서 터뜨리는 것처럼 보이겠군. 어쨌든 혼자가 아니라는 점은 다행일세."

그의 말에 동의를 하기라도 하듯 줄리어스가 때마침 들어왔다. 그는 눈 아래가 축 처졌고 턱에는 면도를 하다 난 상처가 있었다.

"안녕히 주무셨습니까, 장관님."

보트윅크 박사가 정중하게 인사를 건넸다.

"잘 주무셨소? 잘 잤나, 브리그스. 아침은 뭔가?"

"스크램블드에그와 훈제 청어입니다. 원하시면 시리얼도 있습니다."

"그런 건 도저히 못 먹겠더군. 이제 되었네, 브리그스. 그만 가 보게. 내가 알아서 먹을 테니."

"알겠습니다."

워벡 홀에서 나오는 음식에 혹시라도 의심스러운 것이 있지는 않을지 재무 장관은 신경 쓰지 않는 것이 분명했다. 그는 사이드보드에 차려진 음식을 접시에 잔뜩 담아 테이블로 가져 와서 창가를 등지고 앉아 식사를 시작했다. 보트윅크 박사는 안도의 한숨을 쉬며 반대편 의자에 앉아 아침을 들기 시작했다.

역사학자는 영국인의 관습에 대해 너무 잘 알았기에 상대방이 말이나 몸짓으로 자신이 혼자가 아니라는 사실을 알고 있다고 표현하지 않은 채 밥만 먹는다는 사실에 그리 놀라지 않았다. 그럼에도 불구하고 그곳에 자리 잡은 침묵은 견디기 힘들 정도로 점점 더 무거워졌다. 그는 잠자코 앉아 과거에 먹었던 어떤 어처구니없는 아침보다 이 식사가 더 구슬픈 이유가 뭔지 곰곰이 생각했다. 동석한 사람을 보지 않아도 되는 가리개가 되어 줄 신문이 없어서 그럴까? 텅 빈 바깥세상의 기묘한 정적 때문일까? 지난밤에 일어난 사건에 대한 반작용으로 이런 기분이 드는 걸까? 몇 미터도 떨어지지 않은 문 뒤에 살해당한 사람의 시신이 있다는 사실을 알기 때문에? 줄리어스가 식사에 열중한 것처럼 보이지만 실상은 팽배해 있는 긴장감을 느끼고 있는지 몹시 궁금했다.

그런데 줄리어스가 그 해답을 직접 들려주었다. 두 사람 사이의 정적이 한참 동안 계속되었다고 여겨질 즈음 그가 토스트에 버터를 바르던 손을 내려놓고 테이블 맞은편을 뚫어지게 보았다. 그러더니 목청을 가다듬고는 비난하는 말투로 말문을 열었다.

"보트윙크 박사, 당신은 외국인이죠?"

"그렇습니다만."

역사학자가 진지한 태도로 대답했다.

"당연히 우리의 관습과 습관, 생활 방식에 대해서 잘 모르시겠군요."

"물론입니다. 이 나라에서 몇 년간 살기도 했고 그 생활에 대해

책도 한두 권 쓰기는 했습니다만 솔직히 여전히 장관님이 언급하신 세 가지 주제에 대한 제 무지에 놀랄 때가 많습니다. 세 가지는 서로 다른 주제인 것이 틀림없겠지요?"

여기까지 말하고 박사는 이렇게 덧붙였다.

"제 지식이 너무 애매해서 그 세 가지를 같은 의미로 간주할 수밖에 없군요."

줄리어스가 인상을 썼다. 이 끈질긴 외국인은 너무 잘난 척을 한다. 그는 엄격한 태도로 말했다.

"그 말을 하려는 게 아니오. 내가 확실하게 해 두고 싶은 내용은 바로 이것이오. 그러니까, 에, 지난밤 우리가 목격했던 불행한 사건은 어떤 식으로든 우리 영국인의 생활 방식에서 흔히 보이는 모습이 아니었소. 사실, 전혀 영국적이지 않다고 말해야 할 것 같군요. 나는 그 순간에 외국인이 함께 있었다는 사실이 특히 고통스럽소. 박사가 혹시라도 이 충격적인 사건이 영국에서 흔한 일이라고 생각하는 일만큼은 어떻게든 피하고 싶소."

"정말 그렇습니다. 브리그스가 말한 대로라면 지금의 날씨조차 평소와 전혀 다르다고 하더군요."

보트윅크 박사가 말했다.

"지금 날씨 이야기를 하자는 게 아니오."

줄리어스가 날카롭게 대꾸했다.

"죄송합니다. 제 말이 몹시 경솔했습니다. 그렇다면 이렇게 표현해도 될까요? 저는 장관님의 배려를 무척 감사하게 여기고 있습니다. 장담하건대, 지난밤에 경험한 불행한 사건이 영국 가정에서 평소에 일어날 만한 일이 결코 아니라는 사실을 잘 알고 있습니다."

박사는 살짝 고개를 숙이며 이렇게 덧붙였다.

"이 나라가 무척 진보적인 정부를 전적으로 반기고 있는 이때에 말입니다."

"내가 명예롭게 일원으로 속해 있는 정부가 이 상황과 무슨 상관이 있는지 모르겠구려!"

장관이 투덜거렸다.

"바로 그겁니다! 제가 말하려는 요점이 바로 그겁니다. 후진국에서는 이런 성질의 문제에 정치적인 분위기나 심지어 정치적 영향력이 개입되었다고 생각될 수도 있거든요. 어쩌면 이런 말을 하지 말았어야 했을지도 모르겠군요. 장관님도 사촌의 후계자의 죽음에 어느 정도는 영향을 받으실 텐데 말입니다."

줄리어스는 얼굴이 붉으락푸르락했다.

"그 문제는 이 자리에서 거론하고 싶지 않소."

"물론입니다. 불행스럽게도 조만간 이 문제를 다시 꺼낼 수밖에 없겠지만 말입니다. 다만 순전히 이기적인 관점에서 말씀을 드리자면, 장관님이 이기적이라는 가정을 해 본다면 말이죠. 이 비극적인 사건의 조연들 가운데 정체불명의 외국인이 끼어 있다는 사실이 재수가 없는 일만은 아니라고 생각하게 될지도 모릅니다."

이쯤 되자 줄리어스는 괜스레 아침 식사 자리에서 보트윙크 박사와 이야기를 시작했다며 후회를 하기 시작했다. 이 사람은 한 번 말을 걸어 주면 도무지 멈출 줄을 몰랐고 사람이 아니라 책처럼 말을 했다. 그날 그 시간 박사의 태도는 좀처럼 참기 힘들었다. 줄리어스의 신경에 유난히 거슬린 것은 박사의 대화 방식만이 아니었다. 대화의 내용이 점점 더 불쾌하게 들리기 시작했다.

"지금 무슨 말을 하는지 모르겠구려."

대화를 끝내고 싶다는 티가 역력한 말투였다. 하지만 보트윙크 박사는 그렇게 눈치가 빨라 보이지 않았다.

"모르시겠다고요? 제가 말뜻을 분명하게 전달하지 못했다면 사과드립니다. 사건 후 즉시 제게 떠오른 생각이 영국인의 본능적인 공명정대함 덕분에 장관님께는 떠오르지 않은 모양입니다."

박사는 이때 안경을 고쳐 썼다. 그 모습이 식당의 분위기를 순식간에 강의실로 바꾸어 버렸다.

"뛰어난 로저스 경사가 요령은 없었지만 확실하게 말한 것처럼 이 젊은이는 분명히 어떤 사람에 의해 목숨을 잃었습니다. 그렇다면 경사에게는 다행스럽지만 용의자의 수는 무시무시하게도 극소수로 제한됩니다. 그는 장관과 귀족 영애, 떠오르는 정치가의 아내, 가문의 믿을 만한 하인, 여러 핏줄이 뒤섞이고 국적마저 의심스러운 외국인 가운데에서 범인을 택해야 합니다. 제가 말씀드린 용의자 명단에서 앞의 세 사람은 누구를 체포하더라도 엄청난 추문을 불러올 것입니다. 이런 가문의 집사를 잡아들이면 영국에서 가장 잘 유지된 제도 중 하나에 대한 영국 대중의 신념이 통째로 흔들릴 겁니다. 그런데 영국인이라면 개뿔도 관심을 두지 않을 희생양이 바로 앞에 있으니 얼마나 다행스러운 일입니까!"

"말도 안 되는 소리 마시오, 박사."

줄리어스가 전에 없이 살갑게 말했다.

"지금 몹시 위험한 발언을 하고 계시오! 나는 박사의 입장을 충분히 고려할 생각이오. 하지만 전직 내무 장관으로서 이 나라의 경찰이 어떤 식으로든 박사가 암시한 어떤 영향에 좌우될 수 있다는 생각에 깊이 분노하는 바요."

그가 항의하고 역겹다는 듯 커피 잔을 옆으로 치우고 자리에서 일어났다. 보트윙크 박사는 그대로 앉아 있었다.

박사는 장관이 분통을 터뜨리거나 말거나 자신의 생각을 계속 털어놓았다.

"물론이죠, 체포까지 되지는 않을 겁니다. 아마도 실력 있는 로저스 씨라고 한들 우리 다섯 명에게 어떤 혐의도 둘 수는 없을 겁니다. 그러나 우리 모두 남은 평생의 어느 정도는 남들의 의혹 어린 시선을 받으며 살아가야 할 겁니다. 이런 경우에 장관님께서는 적법한 절차에 따라 워벡 경의 작위를 물려받으실 수 있는 아슬아슬한 입장이시니만큼 저처럼 확실히 평판이 나쁘고 의심스러운 인물을 지목함으로써 뒤에서 수군거리는 입들을 침묵하게 하실 수 있으니 얼마나 다행스럽습니까. 이런 사실을 인정하실 수밖에 없을 겁니다. 설령 장관님의 가장 강력한 정적이라고 할지라도 그가 영국인이라면 장관님과 저 중에서 누가 잠재적인 범죄자로 보이느냐는 질문에 주저 없이…….”

그 순간 줄리어스의 인내심은 바닥을 드러냈다.

“이런 쓰레기 같은 소리를 더는 못 듣고 있겠군!”

줄리어스는 일갈한 후 문으로 성큼성큼 걸어갔다.

그런데 그날따라 참 운이 없었다. 고문관으로부터 고작 몇십 센티미터 벗어났을 때 문이 면전에서 홱 열리나 싶더니 카스테어스 부인이 정면에 떡 버티고 서 있는 것이 아닌가. 몸에 밴 예절 덕분에 그는 옆으로 비켜서서 그녀에게 아침 인사를 건넸다. 그리고 다시 그곳을 빠져나가려 발걸음을 바삐 움직이려는데 식당으로 다시 돌아갈 수밖에 없는 상황이 벌어졌다.

“어머나, 여기 계셔서 정말 다행이에요! 아침을 다 드셨군요. 하지만 좀 더 남아서 제가 커피를 다 마실 때까지 기운을 차리게 곁에 계셔 주세요, 네? 세상에, 오늘 같은 아침에는 입맛이 없어서 통 뭘 못 먹겠어요. 아뇨, 신경 쓰지 마세요. 제가 할게요……. 어머나, 고맙습니다, 보틀링 박사님. 정말 친절하시군요……. 네, 두 덩어리 맞아요. 덮개 밑에는 뭐가 있나요? 오, 음, 괜찮으시다면 청어 조금만 주세요. 하기야 저도 늘 남편에게 말하곤 해요. 언제든지 원기를 보충해 두어야 한다고요. 남편이 여기에 있다면 뭘 어떻게 하면 좋을지 잘 알 텐데. 이렇게 무기력하고 외로울 수가 없어요……. 네, 장관님, 피우세요. 저는 괜찮아요……. 오, 가지 마세요. 보틀링 박사님……. 뭐라고요? 죄송해요. 저는 사람 이름을 잘 외우지 못해요. 가지 마세요. 이런 상황에서는 우리 모두 한자리에 모여 있는 편이 좋을 것 같아요, 안 그런가요?"

"지금 하신 말씀에 엄청난 진실이 들어 있군요, 카스테어스 부인."

보트윅크 박사는 그녀에게 토스트를 건네며 무거운 어조로 말했다.

"지난밤은 정말 끔찍했어요. 밤새 이리 뒤척이고 저리 뒤척이면서 도대체 무슨 생각으로 젊은 애가 제 손으로 목숨을 끊었을지 곰곰이 고민을 해 보았답니다. 뭔가 여자 문제와 관련이 있을 것 같지 않나요, 어떻게 생각하세요? 그런데 커밀라는, 그 애가 로버트에게 홀딱 빠져 있는데……."

그녀는 청어를 맛있게 먹으며 말했다.

"로버트가 자살을 했다고 생각하시나요?"

줄리어스가 흥분한 기색으로 끼어들었다.

"그렇게밖에 설명할 수가 없잖아요? 우리 모두 거기에 있었잖아요. 그 애를 봤고요."

카스테어스 부인이 대답했다.

"우리는 죽는 광경을 목격했습니다, 부인."

보트윙크 박사가 침울한 표정으로 대답했다.

"그게 그거 아닌가요? 제 말은 다른 식의 가정은 너무나 충격적이라는 거예요!"

"그 가정이 충격적이기 때문에 사실이 아니라고 할 수는 없습니다."

"보트윙크 박사는 로버트가 극악무도한 범죄에 희생되었다고 믿고 싶은 것 같소."

줄리어스가 신랄하게 말했다.

"절대 아닙니다! 이 문제는 뭘 어떻게 하고 싶고 말고 할 성질이 아닙니다. 저는 사실 어떤 가능성도 배제하지 않았습니다. 단지 증거를 바탕으로 제가 가진 능력을 최고로 동원해 판단을 내린 것입니다. 아마 로저스 경사도 저와 똑같이 할 겁니다."

그 말에 카스테어스 부인이 버럭 화를 냈다.

"로저스 경사 이야기는 내 앞에서 꺼내지도 마세요! 이날까지 살면서 그런 멍청이는 처음 봤어요. 지난밤에 말도 안 되는 수색을 한답시고 제 침실을 엉망으로 만들어 놓은 걸 생각하면 정말 어처구니가 없어요! 그런데 보트윙크 박사님, 우리 중 누군가가 뭘 했다고는 생각할 수 없……."

그녀는 말을 끝까지 잇지 않았다.

"누군가 뭔가를 생각할 수 없을 거라고 말하면 저는 즉시 그 문제에 대해 생각합니다. 제가 천성적으로 청개구리 같은 경향이 있거든요. 부인은 그런 경험이 없으십니까?"

"절대로 없어요!"

"심리적 관점에서 보면 참으로 흥미로운 사실이군요. 어쩌면 사고를 통제하는 기능이야말로 영국식 정당 정치의 비결인지도 모르겠습니다. 어떻게 생각하십니까, 장관님?"

줄리어스는 담배를 접시에 비벼 끈 후 자리에서 벌떡 일어나 한동안 창밖을 응시하더니 마침내 대답을 했다.

"나는 카스테어스 부인의 말에 유념해야 할 점이 있다고 봅니다."

"어머, 고맙습니다. 제 생각에 동의하실 줄 알았어요. 그 사실을 안 것만으로도 안심이 되네요, 이런 시기에……."

그러자 줄리어스가 무례하게 그녀의 말을 끊었다.

"확실히."

그는 느릿느릿하지만 또랑또랑한 목소리로 말을 이었다.

"이 사건은 자살입니다. 다른 가정은 일고의 가치도 없습니다."

"하지만……."

보트윙크 박사가 반박을 시도했다.

그러자 줄리어스는 좀 더 언성을 높여 그의 입을 막아 버렸다.

"카스테어스 부인이 지적했듯이, 우리가 그곳에 모두 있지 않았습니까? 우리는 당시 상황을 목격했습니다."

그러자 보트윙크 박사가 말했다.

"그렇습니다. 제가 목격한 것 때문에……."

"우리는 당시 상황을 목격했습니다."

줄리어스는 전보다 더 또박또박 강조하며 자신의 말을 되풀이했다.

"레이디 커밀라와 브리그스를 제외하면 우리가 유일한 목격자입니다. 때를 봐서 브리그스와 이야기를 할 겁니다. 무슨 일이 일어났건 그 사람이 있던 곳에서는 상황이 제대로 보이지 않았을 겁니다. 카스테어스 부인, 레이디 커밀라와 그 이야기를 하실 기회가 곧생기시겠죠. 지금 우리가 나눈 이야기를 반박할 입장에 있는 사람은 아무도 없을 겁니다."

그는 보트윙크 박사를 뚫어져라 바라보며 말을 이었다.

"물론 나도 내 입장을 들려 드릴 수 있습니다. 그런데 내 조카가 뭔가를 잔에 넣는 모습을 확실히 본 기억이 있습니다. 짐작건대 당연히 술을 마시기 전에 잔에 넣었겠죠."

"장관님이 그런 말씀을 하시다니 정말 신기하네요! 왜냐하면 저도 똑같은 이야기를 하려던 참이었거든요. 물론 그 이야기를 그때했어야 했는데, 그때는 우리가 너무 흥분한 상태였잖아요. 하지만지금은 장관님께서 방금 말씀하시는 장면을 저도 분명히 본 기억이나요. 이 이야기를 꼭 로저스 경사에게 해 줘야겠어요."

카스테어스 부인이 끼어들었다.

보트윙크 박사는 자신의 의자에 꼿꼿하게 앉아 카스테어스 부인과 줄리어스를 번갈아 바라보았다. 그의 얼굴에는 아무런 감정도

드러나 있지 않았다. 그는 한참이나 침묵을 지킨 후 비로소 말문을
열었다.

"알겠습니다."

그는 이렇게만 말한 후 또다시 한참 동안 불편한 침묵을 유지
했다.

"알겠습니다. 장관님, 제가 거짓말이 유독 서툴러서 정말 유감
스럽습니다."

"당신 정말! 그것은 내가 하려는 말이······."

당연히 줄리어스의 분노가 폭발했다.

"아니죠. 가장 영국적이지 않은 말이죠, 아닙니까? 달리 표현해
야 했을지도 모르겠군요. 하지만 제가 에둘러서 표현을 하든 안 하
든 무슨 소용이랍니까? 장관님은 그저 사태를 은폐하고 싶으신 겁
니다. 결국 그렇게 되겠지요. 제가 뜻에 따르겠다고 약속은 할 수
없지만 장관님을 방해하지는 않겠습니다. 어차피 제 문제도 아니니
까요. 저는 영국 생활 방식에 대해 제대로 배우지도 못했고요. 장
관님은 로저스 경사의 눈에 장막을 드리우려고도 하시겠죠. 하지만
미리 경고해 드리죠. 로저스 경사는 장관님이 생각하시는 것만큼
그렇게 아둔하지 않다는 걸요."

역사학자의 목소리에는 날이 바짝 서 있었다.

박사는 그렇게 말한 후 벌떡 일어서서 인사도 건네지 않고 방을
나가 버렸다.

그가 가자 남은 두 사람 사이에는 잠시 난처한 침묵이 일었다. 마침내 카스테어스 부인이 줄리어스를 차마 쳐다보지 못한 채 조심스럽게 말했다.

"저 사람…… 괜찮을까요?"

"그럴 겁니다. 지금 완전히 지친 겁니다. 하지만 이내 이성을 되찾겠죠. 그 사람이 말했다시피 어차피 자신과 관련된 일도 아니잖습니까. 말썽을 일으킬 이유가 없죠."

줄리어스가 자신하듯 말했다.

"장관님의 말이 맞기를 바라요. 그 사람 태도가 정말 마음에 안 들더라고요."

"장담하는데 방금 보신 모습이 다가 아닙니다. 부인이 오시기 전에는 내가 작위를 물려받으려고 로버트를 죽였다는 듯이 말을 하더군요! 내가 말입니다!"

줄리어스가 음산하게 들리는 웃음소리를 냈다.

"말도 안 돼요. 지금 어떤 지위에 있으신 분인데! 하지만 뭘 모르는 사람들이 떠들어 댈 법한 소리기는 해요. 그래서 이 일이 그렇게 중요한……."

카스테어스 부인도 덩달아 웃음을 터뜨렸다.

"그렇습니다. 브리그스는 아무런 문제도 일으키지 않을 겁니다. 그 사람은 신경 쓰지 않으셔도 됩니다. 커밀라에 관해서라면……."

문이 벌컥 열리자 카스테어스 부인이 벌떡 일어서며 소리쳤다.

"어머, 커밀라! 그렇지 않아도 네 얘기를 하던 중이었어! 이렇게 내려오다니 정말 강한 아이로구나. 오늘은 하루 종일 침대에 누워 있을 줄 알았더니."

"잠도 오지 않는데 침대에 누워 있어 본들 뭐하겠어요."

커밀라가 딱딱하고 건조한 목소리로 말했다.

"고맙습니다만 괜찮아요, 줄리어스 아저씨. 제가 할 수 있어요. 토스트 한 조각과 마실 것만 조금 있으면 되니까요."

커밀라는 등을 꼿꼿이 세우고 자리에 앉았다. 그녀의 얼굴은 차갑고 하얀 가면을 쓴 것 같았다. 카스테어스 부인이 신호를 보내자 줄리어스가 일어나 두 여자만 둔 채 그곳을 나섰다.

카스테어스 부인이 부드러운 음성으로 말문을 열었다.

"커밀라, 애야. 네가 들어올 때 장관님과 내가 무슨 이야기를 했느냐 하면……."

"저에 대해서 이야기를 하고 계셨겠죠, 알아요. 이미 말씀하셨잖아요. 그게 뭔지 제가 말해 볼까요? 두 분은 로버트가 나를 비열하게 다루었고 그러니 그를 죽일 동기가 있는 사람이 있다면 그건 바로 저라는 이야기를 하고 계셨겠죠."

"아니야, 아니야, 커밀라! 절대 그런 이야기가 아니었어, 장담해."

"하지만 그게 사실이잖아요, 아닌가요? 아직 아주머니가 모르고 계시는 걸 말씀드릴까요? 지난밤 자정이 되기 이 분 전만 해도 저는 로버트가 죽어 버렸으면 좋겠다고 빌었어요. 그런데 지금은 내가 죽어 버리면 좋겠어요. 참 어리석죠?"

"커밀라, 그런 말을 하면 안 돼! 지금 상황에서 그런 말이 얼마나 위험한지 모르겠니?"

"위험하다고요?"

커밀라가 씁쓸한 미소를 지으며 되물었다.

"경사인가 하는 사람 앞에서 그런 이야기를 했다간 그가 어떻게 생각할지 누가 알겠니?"

"어차피 그 사람은 우리에 대해서 최악의 상황을 염두에 두고 있을 거예요. 저는 신경 안 써요."

"하지만 신경을 써야 해, 커밀라. 우리 모두를 위해서라도. 방금 전에 장관님과 나는 이 상황을 전반적으로 되짚어 보았어. 그리고 끔찍한 실수가 일어났을지도 모른다는 느낌을 받았단다. 이 사건에 대한 진실을 위해 우리를 도와주기만 하면……."

카스테어스 부인이 설득조로 진지하게 말을 계속 이어 나갔다. 하지만 커밀라의 표정만으로는 그녀가 이야기를 듣고 있는지 아닌지 분간할 수 없었다.

존 월크스와 윌리엄 피트

　문서고는 그날 아침 어느 때보다 어두웠다. 좁은 창문에 눈이
두껍게 쌓여 있었기 때문이었다. 방의 온도도 전날보다 더 낮았다.
하지만 보트윙크 박사는 그곳에 들어서자 비로소 안도의 한숨이 나
왔다. 그는 식당을 나오자마자 바로 그곳으로 발걸음을 향했다. 습
관적인 행동이었다. 어쩌면 자신에게 전적으로 실재하는 세상에 존
재하는 공포와 당혹감으로부터 몸을 피하라고 재촉하는 본능이기
도 하다는 생각이 들었다.
　그는 안도의 한숨을 쉬며 문을 닫고 재빨리 어딘가 건드린 흔적
이 없는지 확인했다. 로저스 경사도 저택에서 이렇게 외진 곳까지
수색의 손길을 뻗치지 않은 것이 분명했다. 그의 서류는 마지막으

로 보았을 때처럼 가지런하게 놓여 있었다. 책상 위에는 알아보기 힘든 문서가 그대로 놓여 있었다. 그는 어제 브리그스가 차를 마시며 손님들과 인사를 나누라고 부르러 왔을 때 미처 해독을 하지 못한 고문서를 두고 나갔던 것이다. 보트윙크 박사는 그 사실을 떠올리며 씁쓸한 미소를 지었다. 어제라니! 정말 바로 어제 일어난 일이었나? 그는 어깨를 으쓱했다.

어제는 이미 역사가 되었다. 그것도 추악하고 비도덕적인 역사 말이다. 저기 보이는 작고 성가신 원고가 작성되었을 시절만큼 먼 옛날 같고 현실성도 느껴지지 않았다. 과연 미래의 어느 역사학자가 어제 일어난 사건을 조사하고 기록해야 할 가치가 있다고 판단할지 그는 회의적이었다. 로저스 경사라면 그 역사를 기록할 수 있을지 모르겠다. 하지만 보트윙크 자신은 18세기가 더 좋았다.

그는 자신의 시계를 보았다. 워벡 경의 침실에서 다른 사람들과 함께 명절 인사를 건네야 하는 시간이 삼십 분도 남지 않았다. 그는 거절하고 싶은 마음이 굴뚝같았지만 도저히 그럴 수 없는 의무였다. 어차피 뭔가 일다운 일을 하기에는 시간도 부족했다. 그래도 이왕 이곳에 왔으므로 문서를 살펴보는 편이 나을 것 같았다. 이 문서가 전혀 중요하지 않다는 사실을 확인할 수 있을 만한 내용이 있을 수도 있으니 말이다. 시도는 해 볼 만했다. 십오 분에서 최대한 이십 분까지 여유가 있었다. 그는 책상에 앉아 독서등을 켜고 조심스럽게 안경을 닦았다. 그런 후에 누렇게 변색한 종이를 끌어서 앞에

놓았다.

3대 워벡 경의 악필에 꽤 익숙해져 있었지만 처음 얼마간은 잉크를 흘린 것처럼 기어가는 문장을 도저히 해독할 수 없었다. 참고 읽을 만한 가치가 있다는 예감이 들지 않았다면 벌써 그 일을 집어치웠을 것이다. 그러다가 마침내 엄청난 잉크 자국들 사이에서 처음으로 이름 하나와 날짜를 알아볼 수 있었다. 역사를 배우는 학생이라면 모를 리가 없을 정도로 친숙한 이름이었지만 보트윙크 박사는 워벡가의 고문서에서 그 이름을 지금껏 한 번도 본 적이 없었다. 그 이름과 날짜를 결합해 보면 어쩌면 뭔가 중요한 사실을 알아낼 실마리가 될지도 몰랐다. 충분히 가능성이 있었다.

그는 점점 커져 가는 흥분 속에서 처음보다 훨씬 더 열의를 갖고 그 일에 빠져들었다. 돋보기와 워벡 경의 필적을 확인할 수 있는 여러 견본 문서를 바탕으로 보트윙크 박사는 조금씩 앞으로 나가기 시작했다. 전체적으로 의미가 흐릿했던 문서가 조금씩 재미있어지고 의미가 분명해졌다. 마침내 그는 마지막 단어까지 모든 의미를 읽어 냈다. 그는 흥분한 채 전체를 꼼꼼하게 읽고 또 읽었다. 그런 후 펜을 들고 그 내용을 차근차근 옮겨 적기 시작했다.

모든 것이 꽁꽁 얼어붙을 분위기였지만 책상에 앉아 있는 보트윙크 박사는 승리의 뜨거운 열기가 온몸을 휘감는 것만 같았다.

여기에 현실이 있어. 이것이 바로 진실이야! 그 문서는 미들섹스 대선거 운동이 절정에 다다랐을 때 3대 워벡 경과 존 윌크스가 나눈 대화를 기록한 것으로, 대화를 나눈 당일 작성된 것이었다. 20세기의 조마조마한 꿈들은 어느새 사라지고 그곳에는 웬체슬라우스 보트윙크 박사와 그 의미를 이해할 능력이 있는, 적어도 여섯 명의 전문가들의 어안을 벙벙하게 할 역사적인 발견만이 남았다. 사람에게 일생에 오직 한 번 혹은 두 번밖에 오지 않을 경건하고 환희에 찬 순간이었다.

"이야기 말입니다, 박사님. 그런데 여기는 너무 춥군요!"

역사학자는 비로소 책상에서 고개를 들었다. 독서용 안경의 두꺼운 렌즈를 통해 방의 반대편 끝의 문가에 서 있는 덩치 큰 남자가 흐릿하게 눈에 들어왔다. 안경을 벗자 남자의 모습이 좀 더 잘 보였다. 그는 펄떡펄떡 뛰고 있는 1768년 미들섹스 선거의 현실에서 고통스럽게 벗어나 천천히 현재의 잿빛 그림자를 마주 보았다.

"아! 로저스 경사! 잘 잤소!"

그는 의자에서 뻣뻣한 몸을 일으키며 인사를 했다.

"박사님과 몇 마디 나누었으면 좋겠는데, 괜찮으십니까?"

"물론이네. 괜찮다마다. 뭐든 돕겠네. 그런데 오늘 아침에 워벡 경을 뵙기로 한 약속이 방금 기억났지 뭔가. 일단 그분을 먼저 뵙고 와야 할 것 같군."

형사가 그를 묘한 표정으로 바라보다가 침울하게 말했다.

"워벡 경은 지금 아무도 보고 싶어 하지 않으실 것 같은데요. 오전 내내 이곳에 계셨습니까?"

"오전 내내?"

보트윙크 박사는 주머니에서 구식 은시계를 꺼냈다.

"아니 이럴 수가! 이곳에 두 시간도 넘게 있었다니!"

"그렇다면 점심을 드시기 전에 저와 잠시 이야기를 나눌 시간이 있겠군요."

로저스가 차분함을 되찾고 이렇게 말했다.

"물론이네, 경사. 아까도 말했지만 뭐든 도울 생각이니까. 두 시간이라니! 시간이 그렇게 된 줄 전혀 몰랐어. 앉지 않겠나? 이 의자에 있는 책들을 치우겠네."

"아닙니다. 고맙습니다만, 상관없습니다. 박사님은 어떠신지 모르겠지만 저는 가능하면 따뜻한 곳에서 일하는 편을 선호합니다. 잠깐 서재로 내려가 주십사 부탁을 드리러 왔습니다."

로저스가 단호하게 말했다.

"옳거니. 혹시 그 질문에 대한 긍정적인 대답으로 '옳거니'는 안 어울리나? 어쨌든 당장 함께 가겠네. 아까도 말했듯이 여기는 몹시 춥군."

"박사님이 알아차리지 못한 또 다른 사소한 문제군요, 그렇죠?"

박사가 지나갈 수 있도록 옆으로 비켜선 채 말하는 로저스의 얼굴에 희미하게 심술궂은 미소가 서렸다.

"추위 말고 달리 생각할 문제가 있었거든."

박사가 대답하고 문가에 잠시 서서 책상을 돌아보았다. 책상 위에는 우중충한 고문서와 그 내용을 깨끗하게 옮겨 쓴 종이가 나란히 놓여 있었다. 그는 아쉬운 듯 한숨을 푹 쉬고는 이성의 시대에 작별을 고하고 경사보다 앞서 좁은 돌계단을 내려갔다.

"그래서 주변 상황은 전혀 알아차리지 못하셨다는 겁니까, 보트윙크 박사님?"

로저스가 서재의 벽난로 앞에 있는 안락의자에 앉으며 물었다.

"뭐라고?"

"하루 중 어느 때인지, 그리고 더운지 추운지 같은 것들 말입니다. 전혀 모르셨습니까?"

"아, 알겠네! 영국식 유머에 즐겨 등장하는 멍한 교수 캐릭터로 나를 보고 있군, 그렇지? 글쎄, 어떤 점에서는 틀린 말도 아니군. 하지만 그건 아주 특정한 상황에서나 그렇다는 걸 이해해야 하네. 정말 중요한 일에 푹 빠져 있을 때는 사소한 것들은 잘 모르잖나. 그런 상황을 이해하지? 하지만 일상생활에서는 나도 톱과 칼을 구별할 줄 안다네."

"톱하고 또 뭐라고요?"

"신경 쓰지 말게. 원래는 그런 표현도 아니니까. 나는 자네가 잘 아는 표현인가 했네. 경찰들이 하는 표현으로 쉽게 말하자면 나는 산 사람과 죽은 사람을 구분할 줄 알고, 자연사와 변사도 구분할 수 있네. 내 눈앞에서 벌어진 일이라면 말할 것도 없겠지. 지금 나와 그 이야기를 나누고 싶어 할 것 같은데, 경사?"

로저스는 아무런 말도 하지 않았다. 그의 침울한 표정에는 피로 감 외에 어떤 감정도 드러나 있지 않았다. 그는 반쯤 눈을 감은 채 난롯불을 물끄러미 바라보고 있었다. 갑자기 보트윙크를 돌아보며 느닷없이 질문을 던졌다.

"대학에서 무엇을 가르치십니까, 보트윙크 박사님?"

역사학자는 지금까지 딴 학위와 자격에 대해 차근차근 들려주기 시작했다.

"이곳저곳 꽤 많은 곳을 다니셨겠군요?"

그 말에 보트윙크 박사의 입가에는 싸늘한 미소가 걸렸다.

"아마도 여기저기로 떠밀려 다녔다는 편이 더 정확하겠군."

그가 부드럽게 말했다.

"체코슬로바키아에 계실 때 박사님의 정치적 성향은 정확히 어땠습니까?"

"물론 좌로 편향되어 있었지."

"물론이라고요?"

"내 말은 소위 말하는 나의 좌경화가 여기저기 떠밀려 다니게 된 자연적인 이유라는 뜻이네."

"흠. 그 후에 한동안 빈에 계셨더군요, 그렇죠?"

"그래. 그곳에서 강좌를 하나 맡아 달라는 초청을 받았지. 결국 강좌는 끝내지 못했지만."

"그때가 돌푸스 정권 때였죠?"

"그래. 내가 반^反돌푸스 측이었다는 사실을 먼저 밝히면 자네의 다음 질문의 답이 되겠군. 당연히 그 이유로 강좌도 중단된 걸세. 나는 반종교적이고 반파시스트적이야. 간단히 나를 '안티'의 화신이라고 기록하면 될 거야."

"공산주의자라고 말하는 편이 더 간단한 설명이지 않을까요, 박사님?"

역사학자가 고개를 가로저었다.

"이런! 한때 그랬던 적도 있었지. 하지만 지금 내가 모스크바에 있다면 반스탈린적 성향 때문에 곤란한 입장에 처하리라는 것을 너무나 잘 알고 있네. 현재의 내 입장에 대해 정의를 해야 한다면 기꺼이 하겠네. 하지만 왜 그런 일에 시간을 낭비하려는 건가? 자네가 나에 대해서 알고 싶은 것은 단 두 가지뿐이야. 그러니 내가 말해 주지. 첫째, 나는 어느 누구보다 강력하게 '자유와 정의 연맹'에 반대하네. 둘째, 그 어떤 이유로도 고결한 로버트 워벡 님을 죽이지 않았네."

보트윙크의 말에 로저스가 어떤 인상을 받았는지, 아니, 인상을 받기는 했는지 알 길이 없다. 그는 어떤 대답도 하지 않았다. 대신 주머니를 뒤적거려 오십 그램들이 주석 담배통을 꺼내고 다른 주머니에서 담배를 말 종이를 꺼내 담배를 한 개비 말았다. 그는 그 담배에 불을 붙인 후 완전히 다른 주제로 대화를 시작했다.

"식기실 찬장에 있던 독약병 말입니다. 그 병에 대해 설명해 주시죠. 어떻게 생겼습니까?"

로저스가 물었다.

"나는 모르네."

"병이 그곳에 없었다는 말씀이신가요?"

"그 병이 그곳에 있었다는 사실을 의심할 이유가 내게는 없지. 다만 나는 그것을 본 적이 없네."

"박사님은 그 찬장에 적어도 두 번은 가신 것으로 알고 있습니다. 한 번은 오래된 목공예품을⋯⋯."

"리넨폴드라네."

"아무튼 그것을 확인하기 위해서였죠. 그 후에 그것을 브리그스에게 보여 주셨지요. 두 번이나 보셨으면서 바로 코밑에 있는 병을 못 보셨다는 겁니까?"

"나는 그 찬장에 관심이 있었네. 더 정확하게 말하자면 찬장의 뒷면이었지, 내용물이 아니라. 나는 역사학자이지 독살범이 아니야, 경사. **샤퀸 아 손 메티에**(각자 자기에게 맞는 직업이 있다)."

"찬장에 한 번 더 가지 않으셨습니까?"

"결코 그런 적 없네. 그럴 일이 없었으니까. 관심이 식어 버렸거든."

"찬장에 대한 관심입니까? 아니면 독에 대한 관심입니까?"

"거듭 말하지만, 그곳에서 독약을 본 적이 없네."

"관찰력이 무척 선택적이시군요."

"그렇지. 이렇게 말할 수 있는지 모르겠지만 자네는 존경스러울 정도로 명확하게 상태를 정의하는군."

"그렇다면 지난밤에 발생한 상황에 대해 박사님이 보고 들으신 내용도 쓸모가 없다고 말씀하시겠군요. 그러니 제가 그 일에 대해 무슨 질문을 해도 시간만 낭비하는 거라고 말입니다."

"정반대일세. 그때 나는 그곳에서 벌어지는 일을 하나도 빠짐없이 촉각을 곤두세우고 지켜보았어. 내가 관찰한 내용은 어느 누구에게도 뒤지지 않아."

"그렇다면 그 내용을 시험해 보고 싶군요. 워벡 씨가 자신의 잔에 든 술을 마시기 전에 뭔가를 넣는 모습을 목격하셨습니까?"

"그런 모습은 못 보았네."

보트윙크 박사가 강조하듯 말했다.

"줄리어스 장관님과 카스테어스 부인, 브리그스 씨는 모두 워벡 씨가 그렇게 했다고 똑같이 확신하고 있습니다. 그 점에 대해서 어떻게 설명하시겠습니까, 박사님?"

보트윙크 박사는 아무 대답도 하지 않았다.

"말씀을 해 보세요. 어떻게 생각하시죠?"

마침내 박사가 천천히 말문을 열었다.

"세 사람의 의견이 모두 일치한다면, 모두 일치한다면, 일치하지 않는 나는 뭐지? 하지만 그 사람들은 일치한다잖아? 이건 그냥 혼잣말로 하는 걸세."

"방금 말씀드렸다시피 세 사람은 그렇습니다."

"미안하네, 경사. 하지만 경사는 일치란 말은 일절 하지 않았네. 세 사람이 모두 그 사실을 똑같이 확신한다고 했지. 레이디 커밀라에 대해서도 언급하지 않았어. 그 점도 의미심장해 보이는군. 그뿐이 아니야. 자네는 세 사람이 이 사건이 벌어졌다고 증언한 시점과 정황에 대해서도 모두 일치한다고는 하지 않았어. 이것은 테스트지? 내가 반종교적인 사람이지만 적어도 성경은 읽었다네."

"성경이 이 사건과 무슨 관계가 있는지 여쭤 봐도 될까요?"

"나는 지금 수산나와 노인들의 이야기•를 말하는 걸세. 자네 정도의 연륜이라면 이런 상황을 많이 겪었겠지."

"그렇습니다."

로저스가 간단하게 대답했다.

그는 한동안 아무 말도 하지 않았다. 보트윅크 박사는 자신의 주장을 입증한 토론자처럼 만족스러운 표정으로 의자 등받이에 편안하게 기댄 채 벽에 줄지어 꽂혀 있는 책들을 죽 둘러보기 시작했다. 그러다가 그의 시선이 형사의 왼쪽 어깨 뒤에 있는 특정한 지점에 머물렀다. 그는 뚫어지게 그곳을 바라보았다. 얼굴은 갑자기 인 흥미로 생기를 되찾았다. 로저스도 고개를 돌려 같은 쪽을 바라보았지만 별로 중요하지 않아 보이는 제목을 제외하면 서재의 다른 곳과 똑같이 책들이 잔뜩 들어선 서가밖에 보이지 않았다.

• **수산나와 노인들의 이야기** _ 「다니엘서」 13장에 나오는 이야기. 요하임의 아내인 수산나는 무척 아름다웠다. 미모에 눈이 먼 유대인 재판관 두 명이 그녀와 관계를 맺으려 했지만 실패하자, 그녀가 간통을 저지르고 있다고 헛소문을 낸다. 그러나 두 사람의 증언이 엇갈려 수산나는 누명을 벗게 되었다.

"보트윙크 박사님!"

그가 소리쳤다.

역사가는 깜짝 놀라며 미안한 기색을 보였다.

"미안하네. 잠시 딴 데 정신이 팔렸군. 뭐라고 했지?"

"이걸 전에도 보신 적이 있습니까?"

형사가 어딘가에서 똘똘 말아 뭉친 휴지 한 장을 꺼냈다. 그는 휴지를 무릎 위에 놓고 조심스럽게 펼쳤다. 그 속에는 하얀 결정체 몇 알이 들어 있었다. 보트윙크 박사는 안경을 고쳐 쓴 후 알갱이들을 유심히 살펴보았다.

"아니. 본 적 없네. 이게 뭔가?"

그가 신중한 태도로 물었다.

"대답은 분석가의 몫이겠죠. 제가 분석가에게 이것을 맡길 수 있다면 말입니다."

"그렇군. 아마추어가 그 알갱이의 특징을 검사하려 드는 건 현명한 행동이 아니겠지? 특히 맛을 본다거나 하면 안 되겠군. 어디서 이걸 찾았는지 물어봐도 되나?"

"카드 테이블 아래에 있었습니다."

"알겠네. 당연히 그 사실과 부합하는……."

"그 사실이라뇨?"

"로버트 씨의 술잔이 테이블에 있는 동안 누군가 이 종이에 싸여 있던 내용물을 넣었을 것이라는 사실이지. 물론 그 누군가는 로버트 씨 자신일 수도 있고 다른 사람일 수도 있어. 다른 사람이라면 그때 우리 모두는 창가에서 로버트 씨가 벌이는 해괴한 짓거리에 정신이 팔려 있었으니 들키지 않고 독을 탈 수 있었을 거야. 그게 아니라 로버트 씨가 직접 넣었다면, 내 참! 경사, 우리가 이런 헛짓거리를 언제까지 해야 하나?"

"무슨 뜻입니까?"

"그 불쌍한 젊은이가 자살을 했다는 사실을 나만큼이나 자네도 믿지 않는다는 뜻일세. 젊은이는 취하기는 했어도 사람들에게 곧 중요한 발표를 하겠다고 알렸네. 그런데 발표를 앞두고 독을 마셨다고? 말도 안 돼. 자네는 지금까지 그날 밤 일어난 일에 대해 한 번도 질문을 하지 않았어. 그건 이미 그 자리에 있었던 다른 사람들로부터 상황을 확인했기 때문일 테지. 그 과정에서 줄리어스 장관님과 나머지 사람들이 벌인 우스꽝스러운 음모를 깨부수었겠고. 자네는 단지 나도 음모에 가담을 했는지 여부를 확인하려고 나를 시험하는 것에 불과해. 내 말이 틀렸나?"

"저는 박사님의 질문에 답하려고 온 것이 아닙니다."

"마음대로 하게. 하지만 정말 궁금한 질문이 하나 있네. 도무지 알 수가 없거든. 혹시 로버트 씨가 우리에게 무슨 발표를 하려고 했는지 알아냈나? 만약 그렇다면 무슨 내용이었나?"

"그 질문에도 대답하지 않겠습니다."

"그것참 유감이군. 내용을 알면 상황을 파악해 자네를 도울 수도 있을 텐데. 나는 최선을 다해 도와주고 싶네. 믿어도 좋아. 경사, 질문이 또 있나?"

"두 가지가 더 있습니다, 박사님. 이후에는 한동안 귀찮게 해 드릴 일이 더 없을 겁니다. 방금 전에 저를 처음 보셨을 때 워벡 경과 만날 약속을 하셨다고 하셨는데요. 무슨 약속이었습니까?"

경사가 물었다.

"그 질문은 간단하군. 엄밀히 말해 약속은 아니었네. 아침을 먹을 때 브리그스가 말하길, 워벡 경이 손님들에게 크리스마스 인사를 하고 싶으니 오전에 당신의 방으로 와 달라고 했다고 그러더군. 우리가 다 아는 사실을 그분은 모르시고 계시니 마음이 몹시 불편해하실 것이 분명했어. 하지만 그렇다고 자리를 피하고 싶은 생각은 없었네."

"그렇지만 오늘 오전에 워벡 경을 만나지 않으셨군요?"

"결국에는 그렇게 되었군."

"아침 식사 전이나 그 후로도 보지 않으셨나요?"

"당연하지! 내가 아무리 외국인이지만 식전에 영국 신사를 찾아가 인사를 하는 행동이 적절하지 않다는 것쯤은 잘 안다네. 그리고 식사 후에는 곧장 문서고로 가서 자네가 올 때까지 계속 있었네. 그런데 그걸 왜 묻나?"

로저스의 표정이 갑자기 심각해졌다.

"누군가, 누군가가 브리그스 씨가 워벡 경에게 아침을 가져다 드렸다가 다시 그릇을 치우러 간 사이에 경을 찾아갔습니다."

보트윙크 박사는 아무 말도 하지 않았지만 그의 눈썹은 질문을 하듯 양쪽 꼬리가 축 쳐졌고 입은 놀라움에 살짝 벌어졌다.

형사는 계속 말을 했다.

"누군가가 워벡 경에게 아드님의 죽음에 대해 털어놓았습니다. 브리그스 씨가 그릇을 치우러 갔을 때 경은 의식을 완전히 잃은 상태였습니다."

"그래서 그 가여운 분은 돌아가셨나?"

"아닙니다. 아직 살아 계십니다만 숨만 붙어 있는 상태지요. 우리가 의사를 불러올 때까지 살아 계실 수 있을지, 의사가 오더라도 그분을 위해 무슨 조치를 할 수 있을지 장담할 수가 없습니다. 아마 할 수 있는 일이 없겠죠."

"그렇군."

보트윙크 박사가 나지막한 음성으로 반쯤은 혼잣말로 말했다.

"누군가가 기대한 대로 되었군. 맞아, 매우 논리적이야. 그럼 두 번째 질문은 뭔가?"

그가 큰 소리로 물었다.

"바로 이것입니다. 방금 전 이 방에서 박사님은 무엇을 그렇게 흥미롭게 보셨습니까?"

"그걸 물어봐 주니 기쁘군. 아까 자네를 돕고 싶다고 말했지 않은가. 음, 나는 적지 않게 중요한 뭔가를 떠올리게 해 준 책을 보고 있었네. 지금 보고 있는 저 책 말이지."

박사는 자리에서 일어나 방을 가로질러 구석에 놓인 서가로 성큼성큼 다가갔다.

"이 책일세."

그는 녹색 표지의 작은 책에 손가락을 대며 말했다.

"로즈버리 경이 쓴 『윌리엄 피트의 일생』. 소책자이기는 해도 절대 수박 겉핥기식의 작품이 아니야. 이 책은 '위대한 평민'*의 둘째 아들을 다루고 있어. 한번 읽어 보게."

"고맙습니다, 박사님. 하지만 지금 저의 관심사는 로버트 워벡의 죽음이지 윌리엄 피트의 일생이 아닙니다."

로저스가 심드렁하게 대답했다.

보트윅크 박사는 상대의 말에 귀 기울이지 않고 계속해서 말했다.

"이 책은 내가 공부하는 시대에서 약간 벗어나 있어. 그래서 정확한 연대를 모른다고 해도 그다지 부끄럽지 않군. 아마 1788년이나 1789년일 거야. 어차피 로즈버리 경을 보면 정확한 연대를 알 수 있겠지. 이것은 그해에 일어났던 중요한 여느 일이 아니라 일어나지 않았던 뭔가를 다루고 있는 책이네. 그 점을 잘 이해해야 해. 그것은 실로 매우 중요한 것이었어. 한밤중의 셜록 홈스의 개처럼 말이지. 흥미가 없군, 로저스 경사! 얼빠진 교수가 제 캐릭터대로 행동하는구나, 이렇게 생각하나? 그렇다면 유감이군. 적어도 나는 도움

이 되기 위해 나름대로 노력을 했는데 말이지. 이제 나 혼자 있어도
되겠나?"

● **위대한 평민** _ Great Commoner. 대영 제국의 기초를 닦은 정치가인 윌리엄 피트를 일컫는 말이다.

침실과 서재

사방으로 뻗은 대저택은 절대적인 정적에 휩싸여 있었다. 눈 덮인 시골에 내려앉은 짙은 안개를 휘젓는 가느다란 바람 한 줄기조차 일지 않았다. 살을 에는 한기 속을 꿰뚫고 들어오는 소리도 없었다. 커밀라 프렌더개스트는 워벡 경의 침실에 난 높은 창문으로 생명이 그대로 얼어붙어 버린 세상을 내다보았다. 세상은 어느 모로 보나 형체도, 색깔도, 경계도 사라지고 없었다. 저 텅 빈 광활한 공간 너머에 여전히 분주한 삶이 계속되고 있다는 사실이 믿기지 않았다. 해안선을 따라 이어진 번잡한 해로에는 선박들이 흐릿한 시계를 뚫고 조심스럽게 기어가듯 항해하거나 바다에 내린 닻에 몸을 맡긴 채 요란한 경보를 울리며 다른 배를 구슬프게 부르고 있을 거라는 사실도 믿어지지 않았다. 지금 서리와 눈에 덮인 영국 전역에서 남자와 여자 들이 옹기종기 모여 사랑과 행복이 넘쳐나는 분위기에서 크리스마스를 즐기고 있다는 것도 꿈만 같았다. 무엇보다 이 지독한 고립도 순식간일 뿐이며 자연의 광기가 빚어낸 찰나에 불과해서 며칠, 어쩌면 몇 시간 후면 고립에서 풀려나고 워벡 홀과 이곳에서 벌어진 모든 일들에 바깥세상의 분주하고 호기심 많은 사람들의 관심이 일제히 쏠릴 것이라는 사실이 도무지 실감 나지 않았다.

그녀는 몸을 부르르 떨며 지금까지 앉아 있던 창가의 의자에서 몸을 돌려 방 안을 보았다. 벽난로 위의 선반의 시계가 재깍거리는 소리를 제외하면 이곳도 바깥처럼 고요했다. 워벡 경은 침대에 누워 있었다. 얼굴이 베개보다 더 하얄 정도로 핏기라곤 없고 얕은 숨을 뱉을 때마다 침대보가 살짝 흔들렸다. 워벡 경은 그를 둘러싼 거대한 고립 속에서 자신만의 껍질 속에 들어가 말을 하거나 이해할 수도 없는 상태로 오전 내내 누워 있었다. 브리그스가 워벡 경을 처음 발견하고 상황을 모두에게 알렸을 때 커밀라는 마치 임종을 지키겠다고 말하는 사람처럼 그의 곁을 지키겠다고 말했다. 어차피 그녀도, 저택의 누구도 경을 도울 수 있는 방법이 없었다.

그녀는 일어서서 침대로 다가가 미동도 않는 노인에게 몸을 숙였다. 안색이 이보다 더 창백할 수는 없었고 숨은 더 얕아진 것 같았다. 그렇게 미미한 생명의 흔적에서 상태가 어느 정도인지 가늠할 수는 없었다. 노인이 숨을 쉬고 있다는 것만으로 충분했다. 그녀는 가만히 서서 야위고 지친 모습을 한동안 물끄러미 바라보았다가 고개를 돌렸다. 바로 그 순간 그녀 뒤쪽의 문이 살며시 열리면서 브리그스가 방으로 들어왔다.

"주인님은 어떠신가요?"

"차도가 없는 것 같아요. 이런 상태가 얼마나 갈 것 같아요?"

"저도 잘 모르겠습니다."

그의 대답은 자신이 집 안에서 담당하는 의무에 대한 질문에 답을 할 때처럼 부드럽지만 단조로운 어조였다.

"점심은 건너뛸게요."

"제 생각을 말씀드려도 될까요? 우리 모두는 지금 기운을 잃으면 안 됩니다. 뭐라도 드셔야 합니다."

"그럼 이곳으로 점심을 가져다줄 수 있어요? 아저씨를 이렇게 혼자 두고 갈 수 없어요."

"죄송하지만, 아가씨의 몸을 생각하셔야죠. 하루 종일 이곳에만 계실 수는 없습니다. 물론 주인님을 혼자 두는 일도 절대 없을 겁니다. 주인님 곁을 지킬 다른 사람을 찾아 두었습니다."

평소라면 그냥 흘려들었을 말이었지만 어깨를 짓누르는 고독감 탓에 예민해진 그녀는 재깍 반문을 했다.

"다른 사람? 그게 무슨 말이에요? 하인을 한 명 불렀나요?"

"엄밀히 말해 하인은 아닙니다. 제 딸이 와 있습니다. 아가씨가 한동안 쉬시도록 그 애가 대기하고 있습니다."

"딸이라고요? 브리그스, 이상하죠. 당신에게도 가족이 있다는 것을 까맣게 잊고 있었어요. 그 사람은 어디에 있어요?"

"지금 복도에 있습니다, 아가씨. 그 애는 믿고 맡길 만하다고 자부할 수 있습니다."

처음으로 커밀라의 입술에 엷은 미소가 걸렸다.

"당신 딸인데 어련하겠어요. 당장 만나고 싶어요."

브리그스는 곧장 나갔다가 잠시 후 다시 들어왔다.

"제 딸인 수전입니다, 아가씨."

"만나서 반가워요."

레이디 커밀라는 바르게 잘 자란 여자가 자신보다 사회적 신분이 낮은 사람을 대할 때 보이는, 정중함이 지나치게 묻어나는 어조로 인사를 했다.

"안녕하세요."

수전이 답하는 목소리에서 반항기가 살짝 느껴졌다. 그러자 브리그스가 마음에 안 든다는 듯이 혀를 차 '아가씨'라는 말을 빼먹었다는 사실을 알렸다.

이유는 알 수 없지만 커밀라는 앞의 여자가 자신에게 적대감을 품고 있다는 기분이 들었다. 게다가 그녀는 자신이 기대했던 '믿을 만한' 사람과는 거리가 있었다. 오히려 수전의 몸가짐에서 커밀라는 기이한 방식으로 자신을 향해 억눌린 감정을 감지했다. 커밀라는 처음 만나는 사람에게 인사만 하고 방을 나갈 생각이었지만 이렇게 된 이상 잠시 더 머무르며 기묘한 표정 뒤에 무엇이 있는지 알아내야겠다고 생각했다. 그 표정에는 도발적이면서 두려워하는 구석이 있었기 때문이다. 사소하면서도 이상한 장면이었다. 예의도 예의지만 이곳에 환자가 누워 있다는 사실이 세 사람 모두에게 강력하게 작용했다. 그래서 침상에 누워 보지도 듣지도 못하는 환자를 존중하기 위해 무슨 말을 하든 잔뜩 목소리를 낮추었다.

"우리는 초면이죠, 그렇죠?"

커밀라가 말했다.

"네, 초면이에요."

"여기에 살지 않나요?"

"네. 하루나 이틀 정도 있으러 왔을 뿐이에요."

"그렇군요. 그런데 아무도 몰랐네요, 브리그스."

"아빠는 제가 여기에 있다는 사실을 남들에게 알리고 싶어 하지 않으셨어요."

브리그스가 무슨 말을 하려고 했지만 수전이 그를 막았다.

"어차피 조만간 다들 알게 될 거예요, 아빠. 지금 말 못 할 이유가 뭐예요?"

커밀라는 놀라서 두 사람을 번갈아 바라보았다.

"지금 무슨 말을 하는지 모르겠네요. 도대체 뭘 알게 된다는 거죠?"

"이 애가 하는 말은 신경 쓰지 마십시오, 아가씨. 이럴 줄 알았다면 이곳으로 딸아이를 데려오지 않았을 겁니다. 수전, 너는 아가씨에게 그런 식으로 말하면 안 된다."

브리그스는 몹시 고통스러운 것처럼 보였다.

"나는 말하고 싶은 대로 말할 권리가 있어요. 게다가 여기에 있을 권리도 있고요. 누가 뭐라든 그게 더 중요해요."

수전이 대들자 브리그스가 나무랐다.

"수전! 주인님 앞에서 이런 꼴을 보이지 않기로 약속했잖니."

"말을 계속하게 내버려 둬요, 브리그스. 무슨 일인지 정확하게 알고 싶군요. 권리라니, 무슨 권리를 말하는 거죠?"

커밀라가 고상하게 말했다.

수전은 핸드백 주머니를 뒤적이더니 꼼꼼하게 접힌 종이 한 장을 꺼냈다.

"내가 하고 싶은 말은 이거예요."

그녀는 종이를 커밀라의 손에 쥐어 주었다.

커밀라는 천천히 그 종이를 펼쳤다. 그리고 천천히 끝까지 읽어 내렸다. 그러더니 펼쳤을 때처럼 신중하게 종이를 접어 수전에게 돌려주었다. 그녀의 표정은 조금도 변하지 않았고 목소리도 여전히 병자가 있는 방에 맞게 낮춘 그대로였다.

"고마워요. 이 일을 아무도 미리 알지 못했다니 정말 안되었네요. 그랬더라면 사람들에게 많은 변화가 있었을 거예요."

그녀는 그렇게 말한 후 브리그스를 돌아보며 계속 말했다.

"수전의 말이 맞아요. 그녀는 여기에 있을 자격이 있어요. 나는 아래에 내려가서 점심을 들도록 하겠어요."

수전이 무슨 말을 하려고 입을 열었지만 말을 하기도 전에 레이디 커밀라는 방에서 나가 버렸다. 커밀라의 꼿꼿한 고개와 태도에서는 일 년 전 날짜가 기입된, 미혼인 로버트 아서 퍼킨 워벡과 미혼인 수전 애니 브리그스의 결혼 증명서를 본 순간 자존심이 박살이 났다는 사실을 눈치챌 만한 것은 보이지 않았다.

브리그스는 방을 나가는 커밀라의 뒷모습을 조용히 지켜보았다. 그녀가 나가자 그는 몸을 돌려 수전을 보았다.

"분수도 모르고 이렇게 까불 줄 알았다면 절대 이곳에 데려오지 않았을 게다."

그는 엄하게 꾸짖었다.

"내가 왜 저 여자에게 그렇게 대하면 안 되는 거예요? 내가 저 여자보다 못한 게 뭐가 있어요?"

수전은 아버지에게 반항하듯 따지고 들었다. 하지만 변명의 기색을 숨길 수 없었다.

"그렇지 않아. 이 땅에서 가장 신분이 높은 사람과 결혼을 한 게 아니라면 너는 그분과 동등해질 수 없어. 그러니 아닌 척해 봐야 소용없어."

"우리가 지금 중세에 살아요, 아빠? 그 여자가 레이디로 태어났다는 이유만으로……."

"그분이 레이디로 태어났기 때문이다. 너는 방금 전 아가씨처럼 그렇게 방을 나갈 수 없어. 네가 천 년을 살아도 안 되는 건 안 되는 거야. 그분은 너의 윗사람이야, 수전. 그분이 무슨 짓을 했다고 하더라도."

브리그스는 이제 구식이 되어 버린 자신의 신조를 굳게 지키며 단호하게 말했다.

"그 여자……."

수전이 발끈하며 입을 뗐다가 아버지가 방금 한 말의 의미를 깨닫고 화들짝 놀라며 되물었다.

"그게 무슨 말씀이세요? 아빠, 설마 그 여자가 로버트의 술잔에 뭔가를 탔다는 건 아니죠?"

그녀는 너무 놀라서 속삭이듯 말했다.

"아무 말도 아니다. 정말 아무 뜻도 없는 말이야. 로저스 씨에게 도련님이 자살을 하신 거라고 말했어. 내 말을 믿는지 안 믿는지는 모르겠지만. 그런 문제는 그 일을 해결해야 할 사람들에게 맡겨 둬라. 무슨 일이 일어났어도 내 입장은 바뀌지 않을 테니까."

그는 시계를 보았다.

"이제 가 봐야겠구나. 식사는 이곳으로 직접 올려 주마. 너는 아무것도 하지 말고 여기에 가만히 앉아 있다가 주인님 상태에 무슨 변화가 생기면 알려 다오. 아무리 사소한 것이라도 알려 줘야 한다.

바느질거리나 시간을 때울 만한 걸 가져왔니?"

"걱정하지 마세요."

수전은 그렇게 말하며 백에서 매니큐어 세트를 꺼냈다.

"손톱이나 다듬고 있을게요. 우습지 않으세요?"

수전이 안락의자에 앉으며 불쑥 말했다.

"지금까지 나는 주인님을 만나고 싶어서 안달복달했어요. 마침내 그분에게 와서 이렇게 앉아 있는데, 모든 게 끝나 버렸어요. 가여운 분! 워벡 경은 좋은 분이셨죠, 그렇죠?"

"주인님에게 좋다는 수식어는 적절하지 않은 것 같구나, 얘야."

"로버트가 일만 제대로 처리해 줬다면 이분은 제게 잘해 주셨을 것 같아요. 이분과 제대로 이야기를 나눠 보지 못해서 아쉬워요. 이상하지 않아요? 아빠는 이분이 어쩌면 기운을 차리실지도 모를 소식을 절대 알지 못하게 하시려고 무진 애를 쓰셨잖아요. 줄리어스 장관님께 말씀하실 거예요?"

브리그스는 고개를 가로저었다.

"그 사람은 자기가 사회주의자라고 하지만 우리 이야기를 들으면 충격을 받을걸요."

수전은 그 생각을 하자 어쩐지 기분이 좋아질 것만 같았다. 그녀는 아버지가 조용하게 방을 나가자 손톱을 다듬기 시작했다.

한편 줄리어스는 그 무렵 서재에 있었다. 그는 보트윙크 박사가 그곳을 나간 직후에 들어왔다. 마치 박사가 나가기를 문밖에서 기다린 것처럼 타이밍이 절묘했다. 서재에 들어가니 로저스 경사가 안락의자 등받이에 기대서 직접 말아 만든 담배를 피우며 서가 위에 올려놓은 고대 희랍의 흉상들을 명상하듯 바라보고 있었다. 장관이 들어가자 로저스는 자동적으로 발딱 일어났다.

"로저스, 내게 알려 줄 새로운 소식이 있나?"

"없습니다, 장관님. 오늘 아침에 전화를 다시 걸어 봤지만 여전히 불통입니다. 12시 55분에 라디오의 일기 예보를 들어 보려고 합니다. 그러면 언제까지 이 상황이 계속될지 알 수 있을 겁니다. 아마 오래가지는 않을 것 같습니다."

"최대한 빨리 체스커즈*에 계신 수상님과 통화를 해야 해. 정말 중요한 일이야. 지금 너무나 곤란한 지경에 빠져 있단 말일세, 로저스. 너무나 곤란해."

"그러시겠죠."

로저스의 대답에 성의라고는 조금도 느껴지지 않았다.

"레이디 커밀라 말로는 내 사촌이 지금 매우 위중한 상태라더군."

"그렇습니다, 장관님. 도대체 누가 그 소식을 전해서 워벡 경을 의식 불명 상태에까지 빠뜨렸는지 무척 궁금하군요."

"빌어먹을 멍청한 하인들 중 한 명이 그랬겠지. 요령이라는 게 없는 위인들이니까. 내가 그 소식을 전했다면 그렇게까지 되지는 않았을 거야. 끔찍한 일이야. 정말 끔찍해."

"그렇습니다, 장관님."

"로저스, 자네는 이해하지 못할 걸세. 하지만 나는 워벡 경의 상태가 심히 걱정스럽다네."

"장관님께서 그러시는 건 당연한 일 아닙니까. 이 순간 저의 걱정거리는 로버트 워벡 씨의 죽음뿐이라는 사실을 기억해 주십시오."

형사는 심드렁하게 대꾸했다.

그 말에 줄리어스는 흠칫 놀라며 눈썹을 치켜 올렸다.

"그 문제는 이미 해결된 줄 알았는데. 녀석은 자살을 했어. 오늘 아침에 자네에게 다 설명하지 않았나."

"네, 그러셨죠, 장관님. 카스테어스 부인과 브리그스 씨도 그러셨고요."

"그러면 된 거 아닌가."

"불행히도 그 설명에 만족할 수 없는 이유가 있습니다."

"만족하지 못한다고! 내 눈으로 본 것을 내 입으로 직접 들려줬는데도 말인가!"

"그렇습니다."

"어찌 된 일인지 알겠군, 로저스. 젠장맞을 보트윙크의 이야기를 들었군."

로저스가 사뭇 심각한 표정으로 말했다.

"부디 이 점을 기억해 주시기 바랍니다. 저는 장관님의 요청을 받고 사건을 수사중인 경찰입니다. 이 사건에 대해서 다른 증인들

● **체스커즈** _ 런던 외곽에 있는 수상의 지방 관저.

과 마찬가지로 장관님께 이 이상의 의무는 없습니다. 제가 어디에서 혹은 누구로부터 정보를 입수했는지 말해 드릴 의무는 없습니다. 반면 다른 사람들과 마찬가지로 장관님께서는 진실을 말해 저를 도와주셔야 할 의무가 있습니다. 장관님께서 제게 사실대로 털어놓는 데 도움이 된다면 이 이야기까지 들려 드려도 상관없겠네요. 저는 워벡 씨가 자살을 했다고 생각되는 정황에 대해 세 가지 증언을 들었습니다. 그런데 그 증언들은 서로 일치하지 않습니다. 게다가 현장에서 제가 목격한 사실과도 일치하지 않습니다. 저는 그 증언들을 전혀 믿지 않습니다. 자, 처음부터 다시 시작해서 과연 이번에는 진실에 도달할 수 있을지 알아볼까요?"

줄리어스는 분노로 얼굴이 벌겋게 달아올랐다. 그는 요란하게 헛기침을 하더니 두 번이나 침을 꿀꺽 삼키고서야 말을 할 수 있었다.

"잘 알겠네. 나는 지난밤 로버트가 잔에 뭘 넣는 걸 보지 못했네. 그 부분은, 에, 정확하지 않았네. 하지만 그 부분을 제외하면 나는 지난밤에 일어난 일에 대해서 정확하고 충분하게 증언을 했네. 적어도 내가 목격한 대로 말일세. 이제 더 이상 할 말이 없군."

"정말 없으십니까, 장관님?"

"정말 아무것도 없네."

형사는 방을 이쪽 끝에서 저쪽 끝까지 걷더니 돌아왔다. 그렇게 걷는 동안 그는 아무 말도 하지 않았다. 그러더니 줄리어스를 돌아보며 말했다.

"저는 저녁 식사를 하기 전에 장관님의 행적에 대해 좀 더 들을 수 있으리라 기대했습니다. 장관님께서는 그 시간에 식기실 근처에 계신 적이 있지 않으셨습니까?"

"그랬을지도 모르겠군."

"혹시 식기실에 들어가셨습니까?"

"정확하게 기억이 안 나는군. 그냥 들여다보기만 했을 거야."

"그냥 들여다보기만 하셨을 때 혹시 그곳에 누가 있었습니까?"

"없었을 걸세."

"하인들의 구역에 도대체 무슨 볼일이 있으셨습니까?"

"나는 이 낡은 저택을 무척 좋아한다네. 이번에 아주 오랜만에 이곳을 찾은 거야. 그러니 오래된 추억을 되살릴 기회가 생긴 셈이지."

"카스테어스 부인처럼 말이군요."

"나는 카스테어스 부인이 무엇을 하고 다녔는지 전혀 모르네. 어쨌든 나는 이 집에 관심이 있어. 내 가족의 집이니 어디든 가고 싶은 곳을 갈 자격이 있다고 생각하는데."

"장관님의 가족, 그렇죠. 그리고 로버트 워벡 씨의 죽음으로 장관님은 작위 계승 서열 1순위가 되십니다. 그 생각은 드시던가요?"

"물론 들었지. 하지만 요즘 같은 세상에 누가 귀족이 되고 싶어 하겠나?"

줄리어스가 발끈해서 말했다.

"장관님은 브리그스 씨가 식기실에 청산가리를 보관한다는 사실을 아셨습니까?"

"그걸 내가 어찌 알겠나. 설령 봤다고 해도 그런 물건인 줄 몰랐을 거야."

"알겠습니다. 고맙습니다, 장관님."

줄리어스는 형사의 질문이 끝난 후에도 서재를 떠나지 않았다. 그대로 남아서 짜증스럽게 이 발에서 저 발로 무게 중심을 옮기더니 마침내 결심이 선 듯 말문을 열었다.

"자네 지금 카스테어스 부인에 대해서 말했지. 그녀도 어제 저녁에 식기실에 있었다는 뜻으로 이해해도 되겠나?"

"그렇게 봐도 되겠군요."

"하지만 그건 말이 안 돼. 그녀가 로버트의 독살과 무슨 관계가 있다는 게 말이야. 나는 그녀를 오랫동안 알고 지냈어. 가장 믿음직스럽고 중요한 당원이란 말일세. 게다가 내가 아는 한 그녀가 물려받을 작위도 없어."

그러더니 형사를 의식하는 듯 살짝 웃으며 이렇게 덧붙였다.

"나라면 차라리 레이디 커밀라를 의심할 텐데!"

그는 자신의 말에 경사가 무슨 반응을 보일지 불안한 듯 경사의 얼굴을 힐끔 훔쳐보았다. 하지만 형사의 무표정한 얼굴에서는 아무것도 읽을 수 없었다.

"이번 일이 얼마나 터무니없는지 모르겠나? 내 눈에는 어느 모로 보나 단순한 자살 사건일세. 설령 내가…… 내가 상상한 대로 상황이 진행되지 않았다고 해도. 세부적인 사실은 혼동되기가 쉽지 않은가. 만약 자살이 아니라면 남은 사람은 브리그스야. 그런데 그게 말이 되나? 오, 이런! 내가 왜 미처 그 생각을 못 했지? 보트윙크의 짓이야! 그자는 공산주의자 아닌가?"

그는 계속 말을 이었다.

"박사님은 그 사실을 인정하지 않았습니다."

"물론 그랬겠지. 그런 자들이 순순히 인정할 리가 없지 않은가. 하지만 나는 그 이름을 지금도 기억하네. 그자는 전쟁 전에 오스트리아에서 무슨 문제에 연루되었어. 그러면 다 설명이 되지 않나!"

"그렇다면 워벡 씨가 '자유와 정의 연맹' 때문에 살해되었다는 말씀이십니까?"

"아니야, 그런 말이 아닐세! 자네 같은 경찰의 문제가 뭔지 아나? 그건 정치에 대해 아무것도 모른다는 거야. 제정신인 사람이라면 그런 어처구니없는 신파시스트 단체에 신경을 쓰겠나? 그자들은 얼빠진 아이들처럼 연극 놀이를 하는 것뿐이야. 아닐세! 오늘날 공산주의의 진짜 적이 누구겠나? 우리가 바로 서유럽의 민주주의 사회주의자들 아닌가! 내내 표적이었던 사람은 바로 나였어! 내가 목숨을 구할 수 있었던 이유는 그자가 착각을 해서 엉뚱한 잔에 독을 넣었기 때문이야!"

줄리어스는 점점 흥분하기 시작했다.

"확실히 그런 가설도 세워 볼 수 있겠군요, 장관님."

로저스가 무표정하게 대꾸했다.

"자신의 시도가 실패로 돌아갔기 때문에 그는 내 명예를 떨어뜨리기 위해 의심의 씨앗을 뿌리려는 거라네. 나를 통해 전 세계에 자유라는 대의명분을 퍼뜨리려는 거야! 내가 살인자로 의심을 받게되면 서유럽 연합에 어떤 영향이 있을지 한번 상상해 보게나!"

그 순간 로저스의 표정만으로 보건대 그는 그런 종류의 상상에도 재주가 없음이 분명했다. 다만 이렇게 대답했을 뿐이었다.

"지금까지 지켜본 보트윙크 박사님은 현대 정치보다 18세기 정치에 더 관심이 있는 것 같다는 말씀을 드리지 않을 수 없군요."

"18세기라고! 웃기는 소리 말라고 해! 다시 말하지만 그 남자는 위험한 인물이야."

"어쨌든 지금 말씀으로 장관님은 이 사건이 자살이라는 주장을 확실하게 버리셨다고 받아들이도록 하겠습니다."

로저스가 대답했다.

"아. 그건, 말하자면…… 나는……."

줄리어스가 말을 더듬거렸다.

"실례하겠네. 점심을 알리는 징 소리를 들은 것 같군!"

그는 그 말을 끝으로 허둥지둥 서재를 떠났다.

마침내 혼자 남게 되자 로저스는 난롯가에 서서 잠시 생각에 잠겼다. 그러더니 단조롭게 노랫가락을 나직하게 흥얼거리며 방을 두번 왔다 갔다 했다. 마침내 자신의 약점에 슬그머니 미소를 지으며 서가로 다가가 녹색 표지의 얇은 책을 꺼내 들었다. 그는 책을 휘리릭 훑더니 어깨를 으쓱한 후 다시 원래 자리에 꽂았다.

새로운 워벡 경

점심 식사를 들기 위해 다시 모인 한 줌의 사람들의 분위기는 우울하기 짝이 없었다. 줄리어스는 테이블의 상석에 앉아 자신의 오른쪽에 앉은 보트윙크 박사를 사납게 노려보았다. 한편 보트윙크 박사는 무척 편안하고 차분해 보였지만 18세기의 정치 문제에 마음을 빼앗겼는지 눈빛이 멍했다. 맞은편의 카스테어스 부인은 신경질적으로 계속 꼼지락거렸다. 그녀의 옆자리는 비어 있었다.

침묵 속에서 식사가 시작되었지만 침묵은 카스테어스 부인 덕에 오래가지 못했다. 그녀의 대화 주제는 당연히 날씨였다.

"날씨가 언제까지 이럴 것 같아요? 이렇게 고립되어 있으니 유난히 무기력한 것 같네요."

줄리어스는 이 어리석은 질문을 듣고 우울하게 고개만 가로저었다. 1768년에 월크스가 한 말이 진심이었는지 맘속으로 토론을 벌이는 중이던 보트윙크 박사에게는 질문이 들리지도 않았다. 카스테어스 부인은 절망적인 기분이 되어 브리그스를 보며 물었다.

"자네 생각은 어때, 브리그스?"

"저도 드릴 말씀이 없습니다, 부인."

"하지만 누구든 뭐라도 해 볼 수 있지 않나? 이렇게 뭔가가 일어나기만 앉아서 기다리고 있으니 너무 절망적이야. 사람을 모아서 뭐…… 뭐라도 할 수는 없나?"

"농장의 인부들이 마을로 가려고 애쓰는 중입니다. 큰 도로까지 간신히 길을 뚫었다고 전해 들었습니다만 눈이 점점 부드러워져서 작업이 몹시 힘들다고 합니다."

"부드러워진다고?"

"네, 부인. 눈이 곧 녹을 것 같습니다."

"천만다행이군."

"그렇습니다. 일기 예보에 의하면 광범위한 범람이 예상됩니다."

보트윙크 박사는 때마침 존 월크스 문제를 마음속에서 해결한 덕분에 집사의 마지막 말을 들을 수 있었다. 집사의 말에 고통스러운 표정을 지었는데, 그것이 범람에 대한 두려움 때문인지 브리그스의 단어 선택이 불만스러웠는지는 그만 아는 비밀이었다.

"해빙이라!"

줄리어스가 탄성을 질렀다. 눈빛이 번쩍했지만 다음 순간 그 빛은 사라지고 말았다. 그는 어느새 시무룩한 모습으로 돌아가 잠자코 식사를 계속했다.

그때 커밀라가 들어오자 카스테어스 부인이 그녀를 돌아보며 말을 붙였다.

"커밀라, 소식 들었니? 곧 눈이 녹을 거라는구나."

그녀가 좋아하며 소리쳤다.

"언젠가는 그렇게 될 거였는데요, 뭐. 식사 시간에 늦어서 죄송해요. 저를 기다리지 않고 먼저 드셔서 다행이에요."

커밀라는 자리에 앉으며 대답했다. 그녀의 얼굴은 차분해 보였지만 붉게 충혈된 눈은 다른 이야기를 하고 있었다.

"하지만 네가 이렇게 내려올 줄 알았더라면 기다렸다가 같이 먹을걸 그랬구나. 안 그런가요? 나는 네가 아직도 워벡 경의 침실에 있는 줄 알았어. 설마 그분을 혼자 두고 내려온 건 아니지, 커밀라? 지금 상황에서는 어떻게 될지 모르잖아. 혹시 내가 가는 편이 나을까? 어차피 식욕도 별로 없는데……."

카스테어스 부인이 자리에서 막 일어서려는데 커밀라가 그녀를 제지했다.

"걱정하실 필요 없어요, 카스테어스 부인. 당연히 그분을 혼자 두지 않았어요. 지금 누가 함께 있어요."

"어머, 누가? 하인들을 나쁘게 말하고 싶은 생각은 없어…….

브리그스는 내 말을 잘 이해하겠지, 하지만 이런 상황에서는 우리 중 한 사람이…….”

브리그스가 그 순간 커밀라에게 접시를 내밀었다. 그녀는 집사를 올려다보았다. 두 사람은 재빨리 눈빛을 교환했다.

“걱정하실 필요 없다니까요. 브리그스는 내가 돌아갈 때까지 자신의 딸이 그곳을 지키도록 조치를 취해 뒀으니까요.”

“딸이라고! 그러고 보니 기억이 나는 것 같아. 내가 마을의 주일 학교에 데려가 주던 시절에는 붉은 머리의 꼬마였는데. 왜 그 애가 여기에 와 있다는 말을 안 했나?”

브리그스는 바로 대답을 하지 않았다. 추억이 물 흐르듯 이어졌다.

“런던으로 일을 하러 갔었는데. 수전 브리그스! 그래, 내가 결혼했을 바로 그 무렵이었지. 무척 영특한 아이였어. 하지만 다루기가 좀 힘들었지! 어떻게 자랐나, 브리그스? 지금 뭘 하고 있지?”

“방금 말씀드렸잖아요, 카스테어스 부인. 제가 점심을 먹는 동안 워벡 경을 지키고 있다고요.”

커밀라가 불쑥 끼어들었다. 그녀의 목소리는 신경질적이고 날카로웠다.

“내 말은 그런 뜻이 아니야. 나는 요즘 그 애가…….”

사이드보드로 물러나 있던 브리그스가 무덤덤하게 대답했다.

“부인, 제 딸은 결혼을 했습니다. 최근에 남편을 잃었고요.”

"어머나, 가엾어라!"

"그렇습니다. 뜨거운 민스파이와 차가운 자두 푸딩이 준비되어 있습니다. 무엇을 드시겠습니까?"

집사와 일방적인 대화를 한도 없이 계속할 수 있는 사람은 아무도 없다. 결국 카스테어스 부인도 단념하고 더이상 말을 하지 않았다. 하지만 그녀가 민스파이를 반도 더 먹었을 즈음 누군가 다급하게 문을 두드리는 소리에 모처럼의 고요함도 깨어지고 말았다. 브리그스가 즉시 문을 열고 나가 조심스럽게 닫았다. 잠시 후 그가 다시 들어와서 테이블의 상석으로 다가가 말했다.

"장관님, 잠시 나와 주시겠습니까?"

줄리어스는 사과의 말을 남긴 채 집사를 따라 급히 나갔다. 두 사람이 나가자 식당에 불편한 침묵이 흘렀다.

"도대체 무슨 일일까요?"

마침내 카스테어스 부인이 말문을 열었다.

보트윙크 박사가 그곳에 온 후 처음으로 입을 뗐다.

"아마도, 새로운 워벡 경이 등장하신 것 같군요."

보트윙크 박사의 말대로였다. 줄리어스가 식당을 나가자마자 브리그스에게 처음으로 들은 것은 부음이었다.

"그분이 가셨습니다, 장관님."

"갔다고?"

민스파이 Mince Pie

과일, 견과 등을 채워 만든
작고 달콤한 파이.
영국의 크리스마스를
대표하는 음식이다.

"네. 주인님이 매우 평화롭게 숨을 거두셨다고 제 딸이 알려 주었습니다. 올라가서 주인님을 보셔야죠?"

브리그스는 부끄러움도 잊은 채 손수건을 꺼내 눈가를 훔쳤다.

"그래야지. 그래야 하고말고."

줄리어스가 무거운 어조로 말했다.

두 사람이 무거운 침묵 속에 계단을 올라갔다. 브리그스가 워벡 경의 침실 문을 열고 줄리어스가 들어갈 수 있도록 옆으로 비켜섰다. 줄리어스는 그날따라 집사의 마음을 이해하고는 그의 팔을 잡고 함께 방으로 들어섰다. 두 사람은 무표정하게 나란히 서서 눈을 감은 얼굴을 내려다보았다. 아무도 할 말이 없었다. 워벡 경은 마침내 세상을 떠났다. 워벡 경의 마지막 표정으로 추측하건대 아마 그는 아무런 미련 없이 세상을 떠났을 것이다.

몇 분이 흐른 후 두 사람이 밖으로 나오니 그곳에는 수전이 서 있었다. 줄리어스는 그녀를 알아보지 못한 것 같았지만 브리그스가 그냥 지나가려는 그를 붙잡아 세웠다.

"이 애가 제 딸입니다."

"아, 그렇군. 워벡 경이 돌아가실 때 임종을 지켰다고 하더군, 그런가?"

줄리어스는 상냥하게 말했다.

"그렇습니다."

"혹시 숨을 거둘 때 무슨 말을 남겼나?"

"네. 그렇지 않아도 말씀을 드리고 싶었어요. 돌아가시기 직전에 갑자기 정신이 돌아오신 것 같았어요. 아주 잠깐 동안이었지만요. 그러더니 꽤 명료하게 말씀하셨어요. '줄리어스에게 내가 미안하다고 전해 줘.' 이렇게요. '줄리어스에게 내가 미안하다고 전해줘.' 그러더니 경련을 하시며 숨을 거두셨습니다."

수전이 대답했다. 그녀의 딱딱하고 단조로운 음성에는 흥분된 기색이 엿보였다.

"고맙네. 정말 내 사촌답군. 끝까지 상냥하게 남을 배려하다니."

줄리어스가 말했다. 그는 브리그스를 돌아보며 말했다.

"물론 저는 정확히 무슨 뜻인지는 모르겠어요. 하지만……."

수전이 말을 계속하려고 했다.

"그렇겠지. 모를 거야. 아가씨가 알 리가 없지. 하지만 나는 무슨 말인지 정확하게 알아. 이 말을 들려줘서 정말 고맙네."

그가 발걸음을 떼려고 하자 수전이 다시 말을 걸었다.

"말씀드려야 하는 훨씬 더 중요한 일이 있어요."

줄리어스는 피곤하고 우울했다. 그랬기에 수전의 친근한 태도는 과도하게 긴장한 신경을 건드렸다.

"그게 뭐든 잠깐 기다려도 될 것 같군. 내게는 지금 당장 생각해야 할 일들이 쌓여 있네. 그 사실을 알아야지. 브리그스, 자네……?"

그가 짧게 말했다.

"장관님, 제 생각에는 제가 상황을 설명하는 편이 나을 것 같습니다. 딸의 말처럼 무척 중요한 일입니다."

그러자 수전이 끼어들었다.

"제가 직접 설명하는 편이 나아요. 어차피 제 일이니까요. 그리고 아버지처럼 시간을 낭비하고 싶지도 않고요."

그녀는 줄리어스에게 돌아섰다.

"제가 드리고 싶은 말은 이거예요. 방금 저 문을 걸어 나오시면서 워벡 경이 돌아가셨으니 장관님께서 새로운 워벡 경이 되실 거라고 생각하셨겠죠. 그런데 아니에요."

줄리어스는 경악에 찬 표정으로 그녀를 바라보았다.

"워벡 경이 아니라고? 워벡 경이 아니라고?"

그는 이렇게만 되뇔 뿐이고 자신이 꿈을 꾸는 것이 아니라는 대답을 들으려는 듯이 브리그스를 돌아보았다.

"딸의 말은 전부 다 옳습니다. 도련님이 이 애와 결혼을 하셨습니다. 물론 제게 알리거나 허락을 받는 일은 전혀 없었습니다. 이런 말을 할 필요도 없겠지만. 그래서……."

"그러니 내 아들이 적법한 워벡 경이 되었어요!"

수전은 마치 옛날 멜로드라마의 여주인공이라도 된 듯 감격에 차 말했다.

"아, 아기가 있다고? 아, 아들? 로버트의 아이? 결혼해서 낳았어? 세상에! 이런 일은 상상도 못 했네. 나는 늘 생각하기를 내가……."

줄리어스가 놀라 말을 더듬다가 그대로 기절을 했다.

이윽고 줄리어스가 정신을 차렸다. 눈을 떠 보니 브리그스가 걱정 어린 표정으로 자신을 굽어보고 있었다. 수전은 보이지 않았다.

"이제 정신이 드십니까, 장관님?"

집사가 물었다.

"그렇네. 그래. 조금만 더 있으면 괜찮아질 걸세. 나를 의자에 앉혀 주게, 브리그스……. 훨씬 낫군. 물 한 잔 가져다주겠나……. 고맙네. 자, 이제 들려주게. 어떻게 된 건가? 내가 정신을 잃은 지 오래되었나?"

"잠시 동안이었습니다. 혹시라도 바닥에 세게 부딪히기라도 하셨을까 봐 걱정을 했습니다."

줄리어스가 그 말에 뒤통수를 문질렀다.

"그런 것 같군."

"죄송합니다, 장관님. 미처 부축해 드릴 새가 없었습니다. 너무 갑자기 벌어진 일이라. 꽤 심한 충격을 받으신 것 같습니다."

"지난 스물네 시간 동안 충격받을 일이 상당히 많긴 했지."

"제 딸이 그런 식으로, 그렇게 무식하게 행동해서 정말 죄송합니다."

그 말에 줄리어스가 웃음을 터뜨렸다. 브리그스는 어안이 벙벙해졌다. 줄리어스는 일단 웃음이 터지자 도저히 멈출 수가 없었다. 물 잔을 쥐고 있던 손이 어찌나 흔들리는지 물이 바닥으로 흘러넘칠 정도였다.

"이 잔 좀 받아 주게, 브리그스!"

그가 숨을 헐떡이며 말했다.

"네. 그렇게 하겠습니다."

집사는 완전히 얼이 빠져서 간신히 대답했다. 그는 잔을 안전하게 받은 후 걱정스럽게 줄리어스를 지켜보며 발작적으로 터진 웃음이 잦아들기만 기다렸다. 잠시 후 웃음은 시작할 때처럼 갑자기 뚝 끊어졌다.

"딸을 너무 탓하지 말게, 브리그스. 그 아이 입장에서 보면 그렇게 나오는 것이 당연하지 않겠나."

그는 눈가를 훔치며 말했다.

"그렇게 생각할 수도 있습니다만, 그래도 저는 딸의 태도가 마음에 들지 않습니다."

"그 말이 다 사실이겠지? 이게 꿈은 아니지? 나는 아직도 얼떨떨하군."

"한 치의 거짓도 없는 사실입니다."

"이 나라 귀족의 할아버지가 된 기분이 어떤가, 브리그스?"

"저와 같은 지위에 있는 남자에게는 크나큰 불행이라고 생각합니다."

그 대답에 줄리어스는 다시 웃음이 터질 것만 같았지만 애써 참았다.

"그 애, 내 사촌도 이 사실을 알고 있었나?"

"그럴 리가요, 절대 아닙니다. 이런 문제를 어떻게 그분과 의논할 수 있겠습니까. 물론 도련님이 언젠가는 이 문제를 주인님에게 제대로 알리시기를 바라고 있었습니다."

"로버트에게 무슨 일을 바라는 건 큰 실수를 하는 거지. 그의 아이는 제 아비보다 할아비로 더 좋은 사람을 두었군."

그는 힘겹게 자리에서 일어섰다.

"이제 다른 사람들에게 내려가 봐야겠네. 내가 어떻게 되었는지 다들 궁금해할 테니까."

"이제 괜찮으신 겁니까?"

"그래, 잘 버틸 수 있을 거야. 잠시 현기증이 온 것뿐이니까. 그래도 나를 잠시 부축해 주지 않겠나. 이 일에 대해서는 아무에게도 말하지 말아 주면 좋겠군."

"저도 방금 그런 말씀을 드리려던 참이었습니다."

줄리어스는 계단을 내려가며 계속 말을 했다.

"나와 같은 입장에 있는 사람은 건강이나 다른 문제로 이러쿵저러쿵 말이 돌지 않는 게 좋지. 가십이 돌면 사람들이 이런저런 생각을 하게 마련이야. 평소에 내 건강은 완벽하다네. 이런 모습을 보이다니 전혀 나답지 않아. 전혀 예상하지 못했다고 할까. 내가 건강이 나빠지고 있다는 근거 없는 억측이 돌기 시작하면 큰 타격을 입을 거야. 내 말 알겠나?"

"물론입니다. 이 일에 대해서는 절대 남에게 발설하지 않을 겁니다. 하지만 제가 드린 말은 그런 뜻이 아니었습니다. 엄밀히 말하자면요."

"뭐라고?"

"한동안은 아무것도 말씀하시지 않아 주셨으면 고맙겠습니다. 그러니까 제, 제 손자에 대해서요."

줄리어스는 잠시 멈춰서 놀란 표정으로 그를 바라보았다.

"도대체 왜 말하지 말라는 건가?"

"굳이 말씀을 드리자면 제가 조금 난처한 입장이 될 것 같아서요."

"그런 걸로 말하자면 난처한 사람이 자네 혼자가 아니지 않는가. 이런 일이 절대 새어 나가지 않도록 입막음을 할 수 있으리라 기대했나?"

"물론 그렇지 않습니다. 저도 잘 알고 있습니다. 다만 손님들이 돌아가신 후에 알려지는 편이 더 마음이 편할 것 같아서요. 카스테어스 부인과 레이디 커밀라 앞에서 가족의 일원으로 나타나고 싶지 않습니다. 제 마음을 이해하시겠습니까? 그런 상황은 절대 적절하지 않습니다. 레이디 커밀라는 이미 도련님의 부적절한 결혼을 알게 되셨습니다. 불행하게도요. 아가씨나 저는 이 상황이 몹시 불편했습니다. 이 문제에 대해서 더 이상 말씀하지 않아 주시면 정말 감사하겠습니다."

줄리어스는 잠시 망설이더니 마침내 대답을 했다. 그의 목소리에는 어느새 상냥한 구석이 사라지고 없었다.

"이렇게 중요한 사실을 밝히기를 원하지 않는 이유가 단지 그것뿐인가?"

"네?"

"로저스 경사도 이 문제에 관심을 가질 거라고 생각하지 않았나?"

"로저스 경사님이 이 문제에 왜 관심을 가져야 하는지 잘 모르겠습니다."

"정말 모르겠나, 브리그스? 생각을 해 보게. 로버트는 죽기 직전에 매우 중요한 문제를 발표하려던 참이었네. 로저스 경사가 내게 묻더군. 무슨 내용인지 아냐고. 그 사람이 자네에게도 그 질문을 하지 않던가?"

"네. 그런 질문을 했다는 사실을 인정하지 않을 수 없군요."

"로버트가 무슨 말을 하려고 했는지 이제야 알겠군. 자네, 경사에게 아무 말도 안 했겠지?"

"이런 상황에서는 꼭 대답할 필요가 없을 것 같았습니다."

"아니면 뭔가 감출 필요가 있어서 아닌가?"

"장관님, 그런 질문에 제가 무슨 말씀을 드려야 할지 도무지 모르겠습니다. 장관님 같은 신사에게 이런 말을 들으리라고는 생각도 못 했습니다."

"신사니 뭐니, 잠시 잊자고. 로저스는 이미 내가 로버트를 살해할 동기가 있을지 모른다는 자신의 생각을 충분히 전했네. 그런데 어째서 자네가 나보다 더 나은 입장에 있다고 생각하는지 모르겠군, 브리그스. 이번 사건은 각자 스스로 알아서 대처해야 해. 자네가 솔직하게 털어놓지 않는다면 나는 내게 유리하게 그 사실을 알릴 수밖에 없네."

브리그스는 초조하게 침을 꿀꺽 삼키더니 이렇게 말했다.

"알겠습니다. 지금 당장 경사님을 만나도록 하겠습니다. 사실을 밝히겠지만……."

"왜 그러나?"

"저는 로버트 도련님이 자살을 했다고 우리 모두 입을 맞추기로 한 걸로 알고 있습니다."

"그 일은 잊어버려도 되네. 브리그스. 로저스 경사를 만나보면 그 사람도 벌써 잊은 걸 알게 될 거야."

"알겠습니다. 그러면 숙녀분들에 대해서는……?"

"그 문제는 나만 믿게, 브리그스. 나는 그 문제를 자네 일로 여기고 있으니까."

줄리어스가 식당으로 돌아가니 점심 식사는 벌써 끝난 후였다. 하지만 사람들은 그대로 남아 있었다. 그들은 불가에 옹기종기 모여 있었는데, 어울리는 구석이라고는 없지만 공동의 걱정거리로 하나로 엮인 맥 빠진 트리오처럼 보였다. 줄리어스가 들어가자 세 사람은 고개를 돌려 그를 보았다.

"맞습니다. 내 불쌍한 사촌이 방금 세상을 떠났습니다. 마지막 순간은 매우 편안했습니다."

줄리어스는 그들의 눈빛에 담긴 말 없는 물음에 대답했다.

한동안 아무도 말을 하지 않았다. 카스테어스 부인은 날카롭게 숨을 내쉬었는데, 조용히 하라는 의미로 '쉬' 하고 소리 낸 것 같았다. 보트윙크 박사는 양손을 주머니에 깊이 찔러 넣은 채 고개를 천천히 가로저었다. 그러자 커밀라가 부자연스러운 거친 목소리로 말을 시작했다.

"이제 두 사람이 되었네요. 로버트는 응접실에 안치되어 있고 톰 아저씨는 위층 침실에 모셔 두어야 하고. 이제 우리 넷만 남았어요! 끝도 없는 안개와 눈 속에 고립된 채 우리 넷만 남았다고요! 다음은 누구 차례일까요?"

카스테어스 부인이 놀라서 소리쳤다.

"커밀라! 그런 식으로 말하면 안 돼! 너는 몹시 지쳤어! 물론 가엾은 워벡 경을 생각하면 우리 모두 슬픔을 가눌 길이 없지. 하지만……."

커밀라는 아랑곳하지 않고 계속 말을 했다.

"이곳에서 어서 나가고 싶어요. 너무 늦기 전에 도망치고 싶어요. 이 저택에는 저주가 걸려 있어요. 죽음의 냄새가 나요. 우리는 이곳에서 안전하지 않아요. 우리 가운데 누군가가 한 짓이 아니라고요. 아무도 그걸 못 느끼시나요? 모르시겠어요? 이곳에 우리가 있으면 있을수록…….”

“아가씨, 이곳에 머무르는 문제에 대해서는, 그 점에 대해 선택의 여지가 없는 것은 불행히도 사실입니다. 우리가 언제까지…….”

보트윅크 박사가 풀이 죽은 어조로 찬찬히 말문을 열었다.

바로 그때 창유리를 세게 두드리는 것 같은 소리에 박사의 말이 뚝 끊어졌다. 모두들 소리가 나는 곳으로 고개를 돌렸다. 하지만 그 의미를 처음으로 파악한 사람은 카스테어스 부인이었다.

그녀는 갑자기 쾌활하고 자신만만한 목소리로 소리쳤다.

“이제 괜찮아! 모르겠니, 커밀라? 안개가 걷히고 비가 오기 시작했어!”

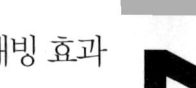

해빙 효과

"그런 일이라면 제게 먼저 말씀을 하셨어야죠."

로저스의 말투는 사뭇 엄했다.

"그러게나 말입니다, 로저스 씨. 지금 생각하니 그러네요. 하지만 저는 그 문제에 대해서 함구하는 것이 습관처럼 되었습니다. 말하자면 제이의 천성이 되었을 정도입니다. 저는 저와 로버트 도련님 사이의 문제라고만 생각했습니다."

브리그스가 겸손하게 맞장구를 쳤다.

"맞는 말씀입니다. 로버트 씨가 자신의 아버지에게 그 소식을 전하고 당신의 딸을 아내로 인정하는 것이 의무라고 생각하셨겠죠?"

"바로 맞히셨습니다, 로저스 씨."

"그래서 그가 의무를 이행하지 않자 결과에 대해 협박을 하셨습니까?"

"저는 협박이라는 단어를 좋아하지 않습니다. 우리 사이에 심한 말이 오가기는 했습니다. 그 사실은 인정합니다. 하지만 협박이라뇨? 제가 도대체 뭘 할 수 있단 말씀이십니까? 최악의 경우에 제가 직접 주인님에게 말씀을 드릴 수도 있었겠죠. 하지만 주인님의 병환을 뻔히 알면서 충격을 드려서 그분을 돌아가시게 하지는 않을 겁니다."

"워벡 경을 몹시 좋아하셨군요, 그렇죠?"

노집사가 말없이 고개를 끄덕였다.

"하지만 그분의 아드님에 대해서는 그다지 호감이 없으셨고요?"

"그분은 신사답게 행동하지 않으셨습니다, 로저스 씨. 그게 사실입니다."

"주인어른에게 충격을 주느니 차라리 그 아들을 죽이는 편이 더 마음이 편했던 것은 아닙니까?"

"로버트 도련님의 죽음으로 주인님이 어떻게 되셨는지 보시고도 그런 말씀을 하십니까! 그분이 편히 쉬시길!"

브리그스가 발끈했다.

형사는 아무런 대꾸도 하지 않았다. 그는 창가로 걸어가 밖을 보았다. 빗줄기가 거세게 창유리를 때렸다. 그가 밖을 지켜보는 동안에도 거대한 눈덩이가 지붕에서 미끄러져 내려와 우지끈 소리를 내며 땅으로 떨어졌다.

"조만간 마크셔 경찰에 입장을 설명할 기회가 있을 것입니다. 좋습니다, 브리그스 씨. 진술서에 서명을 하고 가십시오. 따님에게도 진술서를 받아 두는 편이 좋겠습니다. 전담반에 넘기기 전에 완전한 서류를 꾸며 두어야 하니까요."

그는 몹시 피곤하고 우울해 보였다.

"알겠습니다. 그럼 지금 바로 워벡 부인을 보내 드리겠습니다."

"누구요? 아, 그렇죠. 잊고 있었습니다. 가시기 전에 한 가지 여쭤 보겠습니다. 비가 그치면 누가 되었든 이곳까지 들어오는 데 얼마나 걸릴 것 같습니까?"

"그건 디더에 달려 있습니다."

"뭐요?"

"디더요. 마을에 가려면 그 개천을 건너야 합니다. 선대 주인님 시절에도 눈이 이렇게 많이 온 적이 있었는데 그때는 눈이 녹으면서 개천이 불어 사흘 동안 고립되어 있었습니다. 하지만 요즘은 자연 보호 위원회나 배수 계획 같은 것들이 잘되어 있으니까 예전보다 더 일찍 물이 빠질 겁니다. 사실 주인님은 늘 불평을 하시죠. 아니, 하셨다고 해야겠군요. 그런 것들 때문에 낚시터가 다 망가졌다고요. 아마 내일이면 바깥세상과 연락을 할 수 있을 겁니다."

"내일요!"

경사가 깜짝 놀라며 되물었다. 그는 다시 창가로 돌아섰다. 때문에 브리그스는 경사의 표정을 제대로 볼 수 없었다. 하지만 뒤돌아선 그의 뒷모습에 감정이 그대로 배어 나왔다. 건장했던 모습은 눈에 띄게 기운이 없고, 힘이 빳빳하게 들어가 자신만만해 보였던 어깨도 축 쳐져 있었다. 불빛에 비친 그의 실루엣은 실패를 인정할 수밖에 없게 된 사건을 경쟁자에게 넘겨줘야 할 내일이 오기를 기다리고 있는 패배하고 풀이 죽은 남자의 그것이었다.

그 무렵 워벡 홀의 나머지 사람들은 쏟아지는 빗줄기를 보며 기쁨에 찬 안도감에 휩싸여 있었다. 그들은 식당 창가에 모여 서서 바깥의 순백의 세상이 서서히 변해 가는 모습을 지켜보았다. 포근한 이불처럼 풀밭과 화단을 덮었던 눈에는 이미 작고 검은 구멍들이 점점이 나 있었다. 흐릿한 눈 무더기들이 장미 덤불처럼 곳곳에 나타났다. 땅이 움푹 팬 곳이라면 어디든 얕은 웅덩이가 생겼고 그것은 점점 넓고 깊어졌다. 지붕의 홈통을 타고 폭포처럼 철썩철썩 쏟아지는 물소리가 들렸다.

"배관이 여전히 눈으로 막혀 있군. 이 정도면 다락은 온통 물바다가 되었겠어."

줄리어스는 이렇게 말하면서도 그곳에서 꿈쩍도 하지 않았다.

"문서고는 물이 새지 않으리라 믿습니다. 그곳에 보관중인 원고에 무슨 일이라도 생긴다면 학문에 크나큰 불행일 겁니다."

보트윅크 박사가 말했다. 하지만 이런 생각조차도 그의 시선을 창가에서 돌리게 만들 수 없었다.

"정말 근사한 광경 아니에요? 지금까지 일어난 일들을 생각하면 이렇게 말해서는 안 되겠지만 지금 이 순간은 행복할 지경이에요."

카스테어스 부인이 속삭이듯 말했다.

"무척 역설적이군요. 눈에 보이는 온 세상이 물에 녹아 없어질 것 같은 지금 이 순간 노아의 방주에 탄 사람과 동물 들이 홍수가 서서히 가라앉을 때에 느꼈던 것과 똑같은 기분에 사로잡히다니 말입니다."

보트윙크 박사가 대꾸를 했다. 그는 한숨을 쉬며 이렇게 덧붙였다.

"불행하게도 우리는 그들처럼 다른 생명체가 멸종해 버린 세상에 발을 내디딜 수 없겠군요. 그 대신 호기심이 충만한 사람들로 가득 찬 세상으로 돌아가게 되겠죠. 그 사람들은 우리가 대답할 수 없는 순간에 대해 쉴 새 없이 질문을 퍼부을 테고요."

줄리어스의 표정으로 보건대, 박사의 말보다 더 불쾌한 말은 없는 것 같았다. 그 말에 담긴 우울한 현실은 말보다 더 답답하고 거북한 효과를 주었다. 그들은 밀려오는 파도 앞에 모래성처럼 눈이 무너지고 있는 매혹적인 광경에서 한동안 시선을 떼지 못했다. 이윽고 커밀라가 입이 찢어져라 하품을 했다.

"아! 전 피곤하네요. 제 방에 올라가서 누워야겠어요. 이제야 잠을 잘 수 있을 것 같아요."

그녀가 자리를 뜨고 남겨진 세 사람은 얼마 후 하늘이 점점 더 환해진다는 사실을 깨달았다. 구름이 점점 엷어지면서 빗줄기는 어느새 보슬비로 바뀌고 마침내 생기를 잃은 창백한 햇빛 한 줄기가 나타났다.

"나는 나가겠어요."

줄리어스가 느닷없이 선언하듯 말했다.

"나간다고요! 그건 말도 안 돼요!"

카스테어스 부인이 소리쳤다.

"말도 안 되다뇨! 이렇게 영원히 집 안에만 있을 수 없어요. 신선한 공기를 쐬고 싶소."

"정원에 닿기도 전에 무릎까지 물이 찰 거예요."

카스테어스 부인이 반대하고 나섰다.

"긴 장화를 빌릴 겁니다. 브리그스라면 그런 장화가 어디에 있는지 알겠죠. 물론 진입로로만 다닐 겁니다. 가능하면 마을까지 가봐야죠. 어쩌면 다리를 건널 수 있을지도 몰라요. 그렇게만 하면 도움을 요청할 수 있소. 시도는 해 볼 만하지 않아요? 최악의 경우라도 운동은 되겠죠."

"그럼 조심하세요. 그런 일들이 있었는데 이제 와서 또…… 재앙을 맞을 수는 없어요. 그리고 장관님의 목숨은 이 국가에 몹시 소중하니까요."

카스테어스 부인이 떨리는 목소리로 걱정스럽게 당부했다.

"내 몸 하나는 건사할 수 있어요. 아, 브리그스, 자네 왔군!"

줄리어스가 자신만만한 태도로 장담을 했다.

"네. 식사를 치우러 왔습니다. 지체되어 죄송합니다. 하지만……."

"그건 괜찮네. 나는 지금 나갈 걸세. 워벡 경이 신던 장화를 찾아봐 주면 좋겠네. 허벅지까지 오는 긴 걸로……."

두 사람은 함께 방을 나섰다.

"새 워벡 경은 갑자기 힘이 넘치고 기분이 좋아지신 것 같군요. 분명 반작용 같은 것일 겁니다. 아, 부인께서는 계속 장관님이라고 부르시는 것 같더군요. 맞습니까?"

보트윙크 박사가 방을 나서며 말했다.

"맞아요. 아직 장례식이 열리지 않았으니까요."

"대답해 주셔서 고맙습니다. 이런 문제에는 외국인은 쉽게 이해하지 못하는 뉘앙스가 있군요."

"당신 같은 외국인이 이 나라에서 이미 시대에 뒤떨어지게 된 것들에 관심을 쏟는 걸 보니 안타까운 마음을 금할 수 없군요."

카스테어스 부인이 매몰차게 말했다.

"전에도 한 번 이야기를 했던 것 같은데, 우리는 선진적이고 민주적인 국가에서 살고 있어요. 당신네들이 민주주의라고 부르는 그무엇보다 훨씬 더 선진적이죠. 작위니 귀족이니 하는 것들은 이제 과거의 흥미로운 유물일 뿐, 그 이상은 아니에요. 그러니 시민을 어떻게 불러야 적절한지 같은 사소한 문제로 고민하지 말고 이를테면 영국의 사회 복지 제도처럼 어디에도 뒤지지 않는 제도를 연구하는 편이 훨씬 더 도움이 될 거예요."

"잘못을 인정합니다. 물론 영국이 여러 면에서 평등주의의 실현에 많이 근접해 있다는 것을 잘 알고 있습니다. 마침 적절하다고도 할 수 있는 이 시기에 우리 같은 미천한 사람들에게 적용했던 법적 절차로 살인 재판을 받는 특권이 폐지된 귀족의 모습을 얼마 전에 보면서 흥미를 느꼈습니다. 그럼에도 불구하고 저 같은 외부인에게 어떤 면에서는 영국이 죽어 버린 과거의 손아귀에서 여전히 빠져나오지 못한 것처럼 보이기도 합니다. 이런 짐작을 가장 흥미진진하게 확인시켜 주는 예를 바로 오늘 아침에 찾아냈지 뭡니까. 어쩌면 듣고 싶으실지도 모르겠군요."

보트윅크 박사는 문득 자신이 빈방에 홀로 남겨진 채 주절거렸다는 사실을 깨달았다. 그는 한숨을 푹 쉬고 돌아섰다. 잠시 후 그는 또다시 문서고로 향한 가파른 계단을 오르고 있었다. 보물을 품은 채 그를 기다리고 있는 변함없는 과거를 향해서 말이다.

그 무렵 줄리어스는 사촌의 낡은 낚시 모자를 쓰고 몇 치수 큰 우비를 걸치고 장화 위에 튼튼한 생가죽 신까지 신은 채 물을 첨벙거리며 진입로를 향해 걸어갔다. 진창으로 변한 눈과 무릎까지 푹 빠지는 부드러운 눈이 덮인 곳이 번갈아 나타났다. 지면의 배수로는 막혔고 도랑은 물이 넘쳐 움푹한 곳마다 누렇고 커다란 웅덩이로 변해 있었다. 하지만 그가 향한 농장 쪽은 대부분 내리막길이었다. 그래서 그는 대부분 얕고 물살이 센 강둑을 따라 하류를 향해 걸어갔다. 그의 오른편에서는 가파르게 솟은 땅에서 흘러내리는 눈이 진입로의 자갈길에 이미 깊은 도랑이 된 여러 줄기의 물길로 흘러 들어갔다. 그의 왼편에서는 흘러넘친 물이 아래로 향해 들판을 돌아 진창으로 흘러 들어갔다. 눈은 놀라운 속도로 사라지고 있었다. 줄리어스는 오른편 언덕에서 눈이 녹아 맨땅이 드러난 곳을 한두 군데 보았을 정도였다. 그는 땅이 녹색이 아니라 갈색인 것을 보고 의아하게 생각했다. 그런데 가까이 다가가 살펴보니 그건 맨땅이 아니라 굶주린 토끼 떼였다. 토끼들은 그곳에 모여서 드러난 풀을 뜯어 먹는 중이었다.

거추장스러운 우비와 장화 때문에 걷기가 쉽지 않았다. 하지만 줄리어스는 꾸준히 걸음을 옮겨 마침내 왼편으로 농장이 시야에 들어오는 곳에 다다랐다. 그는 인가로 다가가지는 않았고 마을을 향해 곧장 방향을 잡았다. 남자 한 명이 농가의 마당으로 나와 지나가는 줄리어스에게 큰 소리로 뭐라고 외쳤다. 줄리어스는 그에게 손을 흔들어 준 후 계속 걸음을 재촉했다. 익숙하지 않은 운동에 땀이 줄줄 흘렀다. 얼굴은 지금까지의 고군분투로 벌겋게 달아올랐다. 그가 신선한 공기를 쐬기 위해 밖으로 나왔다면 목적은 벌써 달성했다. 하지만 그는 마치 목숨이 걸린 일이라도 되듯 쉬지 않고 앞으로 발을 내디뎠다.

농가 마당의 담을 빙 돌자 얕은 비탈이 나왔다. 그가 알기로 그 비탈을 넘어가면 길은 다시 강가로 내려가 마을 너머로 이어졌다. 그는 문득 좀 전에 농장에서 마주친 남자가 무슨 말을 전하려고 했는지 알 것 같았다. 지난 이틀 동안 바람에 날려 온 눈이 비탈에 두껍게 쌓여 있었다. 그리고 눈이 녹기 시작하자 그곳에서 농장 일꾼들은 외부로 통하는 길을 내려고 애를 썼다. 그는 자신의 키보다 더 높이 쌓인 눈을 뚫어 만든 좁은 통로를 오르기 시작했다. 바닥은 질척거렸지만 올라간 기온의 영향을 거의 받지 않았는지 여전히 단단하게 얼어 있었다. 바닥이 미끄러웠는데, 그곳에서 작업을 한 사람들이 오가며 눈을 밟은 탓에 얼음처럼 단단해졌기 때문이었다. 곧 그는 통로의 끝에 도착했다. 그리고 일꾼들이 작업을 내팽개친 지점까지 도달했다. 그곳에서부터 고난의 길이 시작되었다. 그는 눈 벽과 맞서 싸워야 했다. 높이는 기껏해야 일 미터가 약간 넘는 정도로 그리 높지 않았지만 방금 걸어온 길처럼 사람이 쌓은 눈더미와는 확연하게 다른, 서서히 녹아 가는 눈 벽이 버티고 있었다. 이 벽은 타고 넘기도 불가능했지만 뚫고 지나가기도 불가능에 가까웠다.

재무 장관은 놀라울 정도로 단호하게 장애물을 공격했다. 첫 걸음을 내딛자 장화가 거의 끝까지 푹 빠졌다. 두 번째 걸음에는 생가죽신이 하마터면 벗겨질 뻔했다. 하지만 그는 포기하지 않았다. 팔을 앞뒤로 흔들어 균형을 유지하며 줄줄 흐르는 땀에 온몸과 옷이 푹 젖은 채 부드럽고 끈적거리는 눈 속을 헤치며 나아갔다. 마치 풀을 헤치며 걷는 것 같았다. 한동안은 도저히 앞으로 나갈 수 없을 것 같았다. 그러다가 필사적으로 앞으로 몸부림을 친 순간 단단한 눈이 발에 닿았다. 깊이가 표면에서 삼십 센티미터 정도 되었는데 그의 체중을 버틸 정도로 단단했다. 그때부터는 훨씬 수월했다. 영원히 계속될 것 같은 강행군이 끝나고 마침내 눈이 쌓인 곳을 빠져나왔다. 진입로의 경계를 이루는 익숙한 철책이 양쪽에 다시 나타났다. 그는 비틀거리며 비탈의 마지막 몇 미터를 더 올라가 마침내 정상에 서서 승리에 도취된 채 숨을 헐떡거렸다.

줄리어스는 땀이 줄줄 흐르는 얼굴을 역시 땀에 푹 젖은 손수건으로 닦았다. 눈앞에서 작은 점들이 너울거리는 것 같았다. 하지만 잠시 후 자신의 앞에 확 트인 풍경에 초점을 제대로 맞출 수 있었다. 앞으로 팔백 미터도 되지 않는 곳에 워벡 마을이 있었다. 나무로 둘러싸인 작은 언덕에는 전날 밤 종을 울린 교회의 노르만 양식의 타워가 우뚝 솟아 있었다. 서쪽으로 뉘엿뉘엿 넘어가는 해가 마침 황금색 풍향계를 환하게 비추었는데 비로 깨끗하게 씻긴 공기 속에서 어찌나 선명하게 잘 보이는지 손을 뻗으면 만질 수 있을 것만 같았다. 하지만 그와 마을 사이에는 탁한 물줄기가 흐르고 있었다. 시커먼 수면에는 강둑에서 쓸려 나온 눈덩이가 하얀 점처럼 둥둥 떠서 불어난 물을 타고 흘러가고 있었다. 잘라 낸 수양버들 두 가닥이 물줄기를 표시해 주었지만 양쪽으로 넓게는 백 미터까지 물이 넘쳐 진창 호수가 되어 있었다. 바로 코앞에 마을로 들어가는 둥근 다리가 보였다. 아치의 윗부분은 물이 없었지만 진입로의 끝부분은 지대가 낮은 들판을 가로지르다 보니 불어난 물에 형체도 찾을 수 없었다.

그는 상황을 자세히 살폈다. 눈앞에 보이는 물의 깊이는 양쪽 울타리에서 꽤 정확하게 가늠할 수 있었다. 그가 보기에는 가장 깊은 곳이라고 해도 오십 센티미터를 넘지 않을 것 같았다. 엄청나게 불어난 물은 하천의 수원에서 온 것이 분명했다. 수원에서는 하류의 계곡보다 몇 시간 일찍 눈이 녹기 시작했을 것이다. 오후에 내린 비로 강의 수위에 변동이 생기려면 아직 시간이 남아 있었다. 눈이 녹은 물이 천 개는 될 배수로와 도랑을 지나 계곡으로 유입되고 있었다. 다시 말해 디더는 여전히 수위가 상승하는 중이었다. 지금 건너지 않으면 하염없이 기다리게 될지도 몰랐다. 그는 심호흡을 한 후 언덕을 성큼성큼 내려갔다. 발을 내디딜 때마다 장화 속에서 물이 잘박거렸다. 역시 예상한 대로였다. 다리까지 몇 미터를 남겨 놓고 물은 무릎까지 올라왔다. 물살은 그의 짐작보다 훨씬 거셌다. 잡동사니가 다리의 아치 부분을 일부 틀어막고 있었다. 그래서 거센 물살을 정통으로 받은 강물이 근처 강둑까지 범람해 있었다. 줄리어스가 앞으로 걸어갈수록 점점 똑바로 걷기가 힘들어졌다. 그는 지팡이를 가지고 오지 않았다. 목적지에 점점 가까워지자 물이 발을 잡아당기며 디디고 선 곳에서 그를 거꾸러뜨리려는 것 같았다.

다행히도 그가 딛고 선 곳은 단단했고 신발도 잘 신고 있었다. 덕분에 상류 쪽으로 몸을 구부려서 균형을 잘 잡을 수 있었다.

그런데 느닷없이 왼쪽 발이 깊은 구덩이에 푹 빠져 버렸다. 차가운 물이 장화 위로 쏟아져 들어오자 갑자기 쇼크가 올 것 같았다. 진입로의 토대가 불어난 물에 훼손되었을 것이라는 생각이 퍼뜩 들었다. 각고의 노력 끝에 오른쪽 발을 앞으로 내딛자 단단한 땅이 나왔다. 그는 간신히 구덩이에 빠진 발을 끌어 올려 오른발 옆까지 끌어왔다. 이때만큼 지팡이를 가지고 오지 않아 후회가 된 적은 없었다. 진흙탕인 강바닥의 상태를 가늠하기란 불가능했다. 그렇다고 되돌아가자니 그 길은 앞으로 가는 길만큼 위험했다. 그 앞에 다리가 그를 부르듯 솟아 있었다. 몇 걸음만 더 가면 되었다. 그는 아주 조심스럽게 한 번에 몇 센티미터씩 물살을 헤치고 나아가기 시작했다.

일 미터 남짓 갔을까. 그가 서 있던 자갈길이 밑으로 쑥 꺼지고 말았다. 줄리어스는 뒤로 벌러덩 나자빠졌다. 그의 머리는 빠지지 않았지만 나머지 부분은 완전히 물에 빠졌다. 동시에 발은 땅에서 떨어져 물 위에 둥둥 떴다. 장화 속에 갇혀 있던 공기 덕분에 다리만 뜨게 된 것이다. 무슨 짓을 해도 발을 물속으로 다시 넣을 수 없었다. 성난 포효와 같은 물소리가 귓전을 때리는 동안 그는 무기력하게 다리에 달려 있는 공기 주머니 두 개가 소용돌이에 말려 빙그르르 돌더니 하류로 떠내려가는 모습을 지켜보아야 했다. 장화는 물을 잔뜩 머금고 점점 가라앉는 짐을 뒤에 달고 있었는데, 바로 죽음을 목전에 둔 하원 의원 줄리어스 워벡이었다. 순간 무시무시한 공포를 느꼈다.

바로 그때 오른쪽 겨드랑이 아래로 예리한 통증을 느꼈다. 시야가 흐릿해지고 그는 이것이 지금까지 기록된 적이 없는 익사의 감각인가 싶었다. 그런데 어느새 통증이 뭔가가 잡아당기는 느낌으로 바뀌었다. 정신을 차려 보니 그는 더 이상 물살에 휩쓸려 떠내려가지 않고 빠른 속도로 가로지르고 있었다. 고개를 비틀어 주위를 살피니 방향이 바뀐 이유는 튼튼한 지팡이였다. 그 지팡이의 구부러진 손잡이가 그의 팔뚝에 단단히 걸려 있었다. 지팡이의 반대편 끝은 로저스 경사의 손에 쥐어져 있었다. 경사는 얕은 여울에 편안한 자세로 서서 장관을 강변으로 끌어당기는 중이었는데, 사람들이 연어를 끌어 올릴 때 짓는 표정조차도 짓지 않았다.

물에 흠뻑 젖고, 비참하고, 말문이 막힌 재무 장관은 기꺼이 경사의 부축을 받으며 일어섰다. 그는 여전히 말이 안 나오는 상태로 안내를 받으며 마른땅으로 올라가 부들부들 떨며 서 있었다. 그동안 로저스는 장화와 생가죽 신을 벗겨 물을 탈탈 털었다. 역겹고 축축한 것들을 다시 걸쳐야만 한다니 전보다 더 끔찍한 순간이었다. 장관이 바로 그때 말을 되찾았다.

"로저스, 정말 고맙네."

줄리어스가 양말만 신은 한쪽 발로 풀쩍풀쩍 뛰며 말했다.

"무슨 말씀을요, 장관님. 게다가 이게 제 일인걸요."

경사는 태연하게 대꾸했다. 그는 육중한 팔로 줄리어스를 부축하며 덧붙였다.

"사실 제 임무를 제대로 했다면 장관님께서 이곳에 계실 리도 없었을 텐데요. 제가 해 드리겠습니다."

그는 몸을 구부려 생가죽 신의 끈을 묶었다.

"개인적으로 나는 자네가 저곳에서 나를 끌어내다니 대단한 일을 했다고 생각하네."

줄리어스는 로저스의 구부린 등을 향해 말했다.

경사는 웅크렸다 일어나는 바람에 얼굴이 벌게졌다. 그러더니 진지하게 말했다.

"제 일은 장관님을 잘 모시는 것입니다. 그래서 여기에 와 있는 겁니다. 만약 제가 다른 임무를 수행하게 되지 않았다면, 다시 말해서 마크셔 경찰이 맡아야 할 일을 하려고 들지 않았다면 절대 장관님이 이런 곤란을 겪으시지 않았을 겁니다. 자, 준비가 되셨으면 최대한 서둘러 돌아가시죠. 제 팔을 붙잡으세요. 그러면 빨리 움직일 수 있을 겁니다. 축축한 옷들을 빨리 벗어 버릴수록 더 좋습니다."

흠뻑 젖은 두 사람은 팔짱을 끼고 비틀거리며 출발했다. 로저스 경사는 저택으로 돌아가는 힘든 여정을 시작하기 전에 한 가지 부탁을 장관에게 했다.

"장관님, 이 일에 대해서 특수부에 보고하지 않아 주시면 감사하겠습니다. 이런 날 장관님을 혼자 나가시도록 내버려 둔 것 때문에 제가 임무 수행에 부족하다는 인상을 주고 싶지 않습니다."

"자네를 위한 일이라면 뭐든 하겠네. 젠장, 나는 강보에 싸인 아기가 아니야. 나는 원하면 혼자서 산책을 나올 수 있어. 여기서 물에 빠져 죽었다면 그건 내가 잘못했기 때문일세."

"장관님의 잘못이 바로 제 책임입니다. 그 사실을 잊고 계시는 군요. 물에 빠지지 않으셨다고 가정해 보죠. 제 관점에서는 그쪽이 더 좋다고도 할 수 없을 것 같습니다. 장관님께서 내일 저도 없이 다우닝 스트리트에 나타나면 어떨까요? 저는 몹시 난처한 해명을 해야 할 겁니다."

"과연 그렇겠군. 미안하네, 로저스. 내 생각만 했군."

줄리어스가 선선히 대답했다.

"궁금해서 드리는 질문입니다만, 장관님은 다우닝 스트리트로 가시던 중이셨습니까?"

춥고 기진맥진했지만 줄리어스는 미소를 지었다.

"물론이지. 다우닝 스트리트였지. 나는 정의로부터 도망치는 도망자가 아닐세, 로저스."

그는 경사에게 순순히 인정했다.

"아."

형사가 대답했다. 그 짧은 대답만으로는 장관의 말을 믿는지 아닌지 알 수 없었다.

"배우는 차원의 관심이라고 할 수도 있겠지만 어쨌든 저는 알고 싶었습니다."

015

보트윙크 박사의 착각

두 남자가 다시 쏟아지는 비를 맞으며 워벡 홀에 도착했을 무렵 주위는 이미 사위어 있었다. 누가 보고 탈옥한 죄수와 죄수를 다시 잡아 오는 간수로 생각했다고 해도 이해해 줘야 했을 것이다. 줄리어스는 간신히 두 발을 질질 끌며 걷고 있었다. 로저스가 부축해 주지 않았다면 워벡 홀로 오지도 못했을 것이다. 로저스는 장관의 곁에서 팔을 단단히 쥔 채 무표정하고 음침하며 결의에 찬 표정으로 걷고 있었다. 다행스럽게도 그곳에는 망신살이 뻗은 장관을 볼 사람이 아무도 없었다. 두 사람은 아무도 모르게 옆문으로 들어왔다.

경사는 여전히 입을 꾹 다문 채 자신의 경호 대상을 외투 보관실로 데려갔다. 그곳에서 장관의 우비와 장화를 벗겨 주었다. 줄리어스는 아무런 저항도 하지 않았다. 어차피 그의 손가락은 아무런 감각이 없어서 물에 흠뻑 젖은 끈과 버클을 혼자서 풀 수조차 없었다. 그런 후에 장관은 부축을 받으며 위층 자신의 침실로 올라가 경사의 도움으로 옷을 벗고 경사가 놀라운 속도로 준비해 온 뜨거운 브랜디와 물을 고분고분 마셨다. 그리고 경사가 준비해 놓은 뜨거운 물에 들어갔다. 그즈음 줄리어스는 로저스가 스스럼없이 욕실까지 들어와 씻겨 주었다는 사실을 긍정적으로 생각하고 고마움을 느끼는 복종의 상태에 다다랐다.

욕실에서 나와 보니 로저스도 어느새 옷을 갈아입고 방에서 그를 기다리고 있었다. 뜨거운 목욕과 브랜디가 놀라운 효과를 발휘한 것 같았다. 줄리어스는 몸도 마음도 엉망진창이었던 상태에서 완전히 회복되어 그날 오후에 흠뻑 젖은 사람이 자신만이 아니라는 사실을 떠올릴 수 있었다.

"자네가 이 일로 앓아눕지 않으면 좋겠군."

그는 평소답지 않게 배려심이 가득한 말투로 인사를 건넸다.

"고맙습니다. 저는 괜찮습니다."

형사는 자신에게 인간적인 약점을 가져다 붙이는 것이 성가시다는 듯이 짧게 대답했다.

"이제 좀 주무시는 것이 어떻겠습니까?"

"아니야, 아닐세. 나는 이제 아무렇지도 않아. 걱정해 줘서 고맙네, 로저스. 살짝 피곤한 정도야. 오늘은 일찍 잠자리에 들어야 할 것 같군. 하지만 지금은 잠보다 먹을 게 더 필요해."

"알겠습니다, 장관님. 그렇다면 옷을 입으시는 대로 내려가서 저와 함께 차를 드시도록 하지요."

줄리어스는 '저와 함께'라는 말을 놓치지 않았다. 그는 그 말이 뜻하는 바를 정확하게 간파했다. 이제부터 로저스 경사는 그의 곁을 잠시도 떠나지 않고 지킬 것이 분명했다. 그가 워벡 홀에 있는 한 차갑고 못마땅한 시선을 결코 벗어날 수 없을 것이다. 줄리어스는 한숨을 푹 쉬며 별수 없다고 체념한 뒤 서둘러 옷을 입었다.

"어머, 장관님. 오셨군요. 많이 젖으셨나요?"

줄리어스와 그의 간수가 서재로 들어가자 카스테어스 부인이 알은체를 했다.

줄리어스는 서재에 이제야 차가 나온 것을 보고 깜짝 놀랐다. 그가 평생 동안 느낄 수 있는 온갖 기분과 느낌을 한꺼번에 경험하게 해 주었던 무모한 도전은 모두 합해 봐야 한 시간이 조금 더 걸렸을 뿐이었다. 집을 비운 시간이 그리 길지 않은 덕택에 입방아에 오르내리지 않아도 된다는 사실에 줄리어스는 마음이 놓였다. 카스테어스 부인은 스물네 시간 전에 커밀라가 했던 것처럼 찻주전자 옆에 앉아 사람들에게 차를 따를 준비를 하고 있었고 보트윙크 박사는 차분하게 잠자코 앉아 있었다. 두 사람은 줄리어스가 빗속을 산책하고 온 정도가 아니라는 사실을 꿈에도 몰랐다. 그렇게 무서운 시련을 겪고 살아 돌아왔는데 대수롭지 않은 일을 했다는 반응에 만족해야 한다는 사실에 줄리어스는 조금 짜증이 치밀었다. 매일 물에 빠져 죽을 경험을 하는 것은 아니지 않는가. 하지만 아무리 그 일에 대해 떠벌리고 싶어도 입을 꾹 다물고 있을 수밖에.

"네. 정말 푹 젖었습니다. 로저스 경사도 마찬가지였죠. 경사도 저와 한동안 같이 있었거든요. 그래서 말인데, 여러분이 괜찮으시다면 로저스와 함께 차를 들어도 되겠습니까? 이 사람은 어떤 상황에서든 나와……."

"물론이죠, 물론이에요. 로저스 씨가 있으면 즐거울 것 같군요, 안 그런가요, 보트윙크 박사님? (이번에는 이름을 정확하게 말했죠?) 브리그스, 로저스 경사님을 위해 잔과 컵 받침을 하나 더 가져오겠나?"

카스테어스 부인은 무척 기분이 좋은 것 같았다.

"알겠습니다, 부인."

브리그스의 목소리에는 감정이 없었다. 노집사의 몸동작이나 표정으로 봐서는 그 지시가 평소와 다르다는 사실을 전혀 읽을 수 없었다. 훌륭하게 교육을 받은 집사는 어떤 경우에도 자신의 감정을 드러내지 말라고 배운다. 그럼에도 불구하고 모종의 초자연적인 방법으로 노집사는 그곳에 모인 사람들에게 그 제안에 자신이 얼마나 분노하고 있는지 고스란히 전했다. 도대체 어떤 방법을 썼는지는 말할 수 없다. 그토록 섬세한 의사소통의 수단은 텔레파시 능력자와 노련한 집사 들의 비밀일 테니 말이다.

자신에게 향한 반감의 파장을 교묘하게 털어내기라도 하듯 카스테어스 부인이 분위기를 띄우려고 나섰다.

"저는 너무나 잘 이해하고 있어요. 이렇게 말할 수 있을지 모르겠지만, 전적으로 동감하는 바예요. 장관님은 지금부터 매우 중요한 분이시잖아요, 안 그런가요?"

그녀가 자신만만한 태도로 말했다.

일 분도 안 되는 짧은 시간 동안 줄리어스는 이 세상의 모든 대화 주제 중에서 가장 떠벌리고 싶은 이야기에 대해 함구해야만 하는 잔인한 상황에 자신이 처했음을 절절히 깨달았다. 줄리어스가 기회를 덥석 물지 않은 것은 자리에 브리그스가 있었기 때문일 수도 있고 단순히 카스테어스 부인이 그에게 말할 기회를 주지 않았기 때문일 수도 있다. 자신의 말이 끝나기 무섭게 그녀는 이미 깊이 상처가 난 노인의 마음을 다시 한번 후벼 팠다.

"그리고 레이디 커밀라에게 가져다줄 차를 가져오게. 커밀라는 아래층으로 내려오고 싶어 하지 않을 것 같아. 그러니 내가 차를 마시기 전에 직접 가져다줘야지."

보트윙크 박사와 줄리어스, 로저스까지 동시에 커밀라의 차를 가져가는 수고는 말라며 그녀를 만류했다. 브리그스는 워벡 홀에서 손님에게 음식을 내가는 일은 오직 집사의 소관이라는 무언의 메시지를 확실하게 전했다. 하지만 카스테어스 부인은 사람들의 의사를 깡그리 무시했다. 그녀는 두서없는 잡담을 쉴 새 없이 늘어놓으며

남자들에게 차를 따랐다. 브리그스가 어느새 새로 내린 찻주전자를
쟁반에 얹어 가져올 때까지 말이다.

"신사분들은 제가 돌아올 때까지 알아서 드세요. 어차피 저도
일이 분 후면 돌아올 테지만요."

그녀가 장난스럽게 말했다.

확실히 그녀는 기분이 좋았다. 브리그스가 못마땅한 기색을 고
스란히 드러내며 그녀를 위해 열어 주고 있는 문까지 걸으며 나지
막하게 노래를 흥얼거렸다. 게다가 발걸음은 춤을 추고 있다고밖에
할 수 없을 정도로 경쾌했다. 이 불행한 집 안에서 눈이 녹기 시작
한 후로 희망과 기운을 되찾은 한 명이 있다면 분명히 카스테어스
부인이었다.

남겨진 세 남자는 갑작스러운 행복한 정적에 휩싸인 방에서 자
리에 앉았다. 줄리어스는 몹시 허기가 졌다. 그는 버터 바른 스콘
두 개와 버터 바른 빵 반 접시를 먹어 치우더니 크리스마스 케이크
를 파먹었다. 로저스까지 식욕이 왕성했던 점을 생각하면 보트윙크
박사가 입맛이 없었던 것이 어쩌면 다행이었다.

몇 마디 이야기를 나눌 겨를도 없이 식사가 끝이 났다. 줄리어
스는 허겁지겁 음식을 먹어 대느라 뭔가 말해야겠다는 생각이 들지
도 않았다. 나머지 두 남자도 원래 한담을 나누는 데 재주가 없었
다. 차 한 주전자를 다 마시고 담배까지 피운 후에야 비로소 대화라
부를 만한 행위가 시작되었다. 그래 봐야 줄리어스의 툴툴대는 소

리와 로저스의 좀 더 점잖은 단답형의 말에 보트윙크가 날씨에 대해 종잡을 수 없는 말 몇 마디를 덧붙인 것에 불과했다.

이윽고 줄리어스는 안락의자에 편안히 등을 기대고 피곤에 지친 두 다리를 불 앞으로 죽 뻗은 채 젊었을 때 하루 종일 말을 탄 후에 느꼈던 기분과 흡사한 기분을 음미하고 있었다. (그가 이십 대에 정기적으로 사냥개를 앞세워 말을 타고 사냥을 다녔다는 사실은 그의 당의 최고위층이 가장 신경 써서 지키는 비밀 가운데 하나이다.) 아무래도 내일은 몸이 뻐근할 것 같았다. 로저스는 왜 욕조에 겨자 씨를 넣지 않았지? 겨자 씨를 넣으라고 따로 지시한 적은 없지만 그 정도는 알아서 해야 하지 않는가. 아니다, 그런 생각은 로저스에게 부당했다. 로저스는 경찰이지 시종이 아니지 않은가. 그는 경찰로서 자신의 임무를 매우 잘 수행했다. 장관은 스르르 잠에 빠져들었다가 몸을 움찔하며 잠에서 깼다. 이러면 안 돼! 그의 방에는 처리해야 할 일이 기다리고 있지 않은가. 지금 당장 일어나서 방으로 가야 했다. 하지만 그의 엉덩이는 의자에 붙어 버린 것처럼 떨어질 줄 몰랐다. 눈이 스르르 감겼다. 그러다가 먼 거리에서 점점 가까워지는 보트윙크 박사의 목소리가 귀에 들어오자 두 눈이 번쩍 뜨였다.

"카스테어스 부인이 오랫동안 안 오시네요."

줄리어스가 휑한 티 테이블을 둘러보았다.

"부인이 먹을 음식을 별로 안 남겼군요. 그녀가 돌아오면 브리그스가 새로 내린 차를 가져와야겠습니다."

그가 입이 찢어져라 하품을 하며 말했다.

로저스는 아무 말도 하지 않았다. 표정으로 보건대 그도 잠에 반쯤 취해 있는 것 같았다. 그날 새벽에 잠자리에 들었다는 사실을 감안해 볼 때 이해하지 못할 바는 아니었다. 하지만 보트윅 박사는 그를 보며 못마땅한 듯 인상을 찌푸렸다.

"제가 그분의 말씀을 이해하기로는 일이 분 이상 걸리지 않을 거라고 하셨는데. 자리를 비우고 적어도 이십오 분이 흘렀군요. 이상하지 않으십니까?"

줄리어스의 눈이 다시 감겼다.

"매우 평화로운 것 같군요."

그는 웅얼거렸다.

보트윅 박사는 초조하게 어깨를 으쓱했다. 그가 뭐라고 말을 하려고 할 때 마침 문이 열렸다. 하지만 들어온 사람은 카스테어스 부인이 아니라 잔을 치우러 온 브리그스였다.

"브리그스, 카스테어스 부인이 어디에 계신지 아나?"

역사학자가 물었다.

"모르겠습니다, 박사님. 레이디 커밀라의 방으로 올라가셨지 않습니까. 아직 안 내려오셨습니까?"

"아직 내려오지도, 차를 마시지도 않았네."

보트윅 박사가 초조한 어조로 말했다.

브리그스는 잠시 테이블을 물끄러미 응시했다.

"부인이 마실 차를 새로 내려야 할지도 모르겠군요. 빵과 버터도 더 가져오고요."

그가 말했다.

"알겠네. 장관님처럼 자네도 이 모든 상황이 새로 내린 차 한 주전자면 아무 문제도 없어질 것처럼 말하는군. 나는, 나는 그렇게 생각하지 않네. 어쩌면 이 집에서 차 몇 주전자로도 해결할 수 없는 일이 벌어졌을지도 몰라. 어쩌면 또 다른 사건일지도 모르지. 모르겠군. 내가 틀렸기만 바라네."

"정확히 무슨 말씀을 하고 싶으신 겁니까, 보트윅크 박사님?"

그렇게 질문한 사람은 로저스였다. 잠이 퍼뜩 달아난 것이 틀림없었다.

"나도 내가 무슨 말을 하고 싶은지 잘 모르겠네. 신경이 너무 날카로운 건지도 모르겠어. 그냥 이런 의문이 드네. 도대체 왜 카스테어스 부인이 레이디 커밀라에게 차를 주고 오는 데 삼십 분 가까이나 걸릴까? 아니면 거꾸로 레이디 커밀라가 부인에게 차를 받는 데 왜 삼십 분이나 걸릴까? 아무래도 이상해. 게다가 이런 집에서의 이상한 일은 죄다 걱정을 부르지."

"걸핏하면 걱정을 하시는군요, 박사님."

"그렇다네."

보트윅크 박사가 간단하게 대답했다. 그는 이쪽저쪽 발로 몸의 무게 중심을 옮기며 꼼지락대다가 브리그스를 다시 보며 물었다.

"카스테어스 부인이 레이디 커밀라의 방에 간 것은 확실한가?"

"그 방향으로 가셨습니다."

"그 후로 아무 말도 못 들었나? 부인에게서나 아니면……."

그는 잠시 말문을 닫았다가 강조하며 말했다.

"레이디 커밀라에게서?"

"그렇습니다, 박사님."

"레이디 커밀라는 점심을 드신 후에 방으로 올라간 건가? 그 후로 아가씨가 벨을 울렸다거나 어떤 식으로든 그곳에 자신이 있다고 알린 적이 있나?"

"제가 알기로는 없습니다, 박사님."

"그럼 내 부탁을 좀 들어주게. 지금 아가씨의 방에 가 보겠나? 노크를 해 보고 필요하다면 들어가 보게. 어차피 찻잔을 치워야 할 테지. 들어가서 별일 없는지 봐 주겠나?"

브리그스는 양손으로 쟁반을 든 채 놀란 표정으로 박사를 바라보았다.

"꼭 그렇게 해 달라고 하시면 하겠습니다, 박사님. 제 입장상 숙녀의 침실에 들어가는 건 바람직하지 않습니다만……."

"적어도 노크를 해서 대답을 들을 수는 있지 않겠나. 브리그스, 이렇게 간청하네."

보트윅크 박사가 다급하게 부탁했다.

"알겠습니다, 박사님."

집사는 내키지 않는 티를 역력히 내며 쟁반을 들고 방을 나갔다.

"자, 이게 다 무슨 일인지 말해 주시겠습니까?"

줄리어스가 자신의 의자에서 힘겹게 일어서며 말문을 열었다.

신경과민이라도 된 듯 방 안을 서성거리던 보트윙크 박사는 줄리어스 앞에 불쑥 멈춰 서서 양팔을 벌렸다.

"장관님께서는 제가 영국인의 방식과 관습을 제대로 이해하지 못한다고 몇 번이나 지적하셨지요. 하지만 이렇게도 말씀하셨습니다. 이 집에서 벌어지는 상황은 결코 영국적이지 않다고요. 그러므로 이 집 안의 어느 누구보다도 제가 현재 상황을 말할 자격이 있다고 생각합니다. 그 상황 때문에 로저스 씨가 말씀하신 것처럼 쉽게 걱정이 되는 겁니다. 제 눈에 보이는 지금의 상황은 이렇습니다. 이 곳에서 이미 한 번 살인을 저지른 살인자가 우리 사이를 활보하고 있습니다. 그는 두 번째 살인을 저지른 것이나 다름이 없습니다. 저는 누가 살인자인지 확신하고 있습니다. 그러므로 경사님이 제 충고를 따라 주신다면 같은 결론에 도달할 겁니다. 이제⋯⋯."

브리그스의 재등장으로 그의 말은 느닷없이 중단되었다.

"어떻게 되었나? 레이디 커밀라의 방에 다녀왔나?"

그가 물었다.

집사가 침착하게 대답했다.

"아닙니다, 박사님. 그럴 필요도 없었습니다. 걱정하지 않으셔도 됩니다. 카스테어스 부인이 레이디 커밀라의 방에 가 보니 아가씨는 주무시고 계셨답니다. 그래서 부인은 이곳으로 돌아오지 않고 당신의 방으로 가 차를 혼자 마셨습니다. 그게 다입니다."

"이제 그만하시오!"

줄리어스가 코웃음을 쳤다.

"카스테어스 부인이 그렇게 말씀하셨나?"

보트윙크 박사가 숨 돌릴 틈도 없이 물었다.

"아닙니다. 카스테어스 부인이 아가씨 방에서 나오셨을 때 마침 제 딸이 층계참에 있었습니다. 그래서 제 딸에게 그렇게 전하셨습니다. 레이디 커밀라를 방해하지 말라는 말씀도 덧붙이셨습니다. 계속 말씀드릴까요, 박사님?"

"그렇군! 제가 지금 당장 레이디 커밀라를 만나야겠습니다. 제발 그분이 제 방해를 기분 나빠 하지 않으셔야 할 텐데."

보트윙크 박사가 줄리어스를 돌아보았다. 박사의 평소 차분한 모습은 흥분에 물들어 있었다.

그는 놀란 브리그스를 밀어제치며 방을 서둘러 나갔다.

"우리도 박사님을 따라가 봐야 할 것 같습니다, 장관님."

로저스가 줄리어스에게 서둘러 이른 후 뒤따라 나갔다. 그 뒤를 줄리어스가 따랐다. 모두 층계를 오르자 브리그스도 사람들의 뒤를 따랐다.

세 사람이 올라가 보니 보트윙크 박사는 커밀라의 방 밖 복도에 있었다. 그는 문에 귀를 바짝 들이대고 소리를 듣고 있었다. 아무

소리도 들리지 않자 세게 문을 두드렸다. 아무런 대답이 없었다. 그는 잠시 기다린 후 몸을 던져 문을 연 후 방 안으로 성큼성큼 들어갔다. 다른 사람들도 초조하게 우르르 그 뒤를 따랐다.

레이디 커밀라는 이불을 어깨까지 끌어 올린 채 침대에 누워 있었다. 그녀는 문을 등진 채 모로 누워 있었기 때문에 그곳에 난입한 사람들에게 얼굴이 보이지 않았다. 그녀를 향해 다가가는 보트윙크 박사의 표정에 극도의 불안감이 서렸다. 그는 몸을 구부려 그녀의 어깨를 잡고 세게 흔들었다.

그러자 커밀라가 번쩍 잠에서 깨어 일어나 앉아 박사를 바라보았다. 서서히 잠기운이 사라지며 당황스러움은 분노로 바뀌었다.

"도대체 무슨 일이에요?"

레이디 커밀라는 여전히 잠기운을 떨치지 못한 목소리로 물었다.

"뭐라고 말씀을 드려야 할지 모르겠습니다. 정말 어리석었습니다. 이런 제가 부끄럽습니다."

보트윙크 박사가 말했다.

"말이야 바른 말이지, 당신은 우리 모두를 제대로 얼간이로 만들었소. 우리 넷이서 그렇게 숙녀의 침실에 난폭하게 들어가 잠에서 깨워 숨넘어갈 정도로 놀라게 하고……."

"그렇게 자꾸 들먹이지 마세요, 장관님. 아까도 말씀드렸지만 저도 몸 둘 바를 모르겠습니다. 여러분 모두에게 사과합니다."

그들은 커밀라의 침실에서 상황을 얼버무리고 빠져나와 재빨리 층계참으로 도망쳐 이야기를 나누는 중이었다.

"저는 이제 문서고로 가서 작업이나 계속하겠습니다. 그곳을 떠나지 말걸 그랬군요. 제가 유일하게 잘하는 일인데 말입니다. 남의 일에 간섭을 하다니 실수였습니다. 좋은 교훈을 얻었습니다."

"잠깐만요, 박사님. 애초에 박사님이 불안해하셨던 문제가 여전히 남아 있다는 사실을 잊으신 것 같군요."

로저스가 그를 붙잡았다.

"무슨 말인지."

"박사님은 카스테어스 부인이 서재를 나간 후 돌아오지 않았다면서 걱정을 하지 않았습니까."

"아, 그거! 내가 걱정했던 건 부인이 레이디 커밀라에게 갔기 때문이네. 카스테어스 부인의 안전을 걱정한 게 아니야. 절대로!"

역사학자가 어깨를 으쓱했다.

경사는 조금도 동요하지 않고 다시 질문을 했다.

"박사님이 무슨 연유로 특정한 인물의 안전을 다른 인물보다 더 염려하시는지는 모르겠습니다. 제 임무는 장관님의 안전을 지키는 것입니다. 그러므로 이제 다른 사람의 안전 따위는 관심이 없습니다. 하지만 우리가 이곳에 있는 이상 카스테어스 부인의 침실에도 찾아가 그분이 안전한지 확인을 해 보는 편이 더 좋겠군요."

"원한다면 그렇게 하게, 경사. 반복하지만 나는 아무래도 상관없네. 이번에는 난처한 상황을 피하기 위해 복도에 남아 있고 싶군."

로저스 경사는 뻣뻣한 태도로 복도를 걸어가 카스테어스 부인의 방으로 갔다. 보트윙크 박사가 그랬던 것처럼 안에서 무슨 소리가 나지 않는지 귀를 기울였다. 그리고 박사처럼 노크를 했다. 하지만 박사와 달리 노크를 한 번 더, 훨씬 더 세게 했다. 그리고 문을 확 열어젖혔다.

카스테어스 부인은 침대에 없었다. 그녀는 의자에 앉아 눈을 크게 뜨고 문을 곧장 바라보고 있었다. 이미 숨을 거둔 후였다.

016

찻주전자

"아니, 이럴 수가! 말도 안 돼요! 모든 논리와 이성을 적용해도 이런 결과는 나올 수가 없어요!"

보트윙크 박사가 피곤한 듯 말했다.

"하지만 결국 일어났습니다, 보트윙크 박사님."

로저스가 말했다.

네 남자는 서재의 난롯가에 모였다. 다시 벌어진 재앙에 지위와 서열 따위는 잊혔다. 초대를 받지 않은 브리그스도 다른 사람들과 함께 자리했다. 그의 얼굴은 백지장처럼 창백했고 양손은 걷잡을 수 없이 부들부들 떨렸다. 하지만 가장 큰 충격을 받은 이는 줄리어스 같았다. 그의 눈빛은 게슴츠레하고 움직임은 굼뜨고 자꾸 멈칫거렸다. 보트윙크는 갑자기 바람이 빠진 풍선처럼 망연자실해 있었다. 그의 통통하고 둥근 두 볼마저 움푹 들어갔고 전과 달리 누렇게 뜬 것처럼 보였다. 로저스의 얼굴에서는 엄청난 피로감을 제외하면 아무런 감정도 읽을 수 없었다. 그의 손가락이 저절로 담배 한 개비를 말았다. 하지만 담배를 다 말고도 불을 붙이지 않았다. 대신 손에 놓인 작은 종이 막대가 어쩌다 자신의 손에 와 있는지 묻기라도 하듯 물끄러미 바라보았다.

"정말 말이 안 됩니다! 하필 카스테어스 부인이라니!"

보트윙크가 짜증을 내듯 토로했다.

"무슨 말씀인지 모르겠군요. 이 집에 사람들을 죽이고 다니는 미치광이가 있다면 카스테어스 부인이 다른 사람들보다 더 안전할 리가 없지 않소?"

줄리어스가 침울한 어조로 되물었다.

"정말 미치광이가 돌아다닌다면 무슨 일이 일어나든 이유가 있을 리 없죠. 그것이 논리적입니다. 그렇다면 저도 이해할 수 있습니다. 하지만 저는 그런 미치광이가 있다는 증거를 전혀 보지 못했습니다. 오히려 그 반대였죠. 저는 정신이 멀쩡한 살인자가 있다고 추측했습니다. 그 추측을 바탕으로 하면 신변이 안전하다고 판단할 수 있는 사람은 두 사람, 단 두 사람뿐이었습니다. 바로 카스테어스 부인과 장관님입니다. 그런데 지금……."

그는 어깨를 으쓱한 채 입을 다물어 버렸다.

"박사, 그 추측을 바탕으로 한 안전한 사람 명단에 왜 나를 올렸는지 물어봐도 되겠소? 무슨 생각을……."

"그런 추측으로는 아무것도 알아낼 수 없습니다. 사실에 집중하죠. 카스테어스 부인이 죽었습니다. 로버트 워벡 씨와 동일한 수법으로 당했습니다. 청산가리에 의한 독살이죠."

로저스가 끼어들었다.

"청산가리라는 점은 의문의 여지가 없습니다."

보트윙크 박사가 웅얼거리듯 말했다.

그러자 형사가 말했다.

"적절한 절차에 따라 분석을 해야 할 것입니다. 하지만 모든 증거로 볼 때 독을 탄 차를 마신 것이 틀림이 없습니다. 저는 이 집 어딘가에 독약이 있다는 것을 압니다. 부인의 방을 철저하게 조사했지만 그 병은 나오지 않았습니다. 그러므로 자살은 아닙니다. 이 경우 독약은 카스테어스 부인이 방으로 가져가기 전에 이미 차에 들어 있었던 겁니다."

로저스는 잠시 끊고 헛기침을 하고 무미건조하고 지친 음성으로 말을 시작했다. 브리그스가 격렬하게 몸을 떨었다.

"우리는 그 차가 어떻게 준비되었는지 알고 있습니다. 그 차는 원래 카스테어스 부인이 아니라 레이디 커밀라를 위해 내렸죠. 그리고 고인이 그분의 방으로 가져갔습니다. 마침 레이디 커밀라가 주무시는 중이었으므로 카스테어스 부인이 그 차를 마신 것은 순전히 우연이었을 겁니다.”

“하지만 왜 그랬을까? 이곳에는 부인의 차가 마련되어 있었네. 내가 보기에는 몹시 부자연스러운⋯⋯.”

보트윙크 박사가 불쑥 끼어들었다.

그러자 로저스가 냉담하게 대꾸했다.

“저는 단순히 사실만 다루고 있습니다. 이 문제에 대해 아직 레이디 커밀라를 만나지 못했습니다. 하지만 카스테어스 부인이 방에 찾아왔을 때 우리가 찾아갔을 때처럼 정말 그녀가 잠들어 있었다면 명백한 사실이 드러나게 됩니다. 이런 사실들을 바탕으로, 누군가 교묘하게 차에 독을 탔다면 그것은 카스테어스 부인이 아니라 레이디 커밀라를 노린 것이라고 볼 수 있습니다. 자, 그 차는 부엌에서 갓 내린⋯⋯.”

“경사님, 저는 차에 아무것도 타지 않았습니다!”

브리그스가 비명이라도 지르듯 소리쳤다.

“브리그스 씨가 부엌에서 준비를 했고 이곳으로 가져와 카스테어스 부인에게 건넸습니다. 우리가 아는 한 부인이 돌아가실 때까지 부인의 손에서 떠난 적이 없습니다.”

로저스는 거침없이 말을 이었다. 그는 하얗게 질린 집사를 돌아보며 물었다.

“직접 차를 타셨습니까?”

“네, 로저스 씨. 접니다, 네, 제가 만들었습니다.”

브리그스는 모기만 한 목소리로 간신히 대답했다.

"그때 누구와 함께 계셨습니까? 요리사는 어디에 있었나요?"

"그녀와 나머지 주방 식구들은 가정부 방에서 차를 마시는 중이었습니다. 저는…… 저는 거의 혼자였습니다."

로저스는 한없이 피곤한 표정으로 그를 보았다. 그 표정에는 일말의 동정심이 숨어 있는 듯도 했다.

"사실대로 말씀하시는 편이 좋습니다. 부엌에 누구와 함께 계셨습니까?"

형사가 다그쳤다.

브리그스는 아주 잠시 잠자코 있었다. 영원처럼 느껴지는 잠깐의 침묵 끝에 브리그스가 목이 졸린 듯한 목소리로 대답했다.

"부엌에 있을 때 제 딸이 곁에 잠깐 있었습니다."

또다시 침묵이 흘렀다. 그동안 로저스는 자신이 담배를 쥐고 있다는 사실을 새삼 깨달은 것 같았다. 그는 구겨진 담배를 잘 펴서 입에 물고 불을 붙이고 나서 후 하고 매캐한 연기를 내뿜더니 물었다.

"차를 탈 때 따님은 어떤 일을 맡았습니까?"

난롯가에 모인 남자들은 대답을 놓치지 않으려고 귀를 쫑긋 세워야 했다. 브리그스는 가슴까지 고개를 푹 숙이고 있었다. 핏기라곤 찾아볼 수 없는 입술에서 나온 목소리는 속삭이는 것보다 조금 큰 정도였다.

"제가 조리대에서 빵과 버터를 자르는데 수전이 부엌으로 들어왔습니다. 제 뒤에서 불에 올려놓은 주전자가 막 끓기 시작했죠. 딸이 누가 마실 차냐고 묻더군요. 그래서 대답해 줬습니다. 저는 찻주전자를 데우고 여러분이 드신 차가 들어 있는 통에서 차를 꺼내 넣었습니다. 마침 물이 끓고 수전이 제게 찻주전자에 물을 채울지 묻더군요. 수고를 덜자 싶어서 딸에게 그러라고 했습니다. 일을 하면서 주위를 별로 둘러보지 않았습니다. 수전은 찻주전자에 물을 채워 제 옆에 놓인 쟁반에 올려놓고는 그대로 나가더군요. 그게 다입니다, 여러분."

"하지만 이건 말이 안 됩니다!"

보트윙크 박사가 소리쳤다.

"고맙습니다, 박사님."

브리그스는 들릴락 말락 하게 대답했다. 그러더니 뻣뻣하게 자리에서 일어섰다.

"괜찮으시다면 저는 그만 가 보겠습니다. 할 일이 많이 있습니다. 그래서……."

"잠시만요, 브리그스 씨. 가시기 전에 한 가지 더 여쭤 볼 것이 있습니다. 좀 전에 카스테어스 부인이 레이디 커밀라에게 주려고 했던 차를 자신의 방으로 가져갔다고 알려 주셨습니다. 그 소식을 따님에게서 들으셨습니까?"

로저스가 저지하며 말했다.

"그렇습니다, 로저스 씨. 딸에게서 들은 대로 알려 드렸습니다."

"따님이 이 일에 퍽 관심이 많군요."

"저…… 저는 그 애가 이 사건에 무슨 상관이 있다는 건지 이해할 수가 없군요, 형사님."

"그 문제는 적절한 절차에 따라 따님이 담당 형사에게 직접 설명을 하셔야 할 겁니다. 지금 따님은 어디에 계십니까?"

"제 방에 있을 겁니다. 직접 만나 보시겠습니까?"

형사는 잠시 망설이더니 마침내 대답했다.

"네. 따님에게 지금 당장 이곳으로 내려오라고 전해 주십쇼. 그리고 방금 일어난 일에 대해서는 한마디도 하지 마시고요. 아시겠습니까?"

"알겠습니다, 로저스 씨."

마침내 브리그스가 서재를 나가자 로저스는 줄리어스를 보며 말했다.

"오늘 오후에 말씀드린 대로 이곳에서 제가 맡은 임무는 장관님의 경호입니다. 저는 더 이상 사건을 맡아 수사할 이유가 없습니다. 조만간 현지 경찰이 당도할 테고 그러고 나면 그들이 이 사건의 수사를 맡아 진행할 것입니다. 하지만 가능한 한 많은 사실을 확보해 그들에게 보고하는 것이 경찰인 제 의무라고 생각합니다. 단지 이러한 이유로 그 여자와의 면담을 추진한 것입니다. 장관님께서도 반대하지 않는다고 판단해도 되겠습니까?"

"자네가 알아서 하게."

줄리어스는 간단하게 대답했다.

그러자 보트윙크 박사가 끼어들었다.

"괜찮다면 그 자리에 나도 동석해도 될까? 흥미로운 자리가 될 것 같군."

"면담에 절대로 끼어들지 않겠다고 약속해 주신다면 같이 계셔도 괜찮습니다."

"정말 고맙네. 무슨 이득이 있기에 훌륭한 브리그스의 딸이 레이디 커밀라를 독살하지 않으면 안 되었는지 궁금하군."

"동기는 충분해. 두 여자와 한 남자지."

줄리어스는 자리에서 일어서며 툴툴거렸다.

"나는 내 방으로 올라가겠네."

로저스가 불편한 표정을 지었다.

"장관님을 보내 드려도 되는지 확신이 서지 않습니다."

"자네 시야를 벗어나도록 말인가? 내 몸은 내가 알아서 지킬 수 있네. 문을 잘 잠그고 있겠네."

줄리어스는 그렇게 말한 후 경사가 제지를 하기도 전에 냉큼 그곳을 떠났다.

"두 여자와 한 남자라. 확실히 참 복잡한 문제군. 솔직히 나는 그런 쪽으로는 상상도 못 했어. 장관님의 가설에 동의하나, 로저스 경사?"

보트윙크 박사는 문이 닫히자 줄리어스의 말을 되뇌었다.

로저스는 어느 때보다 피곤한 표정으로 대답했다.

"저는 지금 가설에는 관심이 없습니다, 박사님. 제 역할은 단지 알아낸 정보를 모두 종합해서 담당자에게 넘겨주는 것으로 끝입니다."

"정보들, 그래! 어쩌면 그것이 더 나은 길이겠군. 사실을 잘 유념해서 따라간다면 말이지. 나는 추론을 하지 않을 도리가 없어. 그런데 추론이 괴상한 결론으로 이어지면 골치가 아프다네. 하지만 사실 관계를 따진다면, 자네가 말한 훌륭한 사건 개요서에서 카스테어스 부인에 대해 언급하지 않은 사소한 사실이 한 가지 있지 않은가."

"뭐라고요?"

"아마 그다지 중요한 것은 아닐 거야. 그런데 혹시 부인의 구두가 젖은 것을 보았나?"

"봤습니다. 카펫에 젖은 자국이 있는 걸로 봐서 방에 있는 프랑스식 창문을 열고 발코니에 잠깐 나갔다 온 것 같더군요. 발코니에는 녹고 있는 눈이 잔뜩 있으니까요."

"그렇군. 하지만 자네는 상황을 설명하는 사실 관계를 수립한 것이지 사실을 해명해 줄 이유를 찾은 것은 아니군. 그 문제는 다른 경찰이 해결하도록 남겨 두는 것이 적절하겠지. 업무의 분담 원칙에 대해서는 할 말이 많겠네, 그렇지?"

경사는 질문에 대해 대답할 필요를 못 느끼는 것 같았다. 그 후로 두 사람은 아무 말도 나누지 않았다. 이윽고 수전이 방으로 들어왔다.

"날 보자고 했다면서요?"

그녀가 퉁명스럽게 물었다.

"네, 그랬습니다. 여기 앉으시겠습니까, 워벡 부인?"

"리버 고트(맙소사)!"

보트윙크 박사가 소리를 질렀다.

"보트윙크 박사님. 여기에 계속 계시고 싶으시다면 그렇게 끼어들지 마십시오."

로저스가 나무라듯 말했다.

"정말 미안하네, 경사. 다시는 이러지 않겠네, 약속해."

로저스가 다시 수전을 바라보며 물었다.

"듣자 하니 아버님께서 레이디 커밀라 프렌더개스트의 차를 만들 때 부인이 마침 부엌에 계셨다고 하시더군요."

"그래요."

수전은 진심으로 의아한 표정을 지었다. 하지만 그녀의 눈빛은 못마땅해하면서 경계하는 기색이 역력했다.

"아버님이 차를 탈 때 부인이 도왔다고 하시던데요?"

"내가 끓는 물을 찻주전자에 채웠어요. 그게 다예요."

"그게 다입니까?"

"네, 당연하죠. 주전자가 끓고 있었고 아빠는 빵과 버터를 자르고 계셨어요. 그래서 '내가 찻주전자에 물을 채울까?'라고 했더니 아빠가 그러라고 하셔서서 그렇게 했을 뿐이에요."

그 후로 길고도 어색한 침묵이 이어졌다. 마침내 수전이 두려움에 찬 목소리로 이렇게 덧붙였다.

"차에는 아무 문제도 없었어요. 정말이라고요."

"그 안에 독이 들어 있었습니다."

로저스가 간략하게 일렀다.

수전은 튀어나오는 비명을 막으려는 듯 얼른 두 손으로 입을 막았다.

"독요? 아빠가 만드신 차에요?"

그녀가 웅얼거렸다.

"두 분이 함께 만드신 차죠."

"하지만 전 아무 짓도 안 했어요. 아빠가 그러라고 하셔서 물을 부은 것밖에 없다고 말했잖아요. 도대체 왜 내가 누구를 해치려고 독을 타겠어요?"

"레이디 커밀라에게 가져갈 차라는 걸 아셨잖습니까?"

"그 여자가 어떻게 되었나요?"

수전이 재빨리 물었다.

"레이디 커밀라는 아무 일도 없었습니다. 그분이 차를 드시지 않았다는 걸 부인도 잘 아시잖아요. 카스테어스 부인이 마셨습니다."

"그래서요?"

수전의 표정이 또다시 차갑고 뚱하게 변했다.

"카스테어스 부인은 돌아가셨습니다."

"그게 내 잘못은 아니잖아요?"

그녀가 발끈하기는 했지만, 깨지도 않은 컵을 깼다고 야단을 듣는 정도의 반응이었다.

"레이디 커밀라의 방 밖에서 무엇을 하고 계셨습니까?"

로저스가 갑자기 화제를 돌렸다.

"이야기를 하고 싶어서 갔어요."

"레이디 커밀라와 무슨 이야기를 하고 싶으셨습니까?"

"오늘 오전에 내가 주인님의 곁을 지키려고 방에 갔을 때 만나서 이야기를 좀 했어요. 그래서 나는, 음⋯⋯."

"그 이야기를 좀 더 하고 싶으셨습니까?"

수전은 어깨를 으쓱했다.

"이제는 아무래도 상관이 없지만요. 아무튼 나는 그 여자를 못 봤어요."

"레이디 커밀라가 차를 마셨는지 확인하려고 올라간 것 아닙니까?"

"말했잖아요. 그 차에 대해서는 아무것도 몰라요."

수전이 발끈하며 좀 전과 같은 대답을 했다.

"거기에 올라가 보니 마침 카스테어스 부인이 나오는 중이었어요. 레이디 커밀라가 자고 있으니까 깨우지 말라고 하더군요. 우리는 이러니저러니 좀 하다가 부인이 차를 가지고 자신의 방으로 들어가고 나는 그냥 내려왔어요. 그게 다라니까요."

"레이디 커밀라를 위해 탄 차를 카스테어스 부인이 마시려고 하는데 차를 못 마시게 말리지 않았습니까?"

"제가 왜 그래야 하죠? 아무것도 모른다고 말했잖아요."

"알겠습니다, 부인. 같은 말을 반복하시지 않아도 됩니다. 제가 더 이상 성가시게 해 드릴 일은 없겠군요. 이 문제에 대해서 나중에 다른 사람들로부터 질문을 받을 것이라는 사실을 알고 계시죠?"

"그래 봤자 내 대답은 달라지지 않아요."

수전은 그렇게 내뱉은 후 씩씩거리며 문으로 걸어갔다.

그녀가 나가자 보트윙크 박사가 말했다.

"방금 소리를 질러 정말 미안했네. 하지만 정말 깜짝 놀랐어. 저 젊은 아가씨가 워벡 씨의 미망인이라는 건가?"

로저스가 고개를 끄덕였다.

"다른 사실들과 더불어 반드시 고려해야 하겠군. 언제부터 그 사실을 알고 있었나?"

"저도 오늘 오후에야 들었습니다."

"그렇군! 다른 사람들은? 이 사실을 알고 있나?"

"브리그스 씨를 제외하고 오늘까지 아무도 몰랐습니다. 줄리어스 장관님도 워벡 경이 돌아가신 직후에 들으셨고요."

"그러면 여자분들은?"

"레이디 커밀라만 이 소식을 들었습니다. 점심시간 직전이었다더군요."

"알겠네."

역사학자는 한참을 골똘히 생각에 잠기더니 다시 말문을 열었다. 그런데 그 말은 혼잣말이었고 더군다나 상황과는 무관한 내용이었다.

"교육 수준이 낮은 계층의 어휘는 무척 제한적이군. 불행하게도 정확성마저 떨어져. 그렇지만 않다면 수사에 도움을 줄 만한 실마리를 찾을 수도 있었을 텐데. 하기야 실마리를 찾는다고 해도 실질적으로 어떤 도움이 될지 모르겠군."

그는 웅얼웅얼 주절거렸다.

"지금 무슨 말씀을 하시는 겁니까?"

아니나 다를까 로저스가 물었다.

"나? 아무것도 아니야. 이런 표현이 있지? '주제넘게 말하다'. 그런 거네. 필요한 정보들을 모두 찾았나, 경사?"

"그런 것 같습니다."

"잘되었군."

보트윅크 박사는 입을 쩍 벌리며 하품을 하더니 돌아서서 불을 가만히 바라보았다.

문득 밖에서 다급하게 달려오는 육중한 소리가 들렸다. 문이 활짝 열리는가 싶더니 줄리어스가 들어왔다. 그는 잔뜩 흥분을 해 얼

굴이 붉게 상기되어 있었다. 그 순간만큼은 언제 피곤했느냐는 듯
이 쌩쌩해 보였다.

"이보게, 로저스! 이것 좀 보게!"

그가 경사를 소리쳐 부르며 작고 시커먼 물체를 쥔 퉁퉁한 주먹
을 의기양양한 태도로 앞뒤로 흔들었다.

그가 숨을 헐떡이며 말했다.

"내 옷장에 있었네! 손수건을 넣어 두는 서랍에 말이야! 방금 새
손수건을 가지러 갔는데, 손수건을 꺼내니 그 아래 이게 있지 뭔가!"

줄리어스는 카드 게임에서 에이스를 내듯 잔뜩 폼을 잡으며 서
재의 탁자 위에 작고 푸른 유리병을 내려놓았다. 그 병의 라벨에 적
힌 글씨가 똑똑하게 보였다.

'독약'.

줄리어스가 물었다.

"어떻게 생각하나?"

"이러니저러니, 옥신각신⋯⋯."

로저스 경사는 병을 들어 불빛에 비추어 보았다.

"비었군요."

그는 그렇게 말하며 병을 내려놓았다. 얼굴은 여느 때처럼 무표정했다.

"자, 어떤가? 이게 자네가 찾던 물건 아닌가?"

줄리어스가 상기된 어조로 물었다.

"그런 것 같습니다. 브리그스 씨가 확인을 해 줄 수 있을 겁니다."

그의 어조에서는 아무런 열의가 느껴지지 않았다. 이제 어찌 되든 아무런 관심도 없는 것 같았다.

"그런데 이 물건이 다른 데가 아닌 하필 내 옷장에 있었단 말일세! 어떤 빌어먹을 녀석의 소행인지 혹시 짚이는 거라도 있나?"

"글쎄요. 장관님의 방은 계단에서 쉽게 접근할 수 있습니다. 계단을 올라가서 첫 번째 방이니까요."

"그렇지. 그다음이 레이디 커밀라의 방이고. 다음이 카스테어스 부인의 방이지."

"그 점도 염두에 두고 있습니다."

"자네가 어젯밤에 방을 다 수색했었지?"

"네."

"그런데 어떻게……?"

"지금으로써는 드릴 말씀이 없습니다. 독약을 그곳에 가져다 놓은 자가 먼저 털어놓지 않으면 알아낼 방도가 없습니다."

그의 말투에서 탐탁지 않은 기색이 너무 뻔히 드러났다.

당황한 듯 줄리어스의 목소리가 흔들렸다.

"자네가 볼 때까지 병을 거기 그대로 둘걸 그랬군."

"그랬으면 좋았을 겁니다."

"어쩌면 지문이 찍혀 있었을지도 모르고, 다른 것들도 남아 있었을지 모르는데."

"분명히 지문이 있을 가능성이 있었습니다."

"미안하네. 내가 어리석었어. 서랍에서 이걸 본 순간 제정신이 아니었나 보네."

"이해합니다."

로저스는 잠시 말을 멈추었다가 다시 이었는데, 이번에는 약간 불길하게 들렸다.

"절차에 따라 사건을 맡게 될 경찰은 장관님의 지위를 감안해 지금의 설명만으로도 납득할 겁니다."

"천만다행이군, 로저스. 그러면 좋겠네!"

줄리어스는 일순 마음이 푹 놓인 것 같았다.

"물론 그 경찰은 병을 발견한 정황에 대한 장관님의 진술을 확인할 만한 것이 전혀 없다는 사실도 고려할 겁니다."

"쯧!"

줄리어스가 혀를 찼다.

로저스는 차분하게 말을 이었다.

"경찰이 상황을 그대로 받아들일 만한 정황이 한 가지 더 있습니다. 지난밤 그 방을 수색할 때 그 물건은 분명히 장관님의 옷장에 없었다는 사실이죠. 잠깐만요, 제일 위에 있던 손수건 밑에 병이 있었다고 하셨던가요?"

"그랬네."

"오늘 오후에 장관님이 옷을 갈아입으시는 걸 제가 도와 드리려고 서랍을 열었습니다. 그때 뭔가가 어수선하게 늘어져 있었다면 분명히 알아차렸을 겁니다. 장담할 수는 없지만 아마도 그랬을 겁니다. 그렇다면 이 병이 그곳에 들어 있던 시간을 추정하는 데 도움이 되겠군요."

로저스는 병을 집어 주머니에 넣었다.

"여기에 대해 더 하실 말씀이 있으십니까, 장관님?"

그가 물었다.

"없네. 모든 사실을 확보한 셈이군."

그때 보트윙크 박사가 불쑥 끼어들었다.

"적어도 한 가지 사실은 위안이 되는군."

"그게 뭐죠, 박사님?"

"저 병이 지금은 텅 비었다는 사실 말일세. 이제 저녁은 훨씬 더 편한 마음으로 먹을 수 있겠군."

박사는 그렇게 말한 후 자리에서 일어나 서재를 나갔다. 방금 말한 그 이유 때문인지는 모르겠으나 그의 표정은 좀 전과 비교해 훨씬 밝아진 듯 보였다. 물론 여전히 진지하고 생각에 잠긴 분위기였지만 카스테어스 부인의 비보를 들은 후로 그를 떠나지 않았던 당혹감은 더 이상 보이지 않았다. 그는 경쾌한 발걸음으로 저택의 북동쪽 곁채로 향했다. 그리고 익숙한 좁은 계단을 올라가 문서고로 들어갔다.

그런데 이번에는 그의 안식처가 익숙한 마법을 부려 주지 않았다. 겉으로는 아무것도 변한 것이 없었다. 지붕은 악천후의 공격을 기적적으로 잘 버텼다. 떡갈나무 서고의 고문서들은 여전히 아무 탈 없이 눅눅하지 않게 잘 보관되어 있었다. 하지만 그들의 매력은 도무지 빛이 나지 못했다. 고문서와 고문서에게 푹 빠진 구애자 사이를 뭔가가 떡하니 가로막고 있었다. 천박하고, 부조화스럽고, 불안한 20세기가 18세기의 근거지에 난입해 들어와 그곳을 궤멸시켜 버렸다. 보트윅크 박사는 3대 워벡 경의 문서를 보아도 전혀 관심이 일지 않는다는 사실에 적잖은 당혹감을 느꼈다.

그는 무료하게 책상에 앉아 몇 분 동안 멍하니 있다가 의욕이 없다는 사실을 스스로 인정하지 않을 수 없었다. 하릴없이 만지작거리던 펜을 내려놓고 좁고 길쭉한 방을 끝에서 끝까지 걷기 시작했다. 네 번째 걸음에 책상에서 몸을 돌리고 다섯 번째 걸음에 문을 향해 다가가는데 문이 느닷없이 홱 열렸다.

"아, 레이디 커밀라!"

보트윅크 박사는 깜짝 놀랐다.

"제가 방해가 되었나요, 보트윅크 박사님?"

"아가씨가 제게 그런 질문을 하시다니! 사실 방해를 하고 계십니다! 좀 전에 제가 보인 행동에 대해서는 믿어 주십시오, 저는……."

"그렇지 않아도 그 일 때문에 왔어요. 제게 설명을 해 주셔야 할 것 같군요. 박사님과 다른 분들이 왜 제 방에 불쑥 들어오신 거죠?"

커밀라는 박사의 말을 끊고 단도직입적으로 말했다.

"그건 제가 불행하게도 오해를 했기 때문에 빚어진 일이었습니다. '불행하게도'라는 말은 이 경우에는 적절한 표현이 아니겠군요. 더 이상 귀찮게 해 드리고 싶지 않습니다. 그게 오해였다는 사실이 무척 행복하군요. 간단히 말씀드리자면 방에 들어갔을 때 저는 아가씨가 죽어 있을 거라고 생각했거든요."

"뭐라고요! 숙녀의 방에 불쑥 쳐들어와 놓고 이렇게 어처구니없는 변명을 내놓는 경우는 듣도 보도 못했어요. 저는 이보다 더 그럴싸한 변명도 많이 들었다고요."

"하지만 더할 것도 뺄 것도 없는 사실인걸요."

"그렇다면 하필 그 시각에 제가 죽었다고 생각하신 이유가 뭐죠?"

보트윅크 박사가 사뭇 진지하게 대답했다.

"제가 그 질문에 솔직하게 대답을 하려면 바보 같은 실수를 또 할지도 모르겠군요. 하지만 오늘 오후에 쉬러 방으로 올라가겠다고 말씀하시기 직전에 뭐라고 하셨는지 물어봐도 될까요?"

커밀라는 고개를 가로저었다.

"기억이 안 나요."

"안 나신다고요? 그럼 제가 알려 드리죠. 아가씨는 이 집에서 죽음의 냄새가 난다고 말씀하셨습니다. 우리 중 누군가가 다음 희생자가 될 것이라고 말씀하셨죠."

"제가요? 그런 말을 했다니 무척 기분이 안 좋았나 봐요. 정말 멍청한 소리를 했군요."

보트윅크 박사는 감탄 어린 눈빛으로 그녀를 바라보았다.

"젊음이 가진 회복력이란 정말 경이로울 정도군요! 몇 시간만 자고 일어나면 나쁜 기분이 말끔히 사라지다니! 하지만 레이디 커밀라, 몇 시간 전에 분명히 그렇게 말씀하셨습니다. 아시다시피 아가씨의 말씀이 결코 멍청한 소리가 아니라는 것이 불행히도 결국 증명되었죠."

"무슨 말씀을 하시는지 모르겠군요."

"아직도 못 들으셨습니까? 카스테어스 부인이 돌아가신 걸 아직도 모르시나요?"

"카스테어스 부인이요! 어쩌다가요?"

커밀라는 얼굴이 핼쑥해졌지만 감탄스러울 정도로 금세 침착함을 되찾았다.

"독살됐습니다. 아가씨를 위해 만들었지만 아가씨가 주무시는 바람에 부인이 마신 차에 독이 있었던 것 같습니다."

커밀라는 아무 말도 하지 않았다. 그녀는 방 한가운데에서 잔뜩 긴장한 채 뻣뻣하게 서서 아름다운 두 눈으로 보트윙크 박사를 뚫어져라 바라볼 뿐이었다.

역사학자는 진심 어린 어조로 말했다.

"카스테어스 부인이 찾아오셨을 때 아가씨가 주무시고 계셨다는 말을 저는 믿습니다."

"제 방에 왔었다고요? 그랬다면 저는 확실히 잠들어 있었어요. 전혀 몰랐거든요."

"다행입니다. 정말 다행입니다. 경찰이 심문을 할 때도 이 이야기를 기억했다가 말씀하시겠죠?"

그는 안도의 한숨을 푹 쉬었다.

"물론이죠. 그런데 보트윅크 박사님, 지금 무슨 말씀을 하시는지 저는 하나도 모르겠어요."

커밀라는 그 어느 때보다 어리둥절한 표정을 지으며 물었다.

"그렇습니까. 어쨌든 아가씨는 이 문제에서 제가 아가씨의 친구라는 점만 알고 계시면 됩니다."

"저도 박사님이 제 친구인 것 같아요. 물론 박사님이 왜 그러시는지는 죽었다 깨어나도 모르겠지만요."

그녀가 천천히 말했다. 보트윅크 박사가 커밀라의 말을 따라 했다.

"죽었다 깨어난다고요! 이건 일상적 표현 같은 건가요? 지금까지 우리가 처해 있었던 상황에 딱 맞는 표현인 것 같군요. 그러고 보니 최근에 들은 다른 표현도 생각나는군요. 기억을 되살릴 수 있게 도와주셔서 감사합니다. 외국인이 아무리 이 나라 말을 유창하게 해도 배울 것이 끊이지 않는군요."

그러자 커밀라가 말했다.

"정말 이상한 분이시네요. 아까는 누군가가 저를 독살하려 했다가 카스테어스 부인이 대신 돌아가셨다고 하시더니 지금은 일상적 표현에 대해서 차분하게 토론을 해 보시려는 건가요! 지금 어디 안 좋으신 거예요, 보트윅크 박사님?"

"걱정해 주셔서 감사합니다. 하지만 저는 아주 멀쩡합니다. 그리고 쓸데없이 호기심이 충만해서가 아니라 우리 두 사람에게 무척 중요하기 때문에 이 문제를 거론했다는 점을 확실하게 말씀드릴 수 있습니다. 이런 저를 조금만 더 참고 한 가지 질문에 대답해 주시겠습니까?"

"좋아요."

"고맙습니다."

보트윙크 박사는 안경을 고쳐 쓴 후 뒷짐을 지고 마치 그 방에 한가득 모인 학생들에게 강의를 하듯 한껏 목소리를 높였다.

"제 질문은 간단합니다. 바로 이것입니다. 노동 계급에 속하는 사람의 입에서 이런 표현이 나왔다면 어떤 의미로 받아들이시겠습니까? '오늘 그 인간을 만났어요. 이야기 좀 하려고요'."

"그 사람이 남자인가요? 아니면 여자?"

"여자입니다."

커밀라는 조금도 망설임 없이 대답했다.

"그렇다면 그 여자가 '그 인간'에게 감정이 별로 안 좋은 것 같군요."

보트윙크 박사가 손을 마주 비비며 말했다.

"아주 좋습니다! 그러면 이런 표현은 어떻습니까? '우리는 이러니저러니 좀 했어요'."

"그렇게 말했다면 티격태격했다는 뜻일 수도 있겠네요. 간단하게 '우리는 옥신각신했어요'라고 말했다면 어감이 더 세지겠죠. 확실히 말다툼을 벌였다는 의미가 되니까요."

"그것 참 미묘한 차이로군요. 저는 늘 영어가 세계에서 가장 표현이 다양한 언어라고 주장해 왔습니다. 정말, 정말 고맙습니다."

"이게 다인가요?"

역사학자는 잠시 대답을 망설이더니 이윽고 말문을 열었다.

"네. 질문을 몇 가지 더 드리고 싶지만 질문이 너무 무례하다고 여기실 것 같군요. 게다가 그 질문에 대답하기 더 나은 입장에 있을 만한 사람이 있기도 하고요."

"그래요? 그 사람이 누군데요?"

"누구긴 누구겠어요. 노동 계급의 어떤 여자죠."

보트윙크 박사가 제 아버지와 함께 있는 노동 계급의 여자를 찾은 곳은 식기실이었다. 박사가 그곳으로 들어가자 그 여자는 그를 의심스러운 눈초리로 바라보았다. 브리그스의 반응도 그보다 더 낫지는 않았지만 상황에 적합한 인사말이 입에서 자동적으로 나왔다.

"필요하신 거라도 있으십니까, 박사님?"

"그렇네, 브리그스. 자네가 허락해 준다면 워벡 부인에게 한 가지 중요한 질문을 하고 싶네."

그러자 수전이 대뜸 말했다.

"나는 아무 말도 안 할 거예요. 무슨 일이 있었는지 경사에게 다 말했어요. 다른 경찰이 오면 아까 말한 대로 말하면 된다고 했다고요. 그거면 충분하잖아요, 안 그래요?"

"미리 말씀드리지만 내 질문은 좀 전에 경사가 한 것과는 다릅니다. 저는 부인이 경사에게 한 말을 전부 믿으니까요."

"나는 아무 말도 안 할 거예요."

수전이 고집스럽게 말했다.

"브리그스! 브리그스, 나를 제발 도와주게! 우리는, 우리 전부는 이곳에서 의혹의 눈초리를 받고 있네. 우리를 도울 수 있을지는 자네 딸에게 달렸네. 어떤 식으로도 딸에게 죄가 돌아가지 않을 한 마디면 돼. 원하면 내일이라도 부정할 수 있어. 그 말을 들을 수 있도록 날 도와주지 않겠나?"

집사를 돌아보는 보트윅크 박사의 눈에는 정말 눈물이 그렁그렁했다.

"그건 제 딸이 결정할 문제인 것 같습니다. 박사님께서 그 말이 도움이 될 거라고 여기신다면 박사님을 방해하고 싶지 않습니다. 하지만 저는 이래라저래라 할 입장이 아닙니다. 이런 상황에서는요. 그런데 수전, 너는 왜 박사님의 부탁을 들어 드리려고 하지 않는 거냐?"

브리그스는 미적지근한 반응을 보였다.

"아빠도 다른 사람들하고 똑같아요! 이 일이나 저 일이나 전부 나를 괴롭히고 성가시게만 하잖아요! 이 집에 있는 사람들은 나만 보면 다 그랬단 말이에요. 그런데 이제 저 사람까지 그러려고 하잖아요! 왜 날 가만히 내버려 두지 않는 거죠?"

수전이 버럭 화를 냈다.

"카스테어스 부인이 부인을 괴롭히고 성가시게 굴었군요, 그렇죠?"

"그 여자는 최악이었어요."

"아! 레이디 커밀라의 방 밖에서 그녀를 만났을 때 그렇게 굴었겠군요."

보트윅크 박사는 안도의 한숨을 내쉬었다.

수전은 의심스러운 눈길로 박사를 노려보았다.

"그 일에 대해서 또 뭘 알죠?"

"아무것도 모릅니다. 드디어 내가 당신에게 묻고 싶었던 질문까지 왔군요. 말해 주세요. 카스테어스 부인이 무엇 때문에 당신을 괴롭히고 성가시게 굴었나요? 그 이야기만 해 주면 앞으로 다시는 아무도 당신을 괴롭히거나 성가시게 굴지 않으리라고 약속할 수 있을 겁니다."

"그게 당신하고 무슨 상관이죠?"

"아무 상관도 없을 수도 있고 무척 상관이 있을 수도 있어요. 이야기를 듣기 전에는 딱 잘라 말할 수가 없어요. 당신과 카스테어스 부인은 옥신각신했죠?"

"우리가 그랬다면 그건 그 여자 탓이에요."

"그럴 겁니다. 다른 이유는 있을 수 없네요."

"시작은 그 여자가 했어요."

"물론이겠죠."

"내 앞에서 그렇게 오만방자하게 나오지만 않았어도 아무 말도 안 했을 거예요."

"당신을 몹시 자극했을 게 뻔해요."

"다 털어놓아도 절대 나를 탓하지 않을 거죠, 그렇죠?"

"물론이죠!"

"톡 까놓고 말했어요. '나를 아무것도 아닌 사람 취급하다니, 나는 더 이상 당신의 주일 학교 학생이 아니에요. 존경심을 담아서 말해 주면 좋겠군요.' 이렇게요."

"그건 정말 그래요. 그보다 더 적절한 말은 없겠군요."

"얼마나 뻔뻔하든지! 레이디 커밀라의 방 앞에서 뭐 하고 있냐고 따지지 않겠어요? 그래서 나는 이 집에서 마음대로 돌아다닐 자격이 있다고 말해 줬죠. 안 그래요?"

"그 말을 어떻게 부인하겠습니까, 부인."

"내가 그런 식으로 말하니까 그 여자가 엄청 충격을 받더라고요."

수전은 다시 생각해도 속이 시원하다는 표정을 지었다.

"분명히 그랬겠죠, 암요."

"그 여자가 나보고 요즘 아가씨들은 왜 이 모양이냐고 하더니 내가 지금 누구하고 이야기하는지 기억을 하냐고 묻는 거예요. '내가 지금 누구하고 이야기하는지 잘 알아요. 알다마다요. 그건 중요하지 않아요. 그러는 당신은 지금 누구하고 이야기하는지 알아요? 나는 그걸 알고 싶군요.' 내가 이렇게 말했어요."

"그러게 말입니다."

"그래서 말해 줬어요. '나는 워벡 부인이에요. 게다가 내 어린 아들은 이제 엄연히 워벡 경이 되었어요. 할아버지가 돌아가셨으니까요. 줄리어스 장관도 알다시피 말이죠. 앞으로 누구든지 내 아들을 제대로 대우해 줘야 할 거예요. 나도 마찬가지고요.'"

"축하합니다, 부인. 그런 경사스러운 일이 있었는지 몰랐군요. 워벡 경은 잘 계시겠지요. 지금 이곳에 같이 계신가요?"

"그 여자도 그걸 알고 싶어 하더군요. 물론 표현은 달랐지만요. '그 애새끼는 어디에 있어?' 이러지 뭐예요? 감히 워벡 경을 그따위로 부르다니. 애새끼라니! 그래서 말해 줬어요. '아무도 데려갈 수 없는 곳에, 집에서 제 친척 아줌마와 잘 지내고 있어요.' 그랬더니 나를 죽일 듯이 노려보지 않겠어요. 손에 쟁반만 없었으면 나를 덮쳤을 거예요."

보트윅크 박사는 그런 행동이 마음에 들지 않는다는 듯이 혀를 끌끌 찼다.

"찻잔이 잔 받침에 부딪혀서 달그락거렸으니까 어지간히 화가 났던 거예요. 온몸을 부들부들 떨더라고요, 그 여자. 금방이라도 쟁반이며 다 떨어뜨릴 줄 알았어요. 게다가 그 면상은 또 어땠게요! 시퍼렇게 질려서는! 금방 숨이 넘어갈 것 같았어요."

수전은 주절주절 계속 떠들었다.

"네, 네. 정말 그랬을 거예요. 그래서요? 계속 이야기해 주세요, 부인."

보트윅 박사는 그 장면을 머릿속에 그리기라도 하는지 눈을 반쯤 감은 채 고개를 끄덕였다.

"음. 그게 정말 다예요. 그 여자는 아무 말도 안 하더군요. 솔직히 무슨 말을 할 수 있었겠어요? 나를 혼자 버려두고 홱 돌아서 복도를 지나 자기 방으로 갔어요. 거만하게 걷고 싶었나 본데 온몸은 부들부들 떨리고 있었어요. 자기 방문 앞에 서더니 고개를 돌려서 내게 이러는 거예요. '차는 내 방에서 마시겠다. 그리고 레이디 커밀라는 주무시고 계시니까 방해하지 말도록.' 그렇게 당하고도 내게 오만불손하게 나오다니, 상상이 가요? 하지만 어림도 없어요, 어림도 없고말고! 그 여자, 된통 당한 거예요. 장담할 수 있어요! 그러더니 방으로 들어가서 문을 닫았어요. 그게 내가 그 여자를 마지막으로 본 모습이었어요."

수전의 장황한 이야기를 끝으로 한동안 아무도 선뜻 말을 꺼내지 않았다. 그녀의 새된 소리가 사라지자 식기실은 정적 속으로 빠져들었다. 브리그스는 경악에 찬 표정으로 딸을 바라보았다. 보트윅 박사는 아무 말도 하지 않았지만 그의 표정은 차분한 만족감으로 가득 차 있었다. 마침내 그가 깊은 안도감이 느껴지는 차분한 어조로 말문을 열었다.

"고맙습니다. 진심으로 감사드립니다. 워벡 부인, 이제 제가 부인에게 설명을 해야⋯⋯."

그때 수전이 말허리를 잘랐다.

그녀는 아버지를 돌아보며 물었다.

"아빠, 어디서 벨 소리가 들리지 않아요?"

세 사람이 동시에 귀를 쫑긋 세웠다. 멀리 홀 쪽에서 벨 소리가 들리는 것 같았다.

"저 소리가 전화벨 소리가 아니면 내가 성을 갈지!"

브리그스가 소리쳤다. 그러더니 오랜 세월 몸에 익은 집사의 태도를 집어던진 채, 심지어 앞치마를 벗거나 코트를 걸칠 새도 없이 전화를 받으러 냅다 달려 나갔다.

영국식 살인

브리그스와 보트윙크 박사, 수전이 홀에 당도해 보니 로저스 경
사가 이미 전화를 받고 있었다. 줄리어스는 그의 곁에 바짝 붙어 있
었다. 방금 도착한 세 사람은 무리 지어 줄리어스 뒤에 섰다. 잠시
후 커밀라가 계단 난간에 기대 아래층에서 벌어지는 일을 지켜보았
다. 모두들 사람이 전화기를 잡고 있는 광경이 너무나 특별해서 한
장면도 놓칠 수 없다는 듯이 통화중인 경사를 뚫어져라 바라보며
입을 다문 채 귀를 기울였다. 연결이 뚝뚝 끊어지는지 대화가 오래
걸렸다. 그 탓에 로저스가 같은 말을 몇 번이나 반복해야 상대방이
간신히 그의 말을 알아들을 수 있었다. 그동안 다른 사람들은 일심
동체가 되어 온몸을 긴장한 채 미동도 않고 있었다. 마침내 로저스

가 통화를 마치자 모두 그 상태에서 풀려나 긴장을 풀었다.

경사는 식은땀을 흘리며 목이 쉰 채 수화기를 내려놓고 자신의 이야기를 기다리는 사람들을 돌아보았다.

"별일 없으면 몇 시간 후에 사람들이 도착할 겁니다. 늦어도 내일 새벽까지는 올 겁니다. 도로는 워벡 마을까지 정리가 되었습니다. 강을 건너올 연락선을 수배하는 중이랍니다. 이대로 비가 더 오지 않으면 내일이면 여기서 나갈 수 있을 겁니다."

"하느님, 감사합니다!"

줄리어스가 웅얼거렸다. 그는 평소에는 신앙심이 독실한 편이 아니었지만 그 순간만큼은 진심인 것처럼 들렸다.

아무도 선뜻 말을 꺼내지 못했다. 그곳에서 나갈 수 있다는 기대감에 감정이 복받쳐 어쩔 줄을 몰랐다. 그들은 어찌할 바를 모른 채 불안하게 자꾸 자세를 바꿨다. 이윽고 커밀라가 계단에 선 채 상황을 정리했다.

"브리그스, 우리를 위해 마실 것을 서재로 가져다주면 좋겠어요."

"알겠습니다, 아가씨."

그는 가려고 몸을 돌리며 함께 가자며 딸을 불렀다.

"당신 딸이 마실 것도 준비하세요. 그리고 당신 것도요."

커밀라가 청명하고 높은 목소리로 지시를 내렸다.

"네, 아가씨."

브리그스가 황급히 그곳을 떠났다. 그가 가는 모습에서 커밀라는 머리가 벗어진 정수리가 연한 핑크색으로 물든 것을 놓치지 않았다. 그녀는 집사가 감격해서 그런 것이라 오해를 했지만 실은 코트도 입지 않은 채 앞치마까지 한 자신의 모습을 별안간 알아차렸기 때문이었다.

잠시 후 브리그스는 모닝코트를 제대로 갖춰 입고 디캔터와 잔이 여러 개 놓인 쟁반을 들고 서재로 왔다. 그는 매우 엄숙한 분위기로 술을 모두에게 따른 후 신중한 거리를 유지하며 문 근처로 물러났다. 때가 때이니만큼 그는 워벡 홀에서 가족의 장례식이 있을 때 마시는 오래된 갈색 셰리주를 내놓았다. 나머지 사람들은 벽난로 앞에 둥글게 모여 앉아 말없이 술을 마셨다. 실내에는 기대와 불안감이 가득 차 있었다.

제일 먼저 말문을 연 사람은 보트윙크 박사였다.

"로저스 경사, 몇 시간 후면 사람들이 올 거라고 했지. 자네가 말한 '사람들'은 경찰을 말한 거겠지?"

그는 그곳에 모인 사람들이 모두 들으라는 듯이 한껏 목소리를 높였다.

"그렇습니다, 박사님."

"그 사람들이 도착하면 자네가 뭐라고 보고를 할 건지 물어봐도 되나?"

탑처럼 우뚝 서 있는 로저스는 피곤한 표정으로 땅딸막한 박사를 내려다보았다.

"이미 말씀드렸을 텐데요, 박사님. 저는 이제 더 이상 이 사건의 담당자가 아닙니다. 그 사람들 손에 제 보고서를 쥐어 주면서 이 사건을 넘겨야죠."

그가 참을성 있게 말했다.

"자네의 보고서라. 그렇겠군. 보고서는 다 작성했나?"

로저스는 잔에 남은 술을 꿀꺽 마시더니 시계를 힐끔 보았다.

"아직 끝내지 못했습니다. 하지만 곧 작성을 마칠 겁니다. 가장 최근에 알게 된 정보 몇 가지만 추가하면 되니까요."

보트윅크 박사도 자신의 잔을 비웠다. 하지만 로저스와 달리 그는 잔을 내려놓지 않았다. 대신 디캔터로 다가가 직접 한 잔을 따랐다.

"나는 모르겠군. 어째서 여기 마크셔 경찰이, 물론 그들도 훌륭한 경찰이겠지만, 사건의 해답을 자네보다 더 잘 찾아낼 수 있다는 건지 말이야."

경사는 어깨를 으쓱하고 퉁명스럽게 말했다.

"그 점은 제가 할 말은 아닌 것 같군요. 제 임무가 아닐 뿐입니다."

그러자 줄리어스가 끼어들었다.

"나는 말이죠. 당신도, 이 자리 어느 누구라도 마찬가지겠지만, 경사에게 이래라저래라 할 입장은 아닌 것 같군요. 경사는 자신의 임무를 잘 알고 있습니다. 임무를 수행하는 데 누구의 도움도 필요 없다는 걸 나는 확신합니다."

"물론입니다, 장관님. 이 나라에서 자신의 입장을 아는 것이 얼마나 중요한지 잘 압니다. 그리고 저는 지금껏 한 번도 누군가에게 지시를 내릴 만한 입장이 되지 못했습니다. 다만 문득 이런 생각이 들더군요. 경사의 동료들이 이곳에 도착했을 때 경사가 정보만 보고하는 것이 아니라 그 정보들을 설명할 수 있다면 경력에 도움이 되지 않을까. 제가 주제넘게 나섰다면 더 이상 아무 말도 하지 않겠습니다."

이미 온갖 감정에 시달리고 피곤에 절은 사람들이 이 뻣뻣하고 잘난 척하는 말의 중요성을 제대로 이해하기까지는 얼마간의 시간이 걸렸다. 의미를 제일 먼저 간파한 사람은 커밀라였다.

그녀가 갑자기 박사를 불렀다.

"보트윅크 박사님. 누가 로버트를 죽였는지 아시나요?"

"물론이죠."

그는 셰리주를 한 모금 마시고 이렇게 말했다.

"그리고 워벡 경도. 카스테어스 부인도. 모두 한 사람의 소행입니다."

서재가 갑자기 조용해졌다. 수전이 들고 있던 잔이 떨어져 그녀의 발치에서 와장창 깨졌다. 문가에 있던 브리그스가 다가와 무표정하게 깨진 잔을 치우기 시작했다. 그를 제외하면 아무도 움직이지 않았다. 보트윅크 박사는 침묵을 깬 요란한 소리가 난 쪽으로 고개조차 돌리지 않았다. 그는 반쯤 빈 잔을 돌리면서 잔잔한 미소를 지으며 잔을 내려다보았다. 도무지 이야기를 계속할 기미를 보이지 않았다.

그러자 커밀라가 그를 재촉했다.

"보트윙크 박사님, 계속 이야기를 해 주세요. 어서요!"

"어떻게 생각하십니까, 장관님? 제 입장에서 말을 해도 될까요? 아니면 어차피 경찰이 해결할 문제이니 내가 어떻게 해야 할지 자네가 충고를 해 주겠나, 경사? 담당 경찰들이 올 때까지 내 기밀 정보를 털어놓지 말아야 할까?"

그는 로저스를 보며 말했다.

로저스 경사는 얼굴을 살짝 붉히더니 힘겹게 말을 시작했다.

"제가 기억하기로 박사님은 아시는 것을 전부 제게 말씀하셨습니다. 다른 정보를 알고 계신다면 사건을 담당할 경찰에게 진술을 하실 때까지 그 사실을 비밀로 두셔도 됩니다. 하지만 경찰에게 왜 정보를 감추어야만 했는지 먼저 해명을 하셔야 할 겁니다."

"이건 감출 수가 없는 일이라네, 경사. 자네에게 말한 그대로 그 사람에게도 윌리엄 피트의 일생을 읽으라고 말할 거야."

그는 서가 한쪽을 힐끔 보며 말했다.

"자네는 그 책을 읽어 보라는 충고를 받아들이지 않은 것 같군. 로즈버리 경이 쓴 소책자를 검토해 보지 않았던 건가?"

"네, 안 읽었습니다."

로저스가 짧게 대답했다.

"그거 참 아쉽군. 하지만 그렇게 늦지 않았어. 아직 시간이 있네."

"윌리엄 피트라니, 그게 무슨 소리요? 당신이 지난밤에 유명을 달리한 불행한 내 혈육의 죽음에 대해 모종의 가설을 세워 뒀다는 것 정도는 나도 알고 있소. 그런데 갑자기 중요한 이야기를 제쳐 두고 백 년 전에 죽은 사람 이야기는 왜 꺼내는 거요?"

"백 년도 훨씬 더 전입니다. 정확히 말하자면 1806년이죠. 하지만 과거의 유물이 존재하는 것도 모자라 통탄할 만한 수준으로 현재에 영향을 미치는 영국 같은 나라의 역사에서 보자면 그 시간도 찰나에 불과하죠."

"정말 그렇게 생각한다면 현대 영국에 대해서 쥐뿔도 모르는 거요, 박사!"

"과연 그럴까요? 그렇게 생각하신다면 장관님이야말로 영국 역사에 대해 쥐뿔도 모르시는군요. 한마디 더 하자면 당신네 현대 영국이 케케묵은 시대착오적인 생각에 사로잡힌 것은 당신과 당신 같은 사람들이 과거가 주는 교훈에 무관심하기 때문입니다. 고서 전문가인 나야 이런 상황을 쌍수 들어 환영합니다만. 하지만 1789년부터 얼마나 필요한지 너무나 뻔히 보이는 간단한 개혁을 무시한 것과 이번에 세 사람이 목숨을 잃는 모습을 목격하고 나니 당신네 나라의 보수성은 해도 해도 너무한 것 같소!"

솔직히 보트윅크 박사는 마지막 말로 상대방을 완전히 꼼짝 못하게 만들었다고 느꼈다. 상대방의 말문을 완전히 막은 것을 넘어 실은 더 이상 할 말도 없었다. 그는 줄리어스를 등지고 서서 잔을 쟁반에 내려놓았다. 그리고 문을 향해 걸어가려는데 커밀라가 그를 붙잡았다. 그녀는 그의 팔에 손을 얹어 서재 중앙으로 다시 데려왔다. 그녀의 표정은 단호하면서도 초조해 보였다.

"제발 이렇게 화내지 마세요, 박사님. 우리는 박사님만큼 똑똑하지 않아요. 역사를 제대로 아는 사람도 없고요. 우리는 너무 지쳤고 놀라 겁을 먹은 상태예요. 적어도 저는 그래요. 제발, 제발 우리가 이 불행에서 벗어날 수 있게 무슨 말씀을 하고 계신지 설명을 해주세요. 꼭 필요하다고 생각되시면 1789년부터 시작하셔도 돼요. 대신 뭐든 우리에게 알려 주세요."

보트윙크 박사는 그의 허영심을 부추기는 커밀라의 간청을 도저히 물리칠 수 없었다.

"그렇게 원하신다면."

그는 대륙식으로 뻣뻣하게 절을 하며 카펫의 정중앙에 자리를 잡았다. 다리를 벌리고 양손은 뒷짐을 쥔 채 턱을 치켜들고 강의를 하듯 또박또박하고 카랑카랑한 목소리로 일장 연설을 시작했다.

"저는 1789년의 사건을 설명해 드리기 위해 이 자리에 나왔습니다. 솔직히 제가 그해에 일어난 사건들을 거론한 것은 단지 예를 들고 비유를 하기 위해서입니다. 오늘 아침 저는 로저스 경사에게 피트의 평전을 읽고 참고하라고 조언을 했습니다. 하필 그 책에서 다루는 사건에 주목하라고 한 것은 경사가 수사중인 범죄의 내용이 이미 그곳에 나오기 때문이었습니다. 저는 주제넘게 나서고 싶지 않았습니다. 힌트를 받아들이면 스스로 앞에 놓인 문제를 해결할 수 있으리라, 그렇게 생각했습니다. 저처럼 경사도 이 사건을 역사는 반복된다는 명제의 유력한 실례로 보리라 기대했습니다. 솔직히 그 이후에 벌어진 사건들은 제가 세운 가정의 타당성을 의심케 했습니다. 시간이 촉박한 가운데 제 판단이 틀렸다고 성급하게 추측했습니다. 하지만 조사를 더 진행한 결과 오류는 원래의 가설이 아니라 나중의 추측에 있음을 확신할 수 있었습니다. 간단히 말해서 저는 처음부터 절대적으로 옳았던 겁니다. 역사는 정말 반복되었습니다. 제가 처음에 예상했던 것보다 훨씬 더 놀라울 정도로 말이죠."

보트윅크 박사는 잠시 말을 멈췄다. 주머니에서 손수건을 꺼내정성 들여 안경을 닦고 고쳐 쓴 후 다시 이야기를 시작했다.

"우리가 최근에 목격한 일련의 사건들을 장관님께서는 영국적이지 않다고 규정하셨습니다. 죄송하지만 저는 그 의견에 동의할수 없습니다. 이 사건은 오직 영국에서만 일어날 수 있었습니다. 속을 들여다보면 본질적으로 영국적인 범죄입니다. 다른 누구도 아닌장관님께서 저와 달리 생각하신다니 조금 놀랐습니다. 여러분은 반박하실지도 모르겠군요."

유수처럼 이어지는 역사학자의 달변에 어안이 벙벙해진 청중은 반박할 엄두도 내지 못하고 있었지만 그는 개의치 않고 계속했다.

"범죄 또는 살인은 어쨌든 근본적으로 국가의 범주를 뛰어넘는 현상이다. 결과적으로 영국적인 살인과 그렇지 않은 살인 사이에 뚜렷한 차이가 있을 리 만무하다. 이렇게 말입니다. 하지만 이런 생각은 오류입니다. 범죄를 수사할 때 우리는 그것을 두 가지 측면에서 바라보아야 합니다. 하나는 행위 그 자체입니다. 이것은 어느 땅이든, 어떤 사법 체계하에서든 기본적으로 동일합니다. 다른 하나는 그 범죄가 일어난 사회적, 정치적 틀입니다. 이 이야기를 가장 단순한 용어로 정리하자면, 우리는 범죄의 동기를 반드시 검토해야 한다는 것입니다. 어떤 사회 형태에서 유효한 동기가 다른 사회에서는 아예 존재하지 않을 수도 있습니다. 일단 동기를 찾아내면 범인의 신원은 간단한 추론으로 찾아낼 수 있죠."

보트윙크 박사는 다시 안경을 벗었다. 이번에는 안경을 접어서 손에 쥔 채 청중을 향해 마구 흔들며 본론으로 치고 들어갔다.

"그렇다면 저는 왜 이 사건을 영국식 범죄라고 주장할까요?"

그가 화두를 던졌다.

"왜냐하면 동기가 영국식이기 때문입니다. 이번 사건이 영국에만 있는 정치적인 요인에 의해 벌어졌기 때문입니다."

여기까지 말한 박사는 잠시 어리둥절한 표정으로 말을 멈췄다.

"어쩌면 '영연방'이라고 말했어야 했을지도 모르겠군요. 용서하십시오. 저는 누구의 감정도 상하게 하고 싶지 않습니다. 다만 평소에 '영국'이란 말을 주로 쓰므로 양해해 주신다면 계속 이 표현을 쓰도록 하겠습니다. 본론으로 돌아가서, 이 범죄는 모든 문명 국가들 가운데 유일하게 영국이 세습 입법 의원직을 헌법으로 규정해 놓지 않았다면 절대 일어날 수 없었을 겁니다. 이 범죄의 동기는 간단히 말해 어떤 사람이 의원직을 획득하는 데 걸림돌이 되는 두 사람을 제거함으로써 그의 의원직을 확보해 주려는 것이었습니다."

"내 평생 이렇게 얼토당토않은 소리는 처음이오! 감히 지금 나에게……? 감히 무슨 말을……?"

줄리어스가 분노로 하얗게 질린 얼굴로 보트윙크 박사에게 따졌다. 그는 식식거리며 역사학자의 코앞으로 주먹을 휘둘렀다. 어찌나 화가 났는지 말도 제대로 끝맺지 못했다.

보트윙크 박사는 물리적으로도 은유적으로도 꿈쩍도 하지 않았다. 그는 자신의 자리에서 단 일 센티미터도 움직이지 않았고 자신의 말에 누가 끼어들었다는 사실에 조금도 아랑곳하지 않고 변함없는 설교조로 말을 계속했다.

"지금까지 우리는 얼핏 왕조의 암살과 같이 단순한 사건처럼 보이는 점을 생각해 보았습니다. 하지만 문제는 그보다 좀 더 복잡합니다. 그렇지 않다면 감히 제가 내린 결론대로 이 사건에 대한 정의를 정당화할 수 없었을 겁니다. 분가分家의 이익을 위해 본가를 파멸시키는 모습은 국가와 시대를 막론하고 흔히 볼 수 있습니다. 이 사건을 본연의 모습으로 이해하려면 윌리엄 피트의 전기와 1789년의 사건으로 돌아가 살펴보는 것이 도움이 될 겁니다."

이즈음 박사의 강의는 또다시 방해를 받았다. 이번에는 레이디 커밀라였다. 그녀는 윌리엄 피트가 진심으로 싫어지기 시작했기에 그의 이름이 다시 거론되자 불만에 찬 신음 소리를 크게 내고 말았다. 하지만 보트윙크 박사는 전혀 개의치 않았다.

"문제의 해는 이 나라가 온 유럽 중에 가장 우여곡절이 많았던 시기 가운데 하나입니다. 어떤 우여곡절이었는지는 흥미로운 주제이지만 이번 사건의 규명과는 관계가 없습니다. 왜냐하면 영국과 해외에서 현재는 작용하지 않는 경제적, 헌법적 요인 때문에 주로 발생했기 때문입니다. 오늘 아침에 주제넘게 로저스 경사에게 지적했다시피 우리 목적에 비추어 그 사건의 중요성은 실제로 일어나지 않은 사건에 있습니다. 실제로 일어나지 않았기 때문에 역사학자를 제외하고 더 이상 기억하는 사람이 없었습니다. 안타깝게도 역사학자는 현대 영국 정치에서 큰 영향력을 발휘할 수 없죠. 제가 암시하는 사건, 며칠 동안 꽤 명백해 보였던 그 사건은 다름 아닌 특정한 시점에서 발생한 2대 채텀 백작의 죽음이었습니다. 그는 후사가 없었습니다. 그의 후계자는 동생인 윌리엄 피트였죠. 그는 당시 수상이자 재무 장관이었습니다. 백작의 죽음으로 벌어진 상황은 지금으로서는 추측할 수밖에 없습니다. 하지만 이 부분은 확실합니다. 위대한 윌리엄 피트의 행정부는 지금도 예스럽게 '하원'으로 불리는 곳에서 그의 지배력에 크게 의지하고 있었습니다. 그런 피트가 허울뿐인 자리*에 앉게 되면 결과적으로 엄청난 정치적 위기가 찾아왔겠죠. 그 위대한 정치가의 경력뿐만 아니라 유럽의 역사 전체가 누군지도 모를 귀족 한 사람의 목숨 혹은 죽음에 달려 있었다고 해도 과언이 아닐 겁니다, 장관님."

그는 여전히 바로 옆에서 자신을 쏘아보고 있는 재무 장관을 느닷없이 돌아보며 불렀다.

"장관님과 유사한 경우 아닙니까?"

줄리어스는 가만히 박사를 바라보았다. 분노에 찬 표정은 서서히 내키지 않는 존경에 찬 표정으로 바뀌어 갔다. 그러더니 천천히 강조하듯 고개를 끄덕였다.

"장관님의 입지는 걸출했던 전임자에 비하면 훨씬 취약합니다. 헌법에 따라 수상은 상원 의원직을 맡을 수도 있으니까요. 한편 재무 장관은 아닙니다. 혹시 가문의 작위를 계승하게 된다면 앞으로도 뭐든 내각의 요직을 맡아 조국에 봉사하실 수 있겠죠. 하지만 지금 맡고 계신 장관직을 영원히 유지할 수는 없지 않습니까. 지난 스물네 시간 동안 이 사실이 머릿속을 떠나지 않았을 겁니다, 그렇죠?"

줄리어스가 또다시 고개를 끄덕였다.

역사학자는 상냥하게 나무라는 투로 계속 말했다.

"그렇다면 어째서, 왜 장관님께서는 로즈버리 경이 '우리 헌법의 음울한 유머'라고 부른 상황으로 인해 장관님이 부득이하게 장

● **허울뿐인 자리** _ 영국 상원 의원은 종신 귀족과 세습 귀족, 성직자로 구성되며 임기는 종신이다. 1295년에 설립되어 크롬웰 시대에 잠시 폐지되었지만 다시 부활해 20세기 초에는 예산과 입법에 큰 영향력을 행사했다. 그러나 최근 각종 부작용과 상원에 대한 여론이 악화되자 노동당 정부는 상원을 미국의 상원과 비슷하게 선출직으로 개혁하는 안을 추진했다. 로버트의 후사가 없어 대가 끊어졌다면 줄리어스 워백은 사촌의 죽음으로 작위를 물려받아 상원 의원이 될 수 있었다.

관직을 내놓아야 할 때와 그 경우에 당연히 누가 그 자리를 물려받을지 고려해 볼 생각을 못 하셨습니까? 저는 현대 정치에 대해서는 잘 모릅니다. 하지만 이 저택에 머무르는 동안 그 이름을 적어도 열 번도 넘게 들었습니다. 아니면 카스테어스 부인이 부군의 장래에 대해 잘못 예상을 했던 겁니까?"

그러자 줄리어스가 잔뜩 쉰 목소리로 대답했다.

"부인의 짐작은 정확했소. 앨런 카스테어스가 가장 유력하지."

"그렇습니다. 사건은 간단합니다. 여러분의 지성을 모욕하면서까지 제가 설명을 더 할 필요가 있을까요?"

보트윅크 박사가 양팔을 허공으로 벌리며 말했다.

"박사에게 내가 결례를 범했구려."

줄리어스가 어렵사리 말을 꺼냈다.

"전혀 그렇지 않습니다, 장관님. 그동안 스스로가 범인의 목표였다는 사실을 보지 못하신 건 타고난 겸손함 때문일 겁니다."

줄리어스가 이 특별한 면모로 칭찬을 받은 것도 실로 오랜만이었기에 그의 얼굴은 기쁨으로 상기되었다.

보트윅크 박사는 이야기를 계속했다.

"결론적으로 로저스 경사에 대해 동정심을 표현한다고 해도 그리 부적절한 처사는 아닐 겁니다. 경사도 여러 차례 강조했다시피 그의 주요 임무는 장관님을 보호하는 것이지요. 분명히 그는 능률적으로 열심히 그 임무를 수행했습니다. 하지만 그에게도 장관님을 보호하는 데 전혀 힘을 쓸 수가 없는 위험 요소가 한 가지 있었으니, 그것이 바로 달갑지 않은 상황으로 말미암아 상원 의원으로 격상될 위험이었습니다. 장관님이 그런 위험에서 벗어난 것은 런던 경찰청 때문이 아니라, 우리는 전혀 몰랐지만 아기 워벡이 태어난 행복한 상황 덕분이었습니다. 늦었지만 진심으로 워벡 부인에게 아드님의 탄생을 축하드립니다."

마침내 긴긴 강의는 끝이 났다. 보트윙크 박사는 상상의 연단에서 내려와 안경을 벗고 자연인으로 돌아왔다. 하지만 그의 청중 가운데 적어도 한 명은 여전히 불만스러웠다.

"보트윙크 박사님, 카스테어스 부인이 로버트 워벡 씨를 살해했을지 모른다는 말씀이신가요?"

로저스가 그를 불렀다.

"나는 '했을지 모른다'는 표현에 반대하네, 경사. 그 부인이 저지른 일일세."

"워벡 경도요?"

"물론이지. 경의 침실로 불쑥 찾아가 그분의 명을 재촉하기 위해 아드님의 죽음을 알렸을 거라고 거의 확신하네. 그녀의 목적을 위해 그렇지 않아도 목숨이 얼마 남지 않은 사람을 죽음으로 몰고 갈 필요는 없었을 거야. 하지만 분명 초조했겠지."

로저스가 침울한 표정으로 물었다.

"그렇다면 말씀해 주시죠. 카스테어스 부인은 누가 죽였다고 생각하십니까?"

"그 질문에는 이미 대답했을 텐데. 처음에 내가 말하지 않았나. 한 사람이 세 건의 죽음에 책임이 있다고 말이야. 당연히 카스테어스 부인은 자살이네."

"저는 그 죽음에 왜 '당연히'라는 표현이 들어가는지 모르겠군요. 도대체 왜 자살을 해야만 했습니까?"

"해답이 빤히 보이지 않나, 아닌가? 아, 내가 깜박했군. 자네는 그녀가 자살하기 직전에 있었던 작은 사건을 조사할 기회가 아직 없었지. 레이디 커밀라의 방문 밖에서 그녀가 워벡 부인과 잠시 이야기를 나눈 일을 말하는 거라네. 평소처럼 절차대로 조사를 하듯이 그 만남도 조사를 했다면 그 만남에서 워벡 부인을 통해 카스테어스 부인이 범죄를 저지르면서까지 강행하려고 했던 목적이 철저하게 좌절되었음을 깨달았다는 사실을 알았을 거야. 두 사람이 주고받은 표현들은 상황이 상황이니만큼 변명의 여지가 있겠지만, 어쨌든 상냥했다고는 도저히 말을 못 하겠군. 장관님은 여전히 평민이었고 그녀가 남편에게 그토록 마련해 주고 싶은 자리를 떡하니 차지하고 있어. 워벡가의 영예를 물려받을 후계자에게는 그녀의 손이 닿지 않았지. 이 소식을 들은 순간 그렇지 않아도 끊어질 정도로 팽팽하게 당겨져 있던 신경이 그만 툭 끊어진 거겠지. 그 이후에 일어난 일까지 내가 말할 필요는 없는 것 같군. 자살의 과정은 자네와 자네 동료들이 해결할 문제이지. 하지만 그녀의 구두와 카펫에 남은 물 자국으로 보건대 독약은 눈 속에 숨겨뒀을 거야. 아마 오늘 오후까지 그 방의 발코니에 쌓인 눈에 깊숙하게 파묻어 뒀겠지. 그녀는 병을 눈에서 꺼내 독약을 차에 모두 탔어. 그리고 마지막으로 모욕을 주기 위한 행동이었든 아니면 장관님이 작위를 물려받지 못하고 앞으로 받게 될 의심으로 공직자로서의 경력마저 박살이 나기를 바랐든 병을 장관님의 옷장에 숨겼어. 작업을 끝낸 후 방으로 돌아와 차를 마셨네. 절망에 찬 마지막 행동이었지."

그 말을 끝으로 박사가 입을 다물자 서재에는 정적이 찾아들었다. 그러자 구석에 있던 브리그스가 앞으로 나와 커밀라에게 나지막하게 속삭였다. 그녀가 고개를 끄덕이자 노집사는 서재를 나갔다.

"이십 분 후에 저녁이 준비될 거예요. 차가운 음식밖에 없겠지만요. 정장으로 갈아입지 않으셔도 돼요. 수전, 우리와 함께 저녁을 들지 않겠어요? 로버트의 아들에 대해 모두 듣고 싶어요."

"나도 그렇단다. 너도 실감하겠지만 그 아이는 이제 매우 중요한 인물이야."

"알다마다요, 고맙습니다. 아기들이 다 그 나이에 작위를 받는 건 아니잖아요."

수전이 건방진 말투로 대답했다.

"아기들이 다 나 같은 정치 경력을 가진 사람을 친척으로 두지도 않지."

그때 보트윙크 박사가 한 가지 제안을 했다.

"영국 헌법을 어느 정도 합리적으로 바꾼다면 추가적인 안전장치가 되지 않을까요? 장관님도 윌리엄 피트처럼 구사일생으로 목숨을 구하셨습니다. 하지만 다음 사람도 그렇게 운이 좋으리라는 보장은 없죠."

그러자 줄리어스 워벡이 대답했다.

"수상에게 건의를 해 보겠소."

작 가
정 보

시릴 헤어
Cyril Hare

판 사 와 미 스 터 리 작 가

시릴 헤어는 영국의 법조인이자 미스터리 작가였던 앨프리드 고든 클라크의 필명이다. 그는 런던의 변호사 사무실 건물인 헤어 코트에서 근무했고 1933년에 메리 바버라 로렌스와 결혼한 이후에는 런던 남서부의 배터시에 있는 시릴 맨션에 살았다. 시릴 헤어라는 필명은 헤어 코트와 시릴 맨션에서 따온 것이다.

시릴 헤어는 1900년 9월 서리 주 미클햄의 클라크 집안에서 셋째 아들로 태어났다. 클라크 집안은 1810년에 매슈 클라크가 매슈 클라크 손이라는 가족 회사를 설립하여 독주와 증류주를 수입하여 판매한 후로 6대가 술과 음료 수입 및 판매 일에 종사해 왔다. 헤어는 사립 초등학교인 세인트 오빈 스쿨을 졸업하고 영국에서 가장 오래된 사립 학교 중 하나이자 럭비 경기가 처음 시작된 것으로 유명한 럭비 스쿨에서 고등학교 과정을 수료했다. 뉴 칼리지에서 역사를 전공했고 그 후 법을 공부하여 1924년에 법정 변호사가 되었다.

2차 세계 대전 이전까지는 형사 법정의 변호사로 근무했고 2차 세계 대전 중에는 검찰 총장 밑에서 일했다. 1950년에는 서리 주의 지방 법원 판사가 되었다. 세계 대전 때 폐결핵으로 고생을 해서 다시는 건강을 되찾을 수 없었던 그는 1958년에 짧은 생을 마감했다. 시릴 헤어 이후로도 많은 법조인들이 미스터리를 썼지만 시릴 헤어처럼 길이 남을 작품을 쓰지 못했으며 시릴 헤어의 대표 탐정인 프랜시스 페티그루처럼 설득력 있는 변호사 탐정을 창조하지도 못했다.

따 뜻 한 글 쓰 기

시릴 헤어는 《펀치》 등의 잡지에 글을 기고하면서 작가 생활을 시작했다. 미스터리를 쓰기 시작한 나이는 37세였다. 시릴 헤어는 작품에 법 지식을 활용하는 데 대단히 뛰어났으며 법 세계 안팎을 애정 어린 시각으로 관찰하고 거기에 유머까지 곁들인다. 또한 그는 법이 미치지 않는 부분을 보여 줌으로써 작품의 흥미를 더했다. 인물 묘사가 섬세한 것이 특징이다.

또 다른 영국의 변호사 미스터리 작가인 마이클 길버트는 전쟁 중 이탈리아의 포로수용소에서 『법정의 비극Tragedy at Law』을 접하고 시릴 헤어의 팬이 된다. 전쟁 후 그들은 친구가 되었는데 마이클 길버트는 시릴 헤어가 죽고 1년 후, 『시릴 헤어의 탐정 소설^{Best Detective Stories of Cyril Hare}』을 직접 편집하여 출간하였다.

시 릴   헤 어 의   탐 정 들

프랜시스 페티그루라는 변호사 탐정이 처음 등장하는 작품은 시릴 헤어의 네 번째 작품인 『법정의 비극』이다. 나이 든 변호사인 프랜시스 페티그루는 오랫동안 승진을 하지 못해 모든 일에 환멸을 느끼고 있는 인물이다. 24장으로 구성된 이 작품은 21장에서야 살인 사건이 발생하고, 페티그루는 법에 대한 지식을 활용하여 사건을 해결한다.

시릴 헤어의 또 다른 탐정인 몰렛 경위는 실제로 있을 법한 런던 경찰청의 경위다. 몸집이 크고 붉은 얼굴에는 사나워 보이는 수염을 길렀지만 실은 마음씨가 좋아 호감이 가는 사람이다. 작품에는 그의 배경에 대한 설명이 전혀 등장하지 않아서, 경위의 이름조차 찾을 수 없다. 몰렛 경위와 페티그루 변호사는 종종 함께 등장하기도 하는데, 두 명 다 등장하지 않는 작품은 『영국식 살인』뿐이다.

/

작 품   목 록

Tenant for Death (1937)

Death Is No Sportsman (1938)

Suicide Excepted (1939)

Tragedy at Law (1942)

With a Bare Bodkin (1946)

The Magic Bottle (1946)

When the Wind Blows (1949)

An English Murder (1951) - 『영국식 살인』(엘릭시르, 2013. 미스터리 책장 시리즈)

The Yew Tree's Shade (1954)

He Should Have Died Hereafter (1958)

Best Detective Stories of Cyril Hare (1959. 사후 출간)

해 설

미스터리의 종주국, 영국

여러분은 책을 왜 읽으시나요? 지식을 얻기 위해서? 자기 계발을 위해? 위인들의 뛰어난 점을 배우고 싶어서? 시간을 때우기 위해? 기분 전환을 위해?

어떤 책을 읽든 책을 읽는 사람들의 공통점이라면 당연히 책을 좋아한다는 것이겠죠. 하지만 왜 하필 지금 그 책을 읽고 있느냐고 묻는다면 이유는 제각각일 겁니다. 제 이야기를 조금 하자면, 저는 재미를 느끼고 싶어서 책을 읽습니다. '재미있는 책'은 사람마다 다르겠죠. 딱딱한 전공 서적을 보면서 재미를 느낄 수도 있고 말랑말랑한 연애 소설을 보면서 재미를 느끼는 분도 있을 겁니다. 저는 소설, 그 가운데서도 추리 소설을 읽을 때 가장 재미있습니다. 그래서 평소에 읽는 책, 사는 책, 빌리는 책의 구십구 퍼센트가 세계 각국의 추리 소설입니다. 그렇게 좋아하다 보니 이렇게 추리 소설을 우리 글로 옮기는 일까지 하게 되었고요.

미스터리한 영국의 모습

저는 탐정이나 형사가 범죄를 해결하는 모습을 보면 속이 후련해지기 때문에 추리 소설을 읽습니다. 범죄자가 밀실이나 알리바이 등을 이용한 기발한 트릭으로 뛰어난 두뇌를 자랑하며 공권력을 조롱하면 안락의 자에 앉아 있든 동에 번쩍 서에 번쩍 신출귀몰하든 법과 정의의 수호자들이 트릭의 허점을 잡아 논리를 박살내고 범인의 얼굴을 만천하에 공개하는 순간, 일종의 카타르시스를 느끼곤 합니다. 이렇게 '재미'로 추리 소설을 읽다 보니 그 속에서 새로운 재미에 눈뜨게 되었습니다.

전통적인 추리 소설의 강국은 어디일까요? 셜록 홈스와 미스 마플의 나라인 영국입니다. 영국의 뒤를 이어 미국에서도 걸출한 작가를 많이 배출했죠. 가령 일본 작가들에게도 많은 영향을 끼쳤으며 얼마 전 엘릭시르 미스터리 책장으로 출간된 『화형 법정』을 쓴 존 딕슨 카는 미국인입니다. 많은 뛰어난 미국 추리 작가 가운데 딕슨 카를 예로 든 이유는 미국에서 나고 죽었지만 영국을 배경으로 한 소설을 많이 썼기 때문입니다. 솔직히 털어놓자면 저는 얼마 전까지도 딕슨 카를 영국 사람으로 생각했습니다. 이렇게 영국을 배경으로 한 작품을 많이 읽다 보니 영국 사람들이 사는 모습도 덩달아 자주 보게 되었습니다. 과거든 현재든 영국 사람들의 생활상이 영국의 소설 속에 그대로 녹아드는 것은 당연한 일이겠죠. 한 번도 가 보지 못한 영국이지만 추리 소설을 읽으면서 영국 사람들이 사는 모습을 구경하며 쏠쏠한 재미를 느꼈습니다.

물안개 자욱한 런던의 뒷골목을 쏘다니고, 야생화가 흐드러지게 핀 황무지를 둘러보고, 깎아지른 절벽과 아름다운 해안선에 감탄을 했습니다. 아름다운 꽃들이 만발해 있고 기하학적인 문양을 수놓은 듯 화려한 대저택의 정원을 거닐고, 뛰어난 거장들의 그림이 벽을 가득 메우고 발딛는 곳마다 카펫이 깔려 있으며 어마어마한 규모에 눈이 휙휙 돌아갈 것 같은 저택의 내부를 둘러보았습니다. 탐스러운 장미 덩굴 아래에서 미스 마플이 전지가위를 들고 불쑥 나타날 것만 같은 교외의 아담한 집과 정원을 맘껏 구경하기도 하죠. 하루에도 옷을 몇 번씩 갈아입는 귀족들의 호화로운 파티를 엿보고, 이들을 모시는 무뚝뚝한 표정의 집사와 새침데기 하녀들도 보았습니다. 겉으로는 무관심한 척하지만 뒤로는 다른 이웃 이야기에 여념이 없는 동네 아줌마들과 애프터눈 티도 마셨죠.

귀 족 에 도 종 류 가 있 다 ?

이렇듯 소설을 읽으면 배경이 되는 시대와 장소의 생활상과 풍습에도 시선이 갈 수밖에 없습니다. 그리고 이 소설, 『영국식 살인』처럼 풍습이나 생활상에 사건 해결의 실마리가 숨어 있기도 합니다. 풍습이나 생활상 때문에 사건이 벌어지기도 하고요. 『영국식 살인』은 폭설과 불어난 강물에 고립된 교외의 고풍스러운 대저택에서 크리스마스 연휴 동안 벌어진 살인 사건을 소재로 하고 있습니다. 예로부터 교외의 대저택에서 살 수 있는 사람은 부유한 귀족이었죠. 저택에는 귀족을 모시는 집사와 하인들이 있습니다. 크리스마스 연휴이니 가족과 가까운 친척들이 모이는 것은 당연할 테고요. 하지만 이 소설에서는 휘황찬란한 실내 장식이나 식탁 다리가 부러질 만큼 풍성하게 차려진 음식, 화려한 드레스와 번쩍이는 보석 장신구는 등장하지 않습니다. 몰락한 귀족 가문이기 때문입니다. 영국 귀족의 역사는 무려 팔백 년이라고 합니다.

> 영국의 귀족은 크게 두 부류로 나뉩니다. 하나는 영국의 왕실과 어떤 식으로든 혈연관계인 **'세습 귀족'**입니다. 우리나라도 양반은 대대로 양반이었듯이 이 세습 귀족도 신분이 대대로 전해집니다. 20세기 중반에 세습은 할 수 없지만 죽을 때까지 귀족 신분을 유지할 수 있는 **'종신 귀족'** 제도가 도입이 되었습니다. 이 소설에서 등장하는 귀족은 세습 귀족입니다. 크리스마스를 맞아 파티를 연 사람은 워벡 저택의 주인이자 작위를 물려받아 아들에게 물려줄 '워벡 경'입니다. 이 파티에 초대된 사촌인 줄리어스 워벡 재무 장관은 워벡 경의 삼촌의 아들이고요. 즉 워벡 가문 차남의 아들이죠.

영국의 귀족은 장남이 모든 것을 물려받습니다. 명예로운 작위에서부터 교외에 위치한 으리으리한 대저택과 저택에 딸린 어마어마한 영지까지도요. 모든 것을 장남이 가져가니 나머지 형제들은 억울하지만 알아서 살길을 도모할 수밖에 없습니다. 귀족의 자제이니 일반 평민보다야 사정이 낫겠지만, 단지 두 번째나 세 번째로 태어났다는 이유만으로 작위며 재산을 상속받을 수 없다니 배가 많이 아팠을 것 같군요. 추리 소설에서는 이런 억울한(?) 환경에도 불구하고 타고난 재능을 잘 살린 행운아도 많았는데, 도러시 세이어스가 창조한 피터 윔지가 대표적입니다. 『시체는 누구』(시공사, 2010)에서 처음 등장한 피터 윔지는 덴버가의 차남으로, 형은 공작의 작위를 물려받아 덴버 공작이죠. 대신 피터 윔지는 자유를 물려받았다고 할까요. 그는 뛰어난 두뇌와 맛깔스러운 입담을 바탕으로 범죄를 해결하는 수다쟁이 귀족 탐정입니다. 취미가 범죄 해결과 고서 수집인데, 『맹독』(시공사, 2011)에서는 추리 소설을 쓰는 해리 엇 베인과 만나 사랑에 빠지고 그 이후에 나온 작품에서는 사랑의 결실을 맺어 아들도 낳습니다.

피터 윔지와 달리 우리의 줄리어스 워벡 장관님은 속이 이루 말할 수 없을 정도로 좁습니다. 자신의 아버지를 차남으로 태어나게 해 워벡가를 이을 기회를 주지 않은 운명의 여신을 원망하며 자랐죠. 그랬기에 줄리어스는 정계에 진출해 다른 식으로 명예욕을 충족시킵니다. 소설 속에서 줄리어스는 하원 의원입니다.

> 영국은 상원과 하원으로 구성된 양원제를 유지하고 있습니다. 앞서 설명한 세습 귀족은 '**상원**'이 됩니다. 국민들의 대표는 '**하원**'이 되죠. 그래서 영국에서 상원을 귀족들의 집이라는 뜻으로 'House of Lords'라고 합니다. 참고로 하원은 'House of Representatives'이며 대표자들의 집이라는 뜻입니다. 줄리어스 워벡은 분명 귀족 가문의 자제지만 작위를 물려받지 못했기 때문에 상원 의원이 될 수 없었던 겁니다. 상원이 되면 죽을 때까지 의원직을 유지할 수도 있는데 말입니다.

하지만 그도 상원이 될 기회가 없지는 않습니다. 『영국식 살인』에서 워벡 경은 병약해서 작은 충격으로도 앞날을 장담할 수 없는 상태입니다. 워벡 경이 죽으면 아들인 로버트가 워벡 경이 되겠죠. 하지만 로버트마저 죽는다면? 그때는 줄리어스 워벡이 비록 허울뿐인 작위라도 물려받아 당당히 상원에 입성할 수 있겠죠. 이미 재무 장관인데 그런 명예를 탐내느냐고요? 글쎄요, 사람의 욕심은 끝이 없으니까요.

이 소설에는 '레이디 커밀라'가 나옵니다. 스물다섯 살의 아름다운 아가씨로 백작의 딸입니다. 아가씨라면 누구나 **'레이디'**일 텐데 왜 굳이 '레이디'라고 부르는 걸까요? 우리가 '숙녀'라는 뜻으로 알고 있는 영어의 '레이디'는 원래 귀족의 딸에게만 붙이는 칭호였다고 합니다. 귀족 여성만 '레이디'라고 불릴 수 있는 거죠. 커밀라는 이 아가씨의 이름인데, 귀족일 경우에 이름 앞에 레이디를 붙여 부른다고 합니다. 출신은 평민이지만 귀족과 결혼해 신분 상승을 한 여자는 어떨까요. 그 경우 일단은 레이디라고 부르지만 성에 레이디를 붙여 부른다는군요. 예를 들어 이 소설에서 로버트가 귀족이 아닌 평민과 결혼한다면, 그 여자는 이름이 아니라 성에 레이디를 붙여서 '레이디 워벡'으로 불리는 겁니다.

영 국 귀 족 의 화 려 하 고 가 난 한 생 활

이제 '영국식 살인'이 벌어지는 장소인 워벡 저택을 살펴볼까요? 워벡 저택은 어마어마한 역사를 간직한 고택으로 런던에서 멀리 떨어지지 않은 교외에 있습니다. 유럽을 배경으로 한 드라마나 영화를 보면 자주 나오죠. 성이라고 해도 믿을 만큼 으리으리한 대저택과 그 앞으로 펼쳐진 근사한 정원, 사냥터인 울창한 숲, 너른 들판. 이 모든 것이 가문의 작위를 물려받은 '귀족'의 재산이었습니다.

그런데 왜 시골에 저택을 지은 걸까요? 땅이 많아서? 돈 자랑을 하고 싶어서? 실은 이 저택이 바로 귀족들의 진짜 집입니다. 영어로는 '**컨트리 하우스**country house'라고 합니다. 말 그대로 컨트리(시골)에 있는 하우스입니다. 원래는 영지 내의 저택에서 영지를 관리하면서 살지만 사교계의 시즌이 돌아오면 런던에서 지내며 사교 활동을 하는 것입니다. 돈이 많은 귀족은 컨트리 하우스는 물론 런던에도 으리으리한 '**타운 하우스**town house'를 보유하고 있겠죠.

이렇게 시골과 런던을 오고 가며 생활한 귀족들의 교통수단은 마차였을 겁니다. 이륜마차나 사륜마차처럼 바퀴가 둘이거나 넷인 마차도 있고 마차를 끄는 말의 수에 따라 단두 마차나 쌍두마차 등으로 나뉩니다. 말 두 마리가 끌고 바퀴가 넷 달린 마차는 영어로 Phaeton이라고 합니다. 아마 차를 좋아하시는 분은 여기서 눈이 번쩍 하셨을 겁니다. 폭스바겐에서 나오는 '페이톤'이 바로 이 마차에서 이름을 가져왔기 때문이죠. 하지만 요즘도 마차를 타고 다니지는 않겠죠? 지금은 당연히 차를 타는데, 평소에 벤틀리나 롤스로이스를 타는 귀족들이 아무 차나 타려고 하지 않을 겁니다. 교외를 달려야 하니 힘은 당연히 좋아야하고 그러면서도 고급스러워서 허영심도 만족시킬 수 있어야 하고요. 그래서 나온 차가 레인지로버(산의 방랑자)라고 합니다.

이런 저택에 어김없이 등장하는 인물들이 있죠. 저택의 곳곳에서 맡은 일에 소임을 다하는 하인들입니다. 제일 우두머리는 **집사**입니다. 집사는 주인을 가장 가까이 보필하고 가족의 식사 시중을 듭니다. 『영국식 살인』에 나오는 집사도 저택의 온갖 식기를 모아 놓은 식기실에서 만찬을 위해 식기를 준비하고 지하 저장고에서 와인을 가져오죠. 주방에는 주방장이, 정원에는 정원사가, 사냥터에는 사냥터지기가, 마구간에는 마부가 있었습니다. 이들 밑으로 수많은 하인들이 있었을 겁니다. 워벡 저택도 한때는 이런 하인들로 북적였지만 그러한 과거의 영화를 기억하는 이는 집사인 브리그스뿐입니다. 그는 구시대의 사람입니다. 우리가 집사라고 하면 제일 먼저 떠오르는, 주인에게 충실하고 언제나 근엄하며 집안의 모든 일을 철두철미하게 관리하는 그런 집사 말입니다. 그런데 집사도 사람인데 어디 그런 사람만 있겠습니까? 특히 어리바리한 주인을 둔 영리한 집사라면 오만해질 가능성도 커지겠죠. 바로 그런 집사가 등장하는 작품이 있습니다. 코넌 도일이 쓴 「머즈그레이브 전례문」입니다. 홈스는 대학 동창인 레지널드 머즈그레이브의 저택을 방문합니다. 이 저택에는 저택에 대해 모르는 것이 없는 잘생기고 똑똑한 바람둥이 집사가 있죠. 이 집사가 사라지자 셜록은 왓슨과 함께 집사의 행방을 추적하다가 오랜 저택의 비밀도 밝혀낸다는 이야기입니다.

애거사 크리스티의 소설 중에는 『영국식 살인』처럼 크리스마스에 어느 컨트리 하우스에서 사건이 벌어지는 작품이 있습니다. 바로 『크리스마스 살인』(해문, 2007)입니다. 사건을 몰고 다니는 우리의 명탐정 포와로는 이곳에서도 살인 사건과 마주쳐서 연휴도 반납한 채 수사에 매달립니다. 이 소설에는 가문의 돈을 움켜쥐고 있는 아버지와 돈에 쪼들리는 자식들이 나옵니다. 이렇게 20세기의 귀족은 경제적으로 곤궁한 처지인 경우가 많습니다. 원래부터 귀족이라고 다 부유한 것도 아니었겠지만 시대가 바뀌면서 귀족들의 지위에도 큰 변화가 생기게 된 것이죠. 특히 대저택을 후손에게 물려줄 때는 엄청난 상속세를 물어야 합니다. 그

만한 돈이 없거나 세금을 내기 싫은 사람은 저택을 포기할 수밖에 없죠. 그래서 나온 해결책이 저택을 일반에 공개하거나 장소를 대여해서 돈을 버는 것입니다. 그 돈으로 막대한 상속세를 내느라 받은 대출금을 갚는 거죠. 현대 귀족의 생활도 참 팍팍할 것 같네요. 이렇게 관광객에게 일부를 공개하는 저택이 등장하는 작품도 있습니다. 바로 애거사 크리스티의 『복수의 여신』(해문, 2000)입니다. 미스 마플은 『카리브 해의 비밀』 (해문, 1995)에서 알게 된 부유한 신사의 유언장에 따라 버스로 영국 전역을 도는 버스 투어를 하며 오래 전에 일어난 살인 사건을 해결하게 됩니다. 바로 그 여정 가운데 그런 저택을 방문하는 장면이 나옵니다. 영국에서는 이런 버스 투어가 일반적인 여행 상품인 듯 이런 버스 투어를 소재로 한 추리 소설이 또 있습니다. 미중년도 꽃중년도 아닌 늙수그레한 아저씨이건만 만나는 여자마다 자신의 여자로 만드는 마성의 남자, 십자 낱말 풀이계의 귀재, 바로 모스 경감의 시리즈 가운데 『사라진 보석』(콜린 덱스터, 해문, 2005)은 버스 투어를 소재로 하고 있습니다. 위에서 언급한 『복수의 여신』의 중심에는 제이 차 대전 중 영국에 추락한 독일군 전투기를 몰던 독일군 장교와 아리따운 영국 아가씨의 이루어질 수 없는 사랑이 있습니다. 일 차 대전과 이 차 대전은 영국 귀족에게 대단히 중요한 시기입니다. 귀족 혈통을 이어받은 젊은 남자들이 대거 목숨을 잃었기 때문입니다. 전쟁이 났으니 젊은 남자가 죽는 것은 당연하지만 귀족이 전쟁에서 목숨을 잃어 귀족 계급의 근간이 흔들릴 정도가 되었다는 사실은 의외지요. 귀족이라면 전쟁이 났을 때 재산을 챙겨 외국으로 도망칠 기회와 능력이 있지 않았을까요? 하지만 이들은 그러지 않았습니다. 바로 **노블레스 오블리주**Noblesse oblige 때문이었습니다. 이 말은 프랑스어로 '귀족은 의무를 갖는다'라는 뜻이라고 합니다. 귀족이 누리는 온갖 특권과 부는 평민과 국가에서 나온 것이므로 국가와 국민이 위험에 처했을 때 목숨을 걸고 이들을 지킨 것입니다. 노블레스 오블리주의 본보기로 귀족 청년들은 용감하게 전쟁에 참전했고 꽃다운 목숨을 바쳤습니다.

영 국 에 오 신 여 러 분 을 환 영 합 니 다 !

지금은 귀족이라고 다들 놀고먹는 것이 아닙니다. 사회 각 분야에서 직업을 가지고 평민과 다름없이 생활하고 있습니다. 라이스 보엔이 창조한 레이디 조지애나(『탐정 레이디 조지애나』, 라이스 보엔, 문학동네, 2012)처럼 왕족이지만 재산 한 푼 없어 고생하다 탐정의 재능을 발휘하기도 하고 엘리자베스 조지가 창조한 토머스 린리처럼 부유한 귀족이지만 경찰이 되어 스코틀랜드 야드에서 활약하기도 하죠. 귀족이 필요 없는 오늘날도 영국에서 귀족은 엄연히 살아 숨 쉬고 있습니다. 프랑스처럼 혁명이 일어나지도 않았고 우리나라처럼 식민 지배를 받지 않은 덕분이라고도 할 수 있겠지만, 저는 이들이 노블레스 오블리주 정신을 가슴에 새기고 언제라도 국가를 위해 목숨을 바칠 각오가 되어 있기 때문이 아닐까 싶습니다.

소설을 읽는 재미는 단지 줄거리나 등장인물에만 있지 않습니다. 등장

인물이 입고 나오는 옷이나 장신구, 그들이 사는 집과 그 안의 가구, 그들이 사는 동네, 자연환경, 하다못해 날씨마저도 때로는 소설을 이끌어가는 중요한 요소가 되곤 합니다. 저는 이런 재미에 소설을 손에서 놓을 수가 없습니다. 소설을 펼치는 순간 과거나 현대의 세상으로 통하는 문이 열리기 때문입니다. 마지막으로 책장을 덮는 순간 그 문도 닫히고 저는 현실의 제 자리로 되돌아옵니다. 그 재미를 잊지 못해 다른 소설을 찾아 또다시 시간과 공간을 넘나드는 여행을 합니다. 지금까지도 그랬고 아마 앞으로도 죽 그럴 것 같습니다. 아직 이 책을 읽지 않으셨다면 맨 앞으로 돌아가 책을 펼쳐 보세요. 비극의 전조라도 되듯 잔뜩 찌푸린 하늘 아래 우뚝 솟은 워벡 저택의 모습이 눈앞에 펼쳐질 것입니다. 손님이 도착하는 소리에 육중한 나무문이 열리고 엄숙한 표정의 집사 브리그스가 나와 여러분을 맞이하며 이렇게 인사하겠죠.

"역사와 전통을 자랑하는 워벡 저택에 오신 여러분을 이 저택을 대신해 환영합니다!"

이경아(번역가 및 '미스터리 애호가')

●

영국식 살인
AN ENGLISH MURDER
/

초판 발행 2013년 4월 19일

지은이 시릴 헤어 / **옮긴이** 이경아 / **펴낸이** 강병선

책임편집 이현 / **편집** 임지호 지혜림
아트디렉팅 이혜경 / **본문조판** 강혜림 / **그림** 성원
저작권 한문숙 박혜연 김지영 / **마케팅** 정민호 김도윤 박보람 양서연 / **온라인마케팅** 김희숙 김상만 이원주 한수진
제작 서동관 김애진 임현식 / **제작처** 영신사
독자모니터 엄정현

펴낸곳 (주)문학동네 / **출판등록** 1993년 10월 22일 제406-2003-000045호 / **임프린트** 엘릭시르

주소 413-756 경기도 파주시 문발동 파주출판도시 513-8
문의 031-955-1906(편집) 031-955-3576(마케팅) 031-955-8855(팩스)
전자우편 editor@elixirbooks.com / **홈페이지** www.elixirbooks.com

ISBN 978-89-546-2117-5 (03840)

엘릭시르는 출판그룹 문학동네의 임프린트입니다.